見鬼的法醫事件簿
死者的要求
蜂蜜醬／著
Mr.marker 麥克筆先生／繪

目錄

壹・久未謀面的哥哥

我在更衣室脫下象徵醫師的白袍，換上淺藍色的拋棄式手術衣，將手指塞入緊貼的橡膠手套，把長度到耳下的頭髮塞進手術帽，戴上口罩著裝完畢，進入解剖室。

解剖室的自動門一開，室內的一個人影立時進入我的視野中，我愣了愣，不禁脫口而出：「你怎麼在這裡？」

話一說完，我就知道我錯了。稍微透明又平面的感覺，讓我知道他不是活人；我偶爾看得到亡靈，可是這個亡靈並不是我將要解剖的對象，所以我第一時間沒反應過來。

聽到我的問句，站在室內的兩人——我的助手陳安琪和常見面的刑警詹崇儒互看一眼，詹崇儒大概以為我在說他，回答道：「這案子我負責，所以……今天不能旁觀嗎？」

「呃，可以，當然。」我困窘地白了那個人影一眼，快步走向解剖檯。

那個人影我很熟悉，他是我哥哥白定威，不過我們已經許多年沒見了，自從我選擇法醫這條路之後。

他現在以這種模樣出現，就表示他已經死了，為了顧及我的感受，驗屍工作應該不會交給我。我假裝不經意望向旁邊解剖檯上的死者，果然不是他；那他為什麼會出現在這裡？

我深吸一口氣又長嘆出來，把注意力放在眼前膚色呈現不自然紅潤的女性死者身上，不去看那個讓我分心的傢伙。

「死者是鄭云珊，三十二歲。」詹崇儒跟在我旁邊，說著我已經知道的死者資料，然後道：「我想請您看看，是不是有他殺的跡象。」

我先慢慢沿著解剖檯走一圈，仔細檢查她是否有外部受傷的痕跡，任何微小的瘀傷、擦傷、割傷都可能將死因導致他殺；然而很可惜，她的外觀看起來很完整，沒有可疑傷口，手掌也很放鬆，沒有握著東西。我小心地剪下她的指甲，看看化驗後是否會發現微跡物證。

死者明顯是一氧化碳中毒，手指上有黑色細粉末，可能是摸炭時沾上的炭粉；若是他殺，也可能是兇手故意拿炭摩擦她的手。

不過黑粉末只沾在指腹上，如果是兇手故意弄的，應該會連手掌也沾上，而一般人拿炭很少會整個握在手裡，所以只沾在手指上算是正常。

對著錄音機敘述完屍體外觀後，我轉頭對詹崇儒道：「沒有外傷。」

「那，可以驗血嗎？看看是不是被下藥。」

我從她鎖骨下靜脈抽取殘留的血液交給陳安琪，「就算驗出藥物，也可能是她自己吞的。」

這點詹崇儒當然也知道吧？我朝他瞄一眼，目光卻又掃到那個討厭的傢伙，於是馬上把頭轉回來。

白定威一直在旁邊看著我，臉上沒有表情，不像笑也不是生氣，就是面無表情。被他這樣盯著看，我實在全身不自在，乾脆只看著死者。

「你為什麼這麼想定調在他殺？」我的視線移到死者的腹部，那裡微微隆起。

「倒也不是。」詹崇儒呼一口氣，「妳看得出來吧？她懷孕了。」

「嗯。」我一面回應，一面用解剖刀從她的左鎖骨劃到胸骨。看死者的腹部隆起程度，應該在懷孕的初期到中期。

「這是她的第二胎，是女兒。聽說第一胎也是女兒，這兩胎之間好像還墮過胎。媳婦死了，她婆婆一點都不難過，說生不出兒子的留著也沒用。那個老公就罵老媽，都是妳要她去墮胎，墮了一次還不夠……之類的。」詹崇儒像是無奈也像是不在意似地聳了聳肩，「她娘家人懷疑夫家來個加工自殺，好能另娶別人生兒子。唉，現在都什麼時代了。」

結婚是與我無緣的事，一來是大概沒人想和一個成天與死人為伍的女人結婚，二來是聽了不少這種故事，誰還想踏入婚姻呢？

「自殺還是他殺，你們調查現場之後應該最清楚吧？」

解剖刀切開Y字切口，讓我能打開她的胸腔與腹膜腔，觀察她的內臟是否有病變；不過除了一氧化碳中毒的粉紅色之外，一切正常。

移除胸骨與臟器，我切開那個膨脹的子宮，捧出大約六、七公分大的小小胚胎，小小的人兒宛如一個塑膠玩具，已經長出精細的指頭，眼皮緊緊閉著。

「是女孩……」我喃喃自語。

女孩有什麼不好？為什麼女孩不行？女孩哪裡得罪了那些該死的大人？

我不常對死者表現情緒，此時一陣忿怒卻觸動了我。我把胚胎放回母體內，不想讓這個愛女兒的母親與她心愛的女兒分開，接著我微微轉頭，瞪了白定威一眼。

這個享受了家裡所有資源、好了不起的長男，到底是來幹什麼的？

白定威仍面無表情地看著我，我甚至不確定他是看著我，還是看著我前方的女子。

結束了鄭云珊的解剖，我換下手術衣走出更衣室，回頭看一眼解剖室，詹崇儒已經離開，除了正在收拾的陳安琪之外沒有別人。

看來那傢伙也走了。我才剛這麼想，才走出更衣室又被他嚇一跳，我決定裝做沒看見他，快步走回辦公室。

女刑警張欣瑜坐在辦公室的沙發上，她也不是稀客，我想她是為了某案來找別人的，但她卻跟著我回到我的座位。我沒有坐下，看著她欲言又止，似乎有難以啟齒的話要告訴我。

「妳想說的，是跟白定威有關嗎？」我姑且問道。

「妳怎麼知道？」她很驚訝。

雖然只有同事知道我有半調子的陰陽眼，不過我總覺得告訴她也無妨，便道：「我剛才看到他了。」我看著她更加驚訝的表情，「我偶爾看得到一些……妳了解的。不過不是常常看得到，怎麼這麼倒楣就看得到他。」

「因為是兄妹吧？」她露出安慰般的溫和微笑。

我瞥向門口，他站在那裡。

「倒了八輩子楣才跟他當兄妹。」我喃喃發牢騷。不，是倒了八輩子楣才出生在那個家，當女兒。

「怎麼死的？」我問。

「上吊。鄰居被屍臭熏得受不了才報警。」

上吊？我覺得這個死法有點耐人尋味，白定威怎麼可能上吊，應該說，他那個人怎麼可能會自殺？而且還等到腐爛了才被發現。

「他女友呢？該不會最近被甩了才自殺？」我半開玩笑地問，不過就算被甩，那種自我感覺超級良好的傢伙應該也不會自殺才對。

「他有女友？妳知道叫什麼名字嗎？」張欣瑜拿出記事本寫了些字。

「不知道。我亂猜的。」我聳肩，「我和他很多年沒見了，印象中他從沒少過女友，還曾經同時交往兩、三個。」

「以一個獨居的男人來說，他家裡打掃得非常乾淨。他有潔癖嗎？」

「如果他有潔癖，世界上就沒有髒鬼了。那肯定是他女友做的。」

「那就不會是被甩了。」張欣瑜用原子筆尖輕敲記事本，「我會去調查他的女友。謝謝妳，白法醫。請節哀。」

沒什麼哀好節，我跟他根本只是在同一個家長大、有血緣的陌生人，但我還是禮貌地微笑回應張刑警的致意。

目送她離去之後，我一邊打報告，一邊為葬禮煩惱。還是乾脆送去燒一燒，申請海葬，輕鬆方便又省事。

我探頭望向辦公室門口，那傢伙不在那裡，但我想他應該不會離開，肯定是有事才來糾纏我。一轉頭，果然看到他在我後面。

一樣面無表情，一樣看著我。

「喂，有求於人是用這種態度嗎？」我也用似笑非笑的表情看他，低聲說完，繼續寫報告。

下午的例行會議中，每人輪流報告今日的解剖狀況，輪到林亦祥時，他似乎不好意思地回頭向我點一點頭，我起初不知道是什麼意思，等他開口才明白。

他負責的是白定威，早上送殯儀館，剛解剖完，死因是窒息，按照屍體腐爛程度，死亡時間推估約五天前。深陷頸部的勒痕角度符合上吊角度，結膜的點狀出血也證實是勒頸窒息；指甲沒有皮屑，頸部沒有抓痕，沒有掙扎跡象。

通常上吊死亡會因為太痛苦而多少掙扎一下，他竟然連一點掙扎跡象都沒有，死意真堅決。

真不像他。

我思考服藥的可能性，不過在這樣濕熱的夏天，屍體過了五天應該是爛到難以驗血了，就算可以驗毛髮，自殺死亡的案子八成會被駁回不驗，畢竟任何一項檢驗都要經費。

我想像白定威站在椅子上，脖子套著綁好的電線，等待藥效發作；安眠藥效出現後，應該不會立刻昏迷過去，他會整個人往前倒，弄翻墊腳的椅子，想掙扎也使不上力，只能等電線勒緊氣管與頸動脈。

在血流阻斷之前，他的頭腦還清醒著嗎？是不是後悔自殺，所以才來找我？

到會議結束我還在想這個問題。白定威遇上非死不可的麻煩嗎？父母生前把所有財產都給了他，還把好不容易還清房貸的房子抵押借錢給他買新房、創業，雖然聽說開的店因為他太懶而收了，但擁有父母一生將近千萬的積蓄和房子，還會遇到什麼非死不可的大挫折？

而且那些都是生前贈予，父母車禍亡故後我一毛也要不回來。想去死的人是我吧？

但我才沒那麼脆弱。我認為他也是。

就算唯一的家人死了，我還是得做報告做到加班，不是我特別勤快，而是我想快點把手邊的工作做完，然後藉著那傢伙的死請喪假！噢耶！我終於從那混蛋身上撈到好處了，晚上來看看要去哪裡好呢……

心裡打著如意算盤，想到可以休個快樂假期就讓我的嘴角忍不住上揚，可是當我的眼角瞄到他出現在我的左後方，愉悅的心情頓時煙消雲散。

該不會，這傢伙也會跟著我去玩吧？

到哪裡都看得到他，完全沒辦法開心啊！更何況還很可能會自拍到靈異照片，我才不要！心情一瞬間墜落谷底，寫完這份報告之後我也沒心情再加班了。我把報告塞進檔案夾裡，疲憊地以手撐著額頭嘆氣。

這混蛋為什麼不能像那兩個老傢伙一樣死了就死了，為什麼要來糾纏我？

不知是否我的表情太生無可戀，組長楊朝安朝我走來，關心道：「宜臻，妳哥哥的事我很遺憾。我知道他是妳唯一的家人，妳一定很不好受。妳明天開始請喪假好了，補休也累積不少吧？順便多請幾天，好好休息。」

我看著他的眼神一定很茫然。我沒聽錯吧？楊朝安居然叫我連補休一起請？

「這……不太好吧？事情那麼多……」我試探性地問。

「沒關係啦，那些案子都是死人，慢一點也沒差。」他拍拍我的肩膀，「活著的人更重要。」

楊朝安要走之前還對我豎起拇指說「加油」，我只能用敷衍的笑容回應他。

每次有人請假就碎碎唸人手不夠的楊組長要我多請幾天假！天要出現異象了嗎？

我愉快地整理好檔案夾，轉身正要起來，冷不防又被那個默默站在後面的白定威嚇到差點叫出來。

我驚魂未定地喘著氣，惡狠狠瞪他。不行，現在不是高興的時候，要是不把這傢伙纏著我的原因解決掉，我永無安寧之日！

我把檔案夾疊在組長桌上，快速收拾包包，騎車回到租屋處。路上我偶爾注意後照鏡，他沒跟在我後面，即使我到家了也沒看到他。

終於甩掉他了？

回到位在舊公寓四樓的小套房，我隨便踢開平底鞋躺在床上。一閉上眼，就看到蜷縮在我雙手手掌中的小小孩子。淚水逕自流出來，我胡亂抓起枕頭蓋住臉抱著，讓枕套吸收淚水。

那是我第一次接觸孕婦，第一次親眼看見胎兒，卻是在那樣的場合。

我在鄭云珊身上看不出他殺的跡象。詹崇儒說，她是在車上燒炭，車門全鎖住，鑰匙在她身上，還從內部貼了膠帶封住窗縫。

很顯然是自殺。

那個小小的女孩，還有她也沒能出世的姊姊，現在應該和媽媽一起在沒人迫害她們的地方了。

我拿開枕頭，深深嘆氣，睜開眼睛想拿面紙擦臉，卻一睜眼就看到房間裡有另一個人，嚇得我像裝了彈簧一般跳起來站在床上，拿著枕頭放在身體前方防禦。

再定睛一看。馬的，是白定威那混蛋！我生氣地把枕頭丟向他，大罵：「混帳！跟蹤狂！不出聲要嚇死人啊！滾！滾出去！」

枕頭當然沒丟到他，只打到他後面的牆壁掉到地上；他也沒什麼反應，還是面無表情。

我和他互看幾秒，認真意識到我必須想辦法讓他滾，否則我會瘋掉，一定會瘋掉！

我盤腿坐在床上瞪他，「你到底有什麼事？死了就死了，幹嘛跟著我？」

白定威終於張開金口，但是他嘴巴的動作非常慢，而且我什麼也沒聽到。

「你在說話嗎？」我一臉疑問，「你說什麼？我聽不到，沒聲音啊！」

難道是因為我沒有跟神佛修行，道行不夠，所以聽不見嗎？而且因為他的嘴巴動得很慢，我也看不出他的唇語。

他終於不再面無表情，而是換上一臉的不耐煩。搞什麼？不耐煩的人是我才對吧！

他好像困擾地想了一會兒，用極為緩慢的速度把右手掌放在自己胸口。

雖然他的動作像電影的慢動作一樣慢，不過搭配這個肢體動作，我總算明白他好像在說「我」；然後他將雙手指尖互碰高舉在頭上，像是屋頂，嘴巴似乎說「家」。

「你家？你要我去你家？」我皺起眉心。

他沒點頭也沒搖頭，又換回沒表情的臉。看來要他變換表情好像是一件難事。

「反正我是你唯一的家人，遲早得去整理你的垃圾。」我很不滿，「不要為了這種無聊事纏著我！快滾！去輪迴還是去地獄都好！」

白定威又把右手放在胸前，左手虎口掐著自己的脖子，非常緩慢地搖頭。

「你不是自殺？」我問。我也想過這個可能。

他繼續搖頭。

「所以你要我找出兇手，是嗎？」

這次他又沒回答我的問題。我翻了個厭煩的白眼，我只是個法醫啊！不要為難我好嗎！

「你他馬的……」我撿起枕頭，抓住兩個邊角對他亂打一通，「有事才想到還有一個妹妹是嗎？你當我是誰啊？啊？你佔盡所有的好處！所有的！所有的！你們三個就一起去地獄團圓好啦！沒有我在，正好啊！」

枕頭打到牆壁發出悶悶的咚咚聲，我當然打不到他，只是徒然浪費我的力氣而已。可是我真的很氣！以前把我當傭人、當空氣、當成低等的人，現在有事就來騷擾我！

「死了就死了，別煩我！」

我發洩完之後冷靜下來，背對著他坐在床上。我很少這麼失控，八成是早上那對母女觸動了我某個情緒開關。如果白定威是活人，我應該早就拿出水果刀猛砍他十幾二十刀，上隔天的社會版頭條了。

我深呼吸幾口氣，用力抹一把臉，拿了內衣褲和睡衣，在走進小浴室洗澡前自言自語般說道：「你要是敢進來，我就不幫你。」

我想他也不會進來。他說過他對醜女沒興趣。

「妳這麼醜，要是不趁年輕一點趕快嫁，以後看誰要妳！」

醜女。

「妳這長相到底像誰唷，妳媽我當年追求者可是排到大街上的！我都不敢說妳是我女兒。」

冷水從蓮蓬頭灑下，從頭頂往下流，冷卻我因激動而偏高的體溫。

國小畢業後父親就一直叫我找打工，知道沒人會雇國中生才做罷，三不五時就耳提面命我國中畢業要去做工賺錢養家，為了不順他的意，我努力考上第一志願的高中；我決定考大學時天天罵我，女孩子家讀那麼多書沒有用、會沒人要，當一輩子老處女；等我考上第一學府的醫學系，又常常唸我學人家當什麼醫生，比得過男人嗎？女人家就該當護士、當藥師，嫁個會賺的醫生，人生才圓滿！

然後我考過了醫師國考，他們對外到處宣揚家裡要出個醫生了，看著他們那麼得意，我也很得意。

因為，我也考過了另一個考試。

看到他們聽到我要念法醫所時臉上錯愕且不敢置信的表情，我覺得我的人生才真的圓滿了。

當然，如果白定威這死人別再來騷擾我，那就更完美了。

我走出浴室時，白定威還站在原處，像個盡忠職守的衛兵，可惜我並不需要。

倒了一杯冰水，我一口氣喝掉半杯，呼出一口氣，確定自己裡裡外外都冷卻下來，轉身問那個杵在牆邊的王八蛋：「你是被吊死的，知道兇手是誰嗎？」

那個面癱鬼還是一樣用那張樸克臉凝視我。毫無反應，就是個面癱鬼。

看樣子他不知道。難不成是要我去調查嗎？雖然我也是法務部底下的公務員，可是我不是警察啊！

我閉上眼睛撥起瀏海，嘆一口心煩的氣，道：「你找錯人了，你們這些人喔，就是電視看太多。你應該去找張刑警，張欣瑜，她在××分局，你去給她托夢，她才能幫你，法醫什麼事都不能做，懂嗎？什、麼、事、都、不、能、做！」我一字一頓強調完，又道：「我頂多只能再驗一次你的屍體，但我不想，因為肯定很臭。」

他還是用面癱臉看我，看起來也沒有要離開的樣子。

聽不懂人話嗎？這傢伙！

我翻了個大白眼，拿著電視遙控器和冰水坐上床鋪，「隨便你！我告訴你，我明天就去把你的屍體領出來，馬上安排火化，然後全部打碎撒到海裡，你就去海上飄吧！別來煩我！」

他對我的話還是沒有反應，儼然是個真人立牌，我也打算把他當成真人立牌，反正他也不能做什麼。

打開電視轉到新聞台，我想看看那個死者的娘家人有沒有把事情鬧大，就算法律不能制裁重男輕女的觀念，至少我希望社會輿論能讓那家人過上一段不安寧的日子。

我連轉幾台都沒看到，可能被當成不重要的小新聞，只播一次或者甚至沒播；因為今天有更大的新聞——上星期失蹤的五歲吳小妹妹找到了，而我可能明天就會見到她，在解剖室裡，或簡報會議上。

吳小妹妹被棄屍在離本市不算遠的山上，那裡有不少人會去爬山健行，有個老伯帶狗去爬山時，狗發現步道外的灌木叢中有個黑色垃圾袋，老伯以為是沒公德心的人亂丟垃圾，拿起來發覺很重，打開來看才知道是屍體。

這是本市第二起女童命案，上一起大約發生在一個月前，受害者是四歲的陳小妹妹。螢幕上的警局副局長說，從做案手法看來兇手是同一人。

陳小妹妹是獨自在一樓家門外的騎樓遊玩時失蹤，旁邊店家的監視器只拍到嫌犯引誘小女孩過去的手，細細的手臂看起來像女人，但也可能是很瘦的男人；至於吳小妹妹失蹤地點是公園遊戲區，帶她去的父親當時正在玩手機，現在在電視上一把眼淚一把鼻涕懊悔不已。因此副局長呼籲家長一定要看好孩子，不要讓孩子離開視線。

這新聞讓我想起上次簡報會議中看到的陳小妹妹屍體照片，她被棄置的地方是一大片雜草叢生的河灘濕地，一堆沒有留下指紋的散亂報紙蓋住幼小的身軀，整個脖子被砍爛，身首分離，頸部有部分皮膚被削掉；頭顱也是用報紙包著，外面還套著紅白條紋塑膠袋。頸部傷口肌肉沒有收縮，顯示這是死後傷；從眼部的點狀出血，以及斷裂的舌骨來判斷，應是被掐頸而死。推測砍爛頸部和削皮肉是為了湮滅掐死她的痕跡，可能兇手怕會在皮膚上留下指紋，不過那是多此一舉，就算有指紋也查不出來。河灘濕地也不是第一現場，只是棄屍現場，目前還沒找到兇手。

女孩子啊，從在母胎中就開始了充滿危險的生涯，要平安長大恐怕還得靠神佛庇佑。

這則新聞讓我的心情更差，於是改滑手機看網路上的可愛動物蠢影片轉換一下心情。

看哈士奇耍蠢賣萌的影片看到睡著，還以為可以睡個好覺，沒想到睡醒更累，因為白定威在夢裡跟我大眼瞪小眼看了一夜，不管我怎麼吼他叫他滾，他都沒有回應，只是默默看著我。

看得到鬼卻不能溝通，真的讓人好心累。

好不容易拖著疲勞的腦袋起床，一抬頭又看見白定威站在昨晚的牆邊看我。我已經懶得理他了，今天我就要帶他去找張刑警，叫他去跟她。要查明真相當然得找警察啊！找我一介小小法醫能幹嘛？

沒睡好的我像遊魂一樣飄進辦公室，楊朝安一看到我，劈頭就道：「不是要妳休假了嗎？還來幹嘛？妳看看妳，這麼憔悴是做不好事的。」

沒想到他昨天說的是真的，我還怕萬一我當真了會被他削一頓，「喔，我……假單還沒寫。還有一些事，弄一弄就——」

「白宜臻，妳來得正好！」林亦祥趕緊跑來，「謝天謝地，我還怕妳休喪假去了。妳哥哥我暫時還得留著，警方那邊有點問題。妳來一下。」

他拉著我到他的座位，抽出一個檔案夾，把屍體照片全攤在桌上。雖然臉變成髒髒暗暗的黑綠色、灰白的眼珠像金魚一樣凸出，流湯的暗紅色五官孔竅擠滿白色的蛆，嘴唇也膨脹得像發黴的香腸，我還是勉強認得出這些案發現場的照片主角是白定威。

「妳覺得他死幾天了？」林亦祥雙臂抱胸，等我回答。

「你不是說大概五天？」我反問。相驗的又不是我，我憑什麼質疑他的判斷？

他右手握拳抵住下巴，眉心緊蹙。

「可是昨天晚上張欣瑜打給我，說……」他抿一下嘴唇，一臉嚴肅道：「妳哥的女友，在屍體被發現的三天前還去過，她說那時妳哥還好好的，而且因為他們晚上笑得很大聲，鄰居也有印象。」

我張大眼睛看他，再看這些照片，照片裡的屍體模樣不太可能只死兩天。

「現場有開加濕加溫器，還是暖氣嗎？」雖然覺得這是個笨問題，我還是姑且一問。

「至少我去看的時候沒有。」林亦祥雙手一攤，「其他鑑識的問題得問張欣瑜。」

「而且……不是說鄰居被薰了好幾天才報警？」這也是個疑點。

「總不會是他女友跟屍體有說有笑吧？」林亦祥苦笑。

我轉頭望向後面的當事人白定威，他低頭看我手中的照片，依然面無表情。我簡直像拖著一個沒用的人形立牌，幸好別人看不到他。

「不可能啊，時間對不上……」我反覆看那幾張照片，實在想不透，「那不就要重新解剖？」

「對啊，剛剛我才叫阿德趕快推去退冰。」步入中年的林亦祥好像煩惱得又多了幾根白髮，「我還得請C大的昆蟲系教授幫忙鑑定一下他身上的蟲子。本來以為只是自殺，很好解決……」

他看我一眼，驚覺自己說錯話，連忙改口：「噢、不、不是，我沒有什麼意思，我是說……那個……自殺嘛……」

「我知道，自殺本來就很簡單，也不用看太仔細。」我接下去笑著說完，轉換話題，「你沒把那些蛆丟掉喔？」

「昨天趕著開會，匆匆忙忙地，把垃圾袋綁起來之後就忘了處理。還好忘了。」

他看起來還是很頭痛，我拍拍他的肩膀安慰道：「再怎麼樣也不會是你看錯，這屍體怎麼看都不只兩天，絕對不只。」

「那怎麼會有人證？」他一臉陰鬱，像講祕密似地小聲道：「會不會是妳哥不想讓女友擔心，所以……顯靈陪她？」

我悄悄瞄白定威一眼。這傢伙是那麼體貼女友的嗎？印象中不是啊？在我家那種重男輕女的環境下長大，他早就耳濡目染我爸的大男人主義，把女友當下人呼來喚去，不合他意就破口大罵。這種人會擔心女友？

不過我也不便對同事批評自己親兄，只道：「就算他顯靈好了，屍臭是實際存在的，這種氣溫不用兩天就會臭死人，一般正常人絕對待不了多久，哪還能有說有笑。」

仍蹙緊雙眉的林亦祥看著我，「所以妳認為……證人說謊？」

我嚇一跳，連搖雙手，「等一下！我可沒那麼說喔！我只是就事論事！」

他乾笑兩聲，「我知道，幹嘛那麼緊張。」

我留他自己獨自煩惱，從放空白文件的抽屜拿了請假單。反正楊朝安說我可以把囤積一堆的補休用掉，難得他那麼大方，我就趁他還沒反悔之前快請吧！

我把請假單放在組長桌上就溜了，我請那麼多假不是為了出去玩——雖然我是很想啦，但主要還是為了查一查白定威的死。照那傢伙腐爛的程度，絕不可能只死兩、三天，而且有人前一天晚上和女友笑鬧到半夜，然後第二天自殺嗎？難道白定威有憂鬱症？實在很難想像。

怎麼想都很可疑。我得先去找張刑警問一問。

走向大門的途中，我接連在走廊上看到三個平面的鬼影，我平時一發現對方不是人就盡量裝作沒看見，但是我雖然看得見，以往頂多也就一個月看見一兩位，今天這頻率也太高了吧！該不會是因為白定威跟著我，害我運勢變差了嗎？

天天碰死人不要緊，我可不想天天見鬼！

我邊走邊撥張欣瑜的手機，請她先在局裡等我，我想和她談談證人的證詞。

如果白定威的女友因為是兇手所以說謊，那鄰居為何也說謊？串通？白定威綠光罩頂？

我猜想是女友和鄰居串通，結果是我這個憨人想得太簡單。

白定威住在六層電梯公寓的三樓，整棟公寓幾乎都聽到了他和女友吳婉華大笑聊天的聲音，當時是晚上十點多，相當擾鄰，所以對門的鄰居陳建文去按電鈴，要他們小聲一點。

「白定威有開門嗎？」我問。這很重要，因為照腐爛的狀況，當時他應該已經像活屍電影裡的活屍那樣，眼球突出，臉脹得跟豬頭一樣，身上紫紫綠綠的，臉部和手腳佈滿暗綠色的血管紋路。

「沒有。」張欣瑜翻閱她的小本子，「陳先生說他按門鈴要他們小聲一點之後，雖然沒有人開門，但講話聲就變小了，所以他就回去了。」

「那時有聞到臭味嗎？那時他死了至少三天，應該非常臭。」

「對喔，臭味……」張欣瑜回想，「我忘記問了，可是他也沒特別提，應該是沒有吧？」

「他女友，那個吳小姐，幾點去幾點走？有沒有監視器錄到她？」

「我沒去調。我沒理由鎖定她。」

說的也是。我總覺得白定威的女友很可疑。

「我想去他家看看。請問我可以——」

「妳當然可以去，妳是家屬，那房子現在歸妳。」

「不，我是想請問妳方不方便帶我去。」我有點不好意思，跟工作方面的人談起不光彩的私事總是令人尷尬，「我不知道他住哪裡，也沒鑰匙。說實話，除了我父母的葬禮，我跟他大概十年沒連絡了。」

張欣瑜開偵防車載著我，還有後座的白定威，一同到他家去。

我從沒來過白定威的家，當初只聽爸媽說他要買房子，要我拿出存款來給他當頭期款，我聽了差點氣到摔手機。我好不容易從租雅房換到租套房，他竟然要我拿存款給他買房子？門都沒有！

後來爸媽就拿自住的老公寓貸款給他，然後想叫我還貸款……一樣沒門兒。我就這樣跟家裡鬧翻了，誰也不先低頭。

得知父母車禍過世時我是有一點難過，但是在得知兩老早把一切都贈予白定威，那混帳還大發慈悲想叫我扛下那間欠一屁股貸款的老房子，我就決定放棄繼承，順便把最後一滴悲傷的眼淚彈掉。

我還曾經懷疑我到底是不是他們的親生女兒，總覺得我和那三個人格格不入，彷彿他們三個才是一家人，我是外面撿來的。

車子停在一棟淺棕色壁磚的公寓樓下，這一帶雖然不是高級住宅區，但也是不錯的地段，意思就是房價不低。

張欣瑜在電梯裡戴上口罩，她要拿一個給我，但我當然也有準備。電梯停在三樓一開門，濃濃的蚊香煙味穿透口罩鑽入鼻腔，沒貼封鎖帶的那一戶人家，在門口放了三圈燃燒中的蚊香，搞得樓梯間煙霧瀰漫，但我想那應該不是驅蚊用的。

煙味實在太重，讓我覺得呼吸有點困難，張欣瑜也咳了幾聲，趕緊拿鑰匙開門。「當天我們找了四個鎖匠才好不容易開門，順便請他多打了一支。」她解釋道。

門一打開，換成屋內濃郁的腐屍臭味襲擊鼻腔，畢竟屍體放了五、六天，昨天才剛運走，味道沒那麼快散去。雖然有心理準備，實際聞到還是很噁心。

一邊是令人窒息的濃煙，一邊是令人作嘔的屍臭，這時連想吸一口新鮮空氣都是奢侈。我還算習慣，但張欣瑜似乎需要一些時間適應，她站在門邊朝向外面的蚊香濃煙吸幾口，又被煙嗆得咳了幾聲後，才關上大門。

白定威的家，好大——這是我呆呆地看著室內的感想。

光是客廳就比我整間小套房大上兩倍吧？還有看起來像單人床那麼大的米白色皮沙發、不知道幾吋的好大一台液晶電視，還有四個高高的喇叭……是傳說中的家庭劇院組嗎？這傢伙的生活這麼豪華啊？

沙發與墊了玻璃的整塊樹幹茶几下有一大片米白色的長毛地毯，高雅的白毛不僅被一堆鑑識採證踩得雜亂，還有一片被茶几玻璃上流下的黑褐色惡臭液體沾黏的乾涸痕跡。

我抬頭看向茶几上方的華麗雕花水晶吊燈，然後轉頭看白定威，他也抬頭看著吊燈，似乎在沉思，不過也可能是發呆。

「他就吊在那裡嗎？」我指著那個吊燈。

張欣瑜點頭。

我目測茶几到吊燈的距離，「他怎麼上去的？踩著茶几……踮腳尖？」

「他的腳尖離桌面只有兩公分多。」她指著散落在茶几和沙發之間的幾本雜誌，「可能是踩著那些吧？」

雜誌的紙質很滑，如果踩著疊起來的雜誌上吊……我想像白定威才把頭套進電線圈裡，結果腳尖一用力，不小心就把雜誌踢走，他於是慌張地——不對，他沒有掙扎，所以他是確確實實地把那幾本雜誌全踢開，忍住求生本能，直挺挺窒息死的？

「你們進來的時候，桌上本來就是空的嗎？一本雜誌都沒有？」我問。

「對。」

「那很奇怪。」我蹲下來看那五本雜誌，有八卦週刊和時尚雜誌，最厚的頂多一公分高，「他的腳尖離桌面還有兩公分，那至少會有一本他踢不掉，掛在桌邊吧？」

張欣瑜看著我，白定威也轉向我。

「妳的意思是……」張欣瑜試探問道。

「他不是自殺，是被人吊死的。」我順便澄清道：「這不是我猜的，是他本人自己說的。」

「他……本人？」張欣瑜好像倒抽一口氣，然而這裡空氣太臭，她不由得又咳幾聲。

「嗯，他就在這裡。」我站起來，由上至下大約比了白定威位置，「成天跟著我，只表明他不是自殺的，之後就什麼都不說了。莫名其妙。」

「所以他不是自殺？」張欣瑜捂著戴口罩的嘴巴。

「這案子由妳來辦，不就代表你們也不當這只是單純自殺？」她的問題讓我很驚訝。

「不是。」她苦笑著搖手，「是因為很多人都被調去找那個失蹤的小女孩，人手不夠。」

「可是鬼魂的話不能當證據啊……」我困擾地到處看。光憑雜誌沒留在桌上，感覺不夠證實白定威不是自殺。

撇開散落的雜誌不說，這屋子確實很乾淨，東西都收拾得井井有條，杯子、碗盤、毛巾都在自己的位置上，像剛洗過一樣光亮潔白，連垃圾桶都是空的。

——垃圾桶是空的？

我蹲下來仔細觀察垃圾桶，連裡面的角落都沒有灰塵，應該被人仔細擦拭過。太乾淨了，這裡。

我在客廳走來走去，然後問張欣瑜：「他女友的頭髮長不長？有沒有染？」

「蠻長的，到這裡吧？」髮長及肩的張欣瑜比了自己的左上臂一半的地方，「髮色是有點……怎麼講？土黃色？」

「總之是有染的長髮就對了。」我點點頭，盯著地板。

不說長短，整個屋子地板上根本一根頭髮都沒有。看來是個有潔癖的女友呢，白定威受得了那種女人？真稀奇。

「如果這是刑事案件，就能調監視器了吧？」我問。

「『如果』是的話。」張欣瑜強調了那兩個字。

「屍體狀況和證人的說法兜不上，顯然有問題。」我試著說服她，「屍體是不會說謊的，人才會說謊。如果當初你們進來時現場確實沒有特別悶熱、沒有特別異狀，那他就是死了五天，至少五天，不會是兩天。一定有人說謊。」

「好……吧。我去查白定威和鄰居的關係，再問問吳小姐。」

張欣瑜好像悄悄嘆一口無聲的氣。我可以體會，以為立刻就能結案的單純事件忽然變複雜，心裡一定充滿幹意。

「我要回去了，妳要一起走嗎？」她問。

我當然想趕快出去吸一點人間的空氣，可是白定威忽然出現在我和張欣瑜之間，嚇得我倒退一步。

他好像很努力地緩緩搖頭。

現在是怎樣？他不要我走？可是這裡很臭耶！

張欣瑜看我退一步好像也愣了一下，問道：「白法醫？怎麼了？頭暈嗎？」

吸這麼久的屍氣的確快頭暈了，但我搖搖頭道：「沒事，我、我想我再待一會兒好了。我可以拿一台抽風機來抽掉這鬼味道嗎？」

「可以，不過請盡量不要破壞現場。」

「沒問題，我只是想把這裡的空氣弄得好一點。」我答應她。

張欣瑜開門前還回頭看我一下，「妳自己一個人，真的沒問題？」

我笑著向她比個ＯＫ的手勢，目送她出門，然後馬上衝到開著的窗戶前打開沒紗窗的那一邊，拉下口罩大口呼吸。

啊——差點就被臭死了！身為法醫，張刑警又比我年輕許多，實在不想在她面前表現得太遜。

我從包包拿出薄荷油猛滴在口罩內側，雖然用處不大，但聊勝於無。我轉身瞪著不讓我離開的白定威，「幹嘛啦？還有什麼事？你想要熏死我啊？」

他的表情沒有變化，只伸起左手指向左方，那裡是臥房和浴室。看來他要我過去那邊，可是我真不想離開這個可愛的窗戶……我想到國外好像會用咖啡香來掩蓋屍臭，於是先到廚房去，拿一個湯鍋裝了十二杯份的咖啡，再把咖啡渣灑在流理台上，看看能不能吸掉一些臭味。

我拉下口罩聞聞看。嗯，變成混合咖啡味的詭異臭味。我想我大概好一陣子不會想喝咖啡了。

我放棄降低屍臭，重新戴上薄荷味的口罩嘆氣，接著注意到流理台上的菜刀架，少了一把刀。

我不清楚白定威這傢伙會不會下廚，搞不好是買來給女友用的，這些刀具和菜刀架上都有相同的品牌名稱，顯然是一整套的。

可是裡面少了一把刀。

我戴上包包裡隨身備用的橡膠手套，謹慎地把刀架插入刀的部分轉向我。

每一把刀都有符合自身刀刃大小的位置，缺少的那一把，看起來是裡面最大的刀。

少了一把菜刀也沒什麼，看那大小說不定是砍刀，砍豬大骨之類的硬物時砍壞，就扔掉了。

砍骨頭啊……我記得白定威的屍體沒有缺少什麼部分，應該不是用來砍他吧？

不知怎地，我想到陳小妹妹被砍爛的頸子。要是兇手也有一把這麼名貴又鋒利的刀，就不用砍那麼多刀了。不過說到鋒利，記得報告說削皮肉的刀是很利的，沒有來回切割的跡象。

我用食指和姆指隨手抽出一把比一般水果刀稍長一些的刀，和刀柄一體成型的不鏽鋼刀面亮得幾乎可以當鏡子。這種大小就很適合削——不對，我在想什麼？我應該是要來找白定威被害的證據才對。

咖啡香漸漸擴散，我稍微拉下口罩，廚房這裡的氣味變得好多了，可是還是有點臭，我朝空中聞了聞，才發現味道來自我的衣服。

可惡！我居然忘了屍臭會附在身上！完了，這下我從頭到腳都是噁心的臭味，我要怎麼回去……就算在這裡洗澡，衣服也沒得換……早知道剛剛就別理那混蛋，直接跟張刑警搭偵防車回去就好了！

現在懊惱也來不及，張欣瑜早就走了。我重新戴上口罩，一邊嘆氣一邊朝白定威要我去的方向走去。

臥室也整理得一絲不苟，涼被整整齊地疊在床尾，像是沒人用過，然而就我所知，白定威不可能摺被子。

白定威不可能摺，所以我應該可以合理推論，在那個吳婉華離開之後，他沒有用過這張床。

如果他當時已經死了，人吊在吊燈下，當然不可能用這張床。

我一直覺得他女友很可疑。可是談笑聲又是怎麼回事？不只對面的，連樓上樓下都聽到了。

我仔細檢查房間的每個角落，也是一根頭髮、一絲灰塵都沒有，而且這裡只有男性衣物，看來他沒和女友同居。沒同居還能保持這麼乾淨，吳婉華是天天來打掃嗎？

我不信邪，先稍微移開雙人床墊再使勁抬起下面的床架，竟然也沒什麼灰塵！但雖然乾淨，還是看得出陳年灰塵曾經存在的痕跡，地板顏色和其他地方比起來就是不太一樣。表示這是最近才擦的。

會不會是最近發生了某些事，導致白定威或他女友必須讓家裡一塵不染？

抬起床架後，我發現床腳下黏著一根頭髮，細細軟軟的，乍看是黑色，但在光線下偏棕色，應該是沒染過的頭髮。

該不會……白定威偷吃被發現，所以吳婉華做掉他？好像也挺可能。

我到廚房找塑膠袋，沒想到找到夾鍊袋，更好。我把頭髮放進去，回臥室把床恢復原狀，接著到浴室。

浴室也是非常乾淨，非常、非常乾淨！乾淨到我忍不住想再三強調。

地板的磁磚縫隙好白，彷彿新抹的水泥；浴簾也一樣，下方連水垢痕跡都沒有。

為什麼要洗得這麼乾淨？

我疑惑地轉頭看浴室門口的白定威，他微低著頭，目光望著地板，於是我也跟著看地板。米色的地磚非常乾淨，連一根頭髮都沒有。不過我發現浴缸與牆壁間的防水矽利康好像沒有那麼乾淨，只有靠近地板的防水矽利康很乾淨，白得像新的一樣。

吳婉華來的那個晚上，她沒用過廁所嗎？還是她把一切都打掃得乾乾淨淨之後才離開？

可是我沒在浴室看到清潔劑。我回到廚房打開所有櫃子，還到後陽台大略巡一遍，也沒有清潔劑的影子。白定威對髒亂的容忍度本來就比一般人高，整理成這一塵不染的樣子應該不是他的意思。

而且，清潔劑到哪兒去了？打掃成這樣，怎麼可能沒有清潔劑的瓶子？

——吳婉華，或某個人，為了某個原因，必須徹底打掃這間屋子……

啊，不行了，滿屋子的臭味讓我無法思考，我又逃到窗邊，扯下口罩大口吸氣。

除了再度證實房子非常乾淨之外，我不懂白定威要我留下來做什麼，而且這下我得頂著這一身臭味回警局騎車……搭車一定會引人側目，看來只能走路了。

我哀怨地噘嘴瞪著一臉若無其事的白定威，包包裡的手機忽然響了，是張欣瑜。

「白法醫，妳還在那裡嗎？」

「嗯，對。怎麼了嗎？」

「我怕妳滿身屍臭沒法回家，我現在去載妳。」

我差點禮貌性地婉拒她，我硬把話吞回去，誠懇道：「謝謝妳！真是太好了，我還在傷腦筋該怎麼回去。」

張欣瑜真是個好女孩！我之前常接觸的都是男刑警，那些少根筋的男人才不會這麼體貼。

在張刑警來之前，我倒掉咖啡沖了鍋子，在廚房櫃子裡找到一個鍋貼店的塑膠袋裝咖啡渣，並用包包裡的面紙把流理台擦乾淨。

戴口罩的張欣瑜進來時也注意到咖啡的味道，「咦？好像……有咖啡味？」

我把我用咖啡除臭的事告訴她，她愕然地呆了呆，笑道：「可是……妳不是說這應該是刑事案件？妳這樣不是破壞現場嗎？」

我也呆了，結結巴巴道：「廚、廚房也算現場嗎？」

「暫時……整個房子都算吧？」

我羞愧地雙手掩面，「對不起，我不知道……怎麼辦……」。

「沒關係啦，咖啡應該不會弄掉什麼……吧？」

她的語氣聽起來也不太肯定，但事情做都做了，除了這樣安慰自己之外也沒其他辦法。

我愧疚地紅著一張臉跟她從樓梯走下去，免得身上的屍臭味污染電梯。

「妳怎麼會想到來接我？」我隨口找個話題。

「我回到局裡大家都退避三舍，叫我去洗澡換衣服，還把車子消毒一遍。」她笑道：「所以我想妳沒車，恐怕走在路上都會引人側目。」

我看她身上的衣服，和先前的差不多啊，都是深藍色的長褲和白襯衫。

「妳換過衣服喔？」我想了想，「那……妳剛剛又上去過，不就又變臭了嗎？」

她一怔，大笑著說道：「對耶！而且車子又會變臭了！哈哈哈！剛剛都白消毒了！」

我隨她上了臨停在樓下的銀灰色偵防車，車上果真瀰漫一股漂白水加酒精還有廁所芳香劑的味道，現在又混了我身上的腐臭味，變成非常奇妙的噁心氣味。

張欣瑜打開全車窗戶，「要是開冷氣，他們一定會殺了我。」

「待會兒停紅燈，旁邊肯定不會有機車停在我們旁邊。」我也笑道。

車子開上馬路，外面的熱風吹進來，沖淡車內說香很香、說臭也很臭的怪味。直視前方的張欣瑜道：「我跟小隊長談過，但是他認為當成他殺的理由不夠充分。妳知道，多一事不如少一事嘛。不過他同意讓我調監視器來看。妳在裡面待那麼久，有什麼新發現嗎？」

「那房子真的很乾淨，乾淨得不太對勁。連床底下好像都擦過，妳相信嗎？」我搖頭，「白定威不是那麼愛乾淨的人，我想是要掩飾某件事……要藏樹葉最好藏在樹林裡，如果只有某個地方太乾淨會讓人起疑，所以才全部都整理一遍。」

說到床底，我想起那根頭髮，於是拿出夾鍊袋，「對了，我在床腳找到一根頭髮，沒染過，看長度也不是白定威的，雖然可能沒有毛囊……可以試試看分析粒線體DNA？」

「為了要把證據刷掉嗎……」她喃喃自語後，道：「血跡是洗不掉的，不然我找鑑識再去徹底查驗一遍。」

我倒沒想到可能是血跡，應該說我剛才真的被熏得頭昏腦脹，沒法思考。

血跡加上失蹤的砍刀，感覺很可疑。我順便告訴她廚房少了一把砍刀，她皺起清秀的細眉，好像也覺得有某種嫌疑的味道。

「那個……白法醫，我不是有意冒犯，只是想請教一下……妳哥哥他……」她吞吞吐吐地沒說完話。

「不會冒犯，妳問吧。不過我和他真的很久沒來往，不見得什麼都知道。」

「他……有沒有戀童癖？」

突如其來的問題讓我一呆，但還是回答她：「沒……應該沒有吧？他超愛巨乳，女友都很大。」我用雙手在胸前畫出差不多排球大的弧線，「他還說過沒有D的女人都是殘障。」

「啊？」她用啼笑皆非的眼神看我。

「我跟他說沒有一八〇的男人也是殘障。」我勾起一邊嘴角。

她笑得肩膀抖動，「哈哈……你們兄妹感情還不錯嘛？」

誰跟他感情不錯？他嘲笑我殘障耶，我搞不懂她的思維。

「他女友的身材確實蠻雄偉的。」張欣瑜回想。

「她長什麼樣子啊？」我有點好奇。白定威看女人第一看胸、第二看臉，還曾經交往過身材相當重量級的女孩。

「很……普通，不算漂亮的型。」張欣瑜好像找不到合適的形容，「雖然頭髮染得黃黃的，不過個性好像有點內向畏縮。」

「那種大男人最擅長摧毀女人的自信。給他摧殘過，都會懷疑自己是個爛女人。」我惋惜地嘆氣，問道：「很年輕？」

她點頭，「二十二而已，比我還小。」

「所以才會被那種男人騙。」我真搞不懂，白定威都坐三望四了，怎麼還能吸引那種年輕小女生。

「不好意思，我剛才懷疑過他會不會和那兩個小女孩命案有關。」她抱歉地道：「不過如果喜歡巨乳，應該就不會喜歡小女孩了。」

「陳小妹妹沒有性侵跡象啊。」我回想當時的報告內容，順便問道：「吳小妹妹也是砍頭嗎？」

「我沒看到屍體，聽說脖子有一道切口，深度好像很淺，皮膚也有被切掉；不過這次吳妹妹的臉被剁爛了，聽說整個血肉模糊。」

「剁臉？」不喜歡吳小妹妹的長相嗎？上次砍頭，這次剁臉……目標只是女童的身體？可是又沒有性侵痕跡，變態的想法真難理解。「不過白定威是被上吊的話，也可能是他發現什麼事……可能不見得是女童命案啦，先不要抱太大期望。」

我知道警方現在的破案壓力一定很大，所以先給她打個預防針。

「如果是因為發現事情才被殺的話，吳婉華的嫌疑就很大了。晚一點我調監視器畫面，要一起來看嗎？」

「咦？可以嗎？」我很驚訝。

「可以吧？大家都是執法人員嘛！而且妳還是家屬啊！」她爽朗笑道。

但我還是得先回家洗個澡才行。回到警局和她道別後，我盡快騎車回家，不知是否心理作用，一身惡臭在陽光的加溫之下好像更臭，實在不敢在路上逗留，我看這身衣服扔了比較快，包包也……反正為了預防這種狀況，我的衣物包包都是便宜貨，扔了也不會太心疼。

◆

反覆洗了兩次澡，頭髮還抹了超香的護髮乳，總覺得身上還是有點味道，不過也沒辦法了啦！這就是法醫的宿命吧。

我把臭掉的衣物緊緊包在三層塑膠袋裡綁緊，回頭看到白定威杵在桌前，本來想問他兇手是誰，又想到他好像不知道。

死人不是很神通廣大嗎？靈魂離體的那刻，不是應該看得到旁邊殺他的人嗎？該不會是這傢伙裝傻？

「喂，我問你。」我盤腿坐在床上，「殺你的人是不是吳婉華？」

他默默看著我，一動也沒動。

「你是不想說還是不知道？」

還是沒有動靜，只是盯著我。

「喂，你到底是為了什麼來找我啊？要是知道兇手是誰就說啊！」我對他完全沒耐心，要不是碰不到他，我真的會殺了他，「你家的大菜刀到哪裡去了？」

他這次動了——只動兩個眼珠，視線從我身上移向旁邊。我跟著看過去，是塞了我那包臭衣服的垃圾袋。

「丟掉了？為什麼？」我追問道：「切什麼切壞的？」

他皺起眉頭，一臉鄙夷，好像覺得我是笨蛋。

我放棄，不想理他了。外出吃過飯，我趁午休時間打給林亦祥，問他重新驗屍的情形。

他還是一樣認為五天，而且教授看過那袋蛆之後還說可能六天，因為連蛹都有了。

吳婉華果然有問題。談天說笑的聲音可能是某天錄的，因為張欣瑜說鄰居按門鈴之後沒人開門。門當然不能開，一開屍臭就會散出去了，所以她是預謀……

一個失去自信、畏畏縮縮的女孩，敢下手殺人，會是為了什麼？

我想到張欣瑜懷疑過白定威是不是女童命案的兇手，現在我也有點懷疑了。該不會吳婉華再也受不了他誘拐殺害女童，報警又怕會被報復，所以才痛下決心殺了他？

好像也不無可能。說不定他膩了巨乳，開始喜歡貧乳了。

我躺在床上思考許久，轉頭看那個還站在我桌前的混帳傢伙，問道：「喂，小女孩是不是你殺的？你是不是戀童癖啊？」

白定威張大雙眼，那副表情就像在說「妳是白癡嗎？」

他這個表情真的惹毛我了，我倏地坐起來指著他，「不然你說啊，你家的刀哪兒去了？為什麼到處那麼乾淨？啊，臥室那根頭髮肯定是其中一個女孩的對吧？你們就是在浴室砍她們的頭吧？是吧！」

白定威雙臂抱胸，頭部微抬，一副用鼻孔看人的睥睨眼神。

我轉為面向窗戶不看他，也生氣地將雙臂交叉胸前。

如果這巨乳魔不會對小女生下手，難道是吳婉華？陳小妹妹脖子被砍那麼多刀，是因為女人力氣小砍不斷，或者是因為害怕嗎？殺吳小妹妹的時候刀已經鈍了，所以改成剁爛她的臉……

可是動機是什麼？原因呢？一再犯案，表示兇手是有動機的。我有點想和吳婉華談談，可是我只是法醫，沒有約談人的權力，刑警問話時也不方便在場；若以白定威妹妹的身份，她會理我嗎？

而且和死人打交道這麼久，常見面的活人除了同事就是刑警與檢察官，要談也是談公事，其實我蠻不會和陌生人聊天，想到要找吳婉華喝咖啡，心裡忽然覺得壓力好大；還是找張刑警作陪呢？她和吳婉華年紀相近，人看來也活潑……可是吳婉華已經知道她是刑警，應該也不會放鬆心防吧？

躺在床上想東想西煩惱著，不知不覺睡著了。沒辦法，平常加班太累，難得休假好放鬆啊……手機把我吵醒時，我還猛然不知身在何處。

「白法醫？」是張欣瑜，她的聲音有點驚訝，「不好意思，我打擾妳午睡嗎？」

「沒有、沒有沒有。」我連忙否認，刻意用很有精神的聲音回答。

「我要調監視器影像了，要來嗎？」

我當然忙不迭答應，換上外出服火速出門。在警局登記了證件，坐在電腦前的張欣瑜招手叫我去她旁邊。

「哇，好香。」她聞一下我的頭髮，「哪牌洗髮精，這麼香？」

「是護髮乳啦，洗髮精不夠香。我還有同事買無香的洗髮精和沐浴乳，再去化工行買一大瓶香精，要多香自己調。」

「還有這種小撇步，不愧是專家！」

我沒這樣做過，因為我懶，畢竟不是天天有機會接觸腐屍，但看她佩服的笑臉，我心想我是不是也該自己調個洗髮乳。

「來吧！」她握住滑鼠點游標，「來看看那天晚上的狀況。」

吳婉華說她去過的那天，約在晚上六點五十四分時拍到一輛藍色小車從畫面右邊開進來，張欣瑜按了暫停，告訴我這就是吳婉華的車。

接著影像快轉，約在十點四十七分時，那輛藍色小車又轉出去，吳婉華回家了。

「妳說，對面的鄰居在十點多去叫他們小聲一點？」我問。

張欣瑜點頭，拿出記事本翻了翻，「大約十點半，那時陳先生看的節目剛好進廣告。」

「十點半還聊得很開心，十七分鐘之後就回家？」我用疑問的目光看她。

她聳了聳肩膀表示無法回答這個問題，再用滑鼠點另一個檔案，「這是另一邊的畫面，離妳哥家比較近，可以看到她停車的地方。」

大約六點五十五分，藍色小車找到停車格，一名身材豐臾的女子背著一個小包包下車，看得出她的胸部相當傲人，肯定是吳婉華。

快轉到十點四十四分，鏡頭拍到吳婉華匆匆走到對面，把帶來的小包包塞進路邊的垃圾桶。在這裡我喊了停，張欣瑜按下暫停。

「妳看，」我指著螢幕上的小人，「她穿的衣服不一樣。」

「不一樣嗎？」張欣瑜湊近看。

「剛剛是整件粉紅色，現在是條紋。」

張欣瑜倒回去看，六點五十五分時確實不是條紋上衣。不過褲子看起來都是黑的。

「她換過衣服了。」張欣瑜喃喃道。

「因為那裡很臭，她洗過澡才回家。」

「啊！」張欣瑜也發現了吳婉華現在在螢幕上的舉動，「她把所有東西都丟掉了！」

「看來是……她穿的衣服什麼的，可能還有錄音機或是錄音筆，全部都……」

張欣瑜看來很懊惱，那麼多天前的垃圾，早就進焚化爐了。她皺起眉心閉上眼睛，好像很努力在想辦法，最後只能嘆氣，「算了，我還是可以再約談她。如果可以攻破她的心防就好了，她看起來不是很有心機的人。」

「這個影像可以回溯幾天？」我問。

「一個月。」

「喔？現在可以保留這麼久？我的印象還停留在七天。」我看著她，「那……可以看看吳小妹妹失蹤那天嗎？」

張欣瑜很驚訝我這麼問，「可是，妳不是說妳哥是……」

我搖頭，「我不知道，我不確定，畢竟我真的很久沒和他來往。只是看一下應該沒關係吧？」

「其實是有關係，不過……」她小聲說著，一邊在嘴唇前豎起左手食指要我安靜，一邊輕輕移動滑鼠。

吳小妹妹失蹤那天的深夜十二點二十五分，藍色小車開進去。這次吳婉華停車的地方離監視器有點遠，車子停好後她沒有馬上下車，而是等到一個人——應該是白定威——走過去，她才開車門，把一個用被子還是什麼布包著的一大個東西從車裡抱出來，交給白定威，然後兩人急忙跑出畫面外。

我們兩人把影片倒轉暫停，努力想看出他們在幹什麼、抱的那一大包到底是什麼東西，可是太遠又太暗，實在看不出來。

「還有，」我靠近張欣瑜的耳朵，用幾乎是氣音小聲道：「到白定威推定死亡的那五天，看他有沒有出來過。」

兩邊的監視器我們都快轉看了，吳婉華晚上離開後，接下來五天都沒有白定威的身影，只有三天後吳婉華的小車再度出現。

「Bingo。」我悄聲道：「白定威不可能不出門。那一天吳婉華就殺了他，三天後再去假裝他還活著。」

「可是，剛剛他們抱著的那一大包東西，會不會是……」張欣瑜也跟我靠在一起說悄悄話。

日期那麼剛好，我也不由得懷疑那一大捆東西是小孩，但問題就出在畫面看不清楚。我只能老實說：「我不知道。」

「那我只好試試看她口風緊不緊了。」張欣瑜左手撐著下巴，盯著螢幕，「至少現在可以懷疑她殺了白定威。」

「鑑識什麼時候會去採證？」

「看明天吧？我待會兒去跟小隊長說說，這應該可以成立刑事案件了。」她像是突然想起什麼，又小聲問我：「妳哥哥還跟著妳嗎？」

我點頭道：「陰魂不散。」這四個字真是太貼切了。

她有些興奮，「那妳問他，那天晚上吳婉華給他那一大包是什麼東西？」

我面有難色，「他可能不會理我。」

張欣瑜不明白，「為什麼？他都死了啊，就算有罪也不可能起訴他。」

「我哪知？我問殺他的兇手是誰，他也不說。」我不忍看她臉上的失望表情，於是道：「不然我回去問問他，說不定這次他會告訴我。」

「那就拜託白法醫了！」她又綻出笑容。

我外帶一碗乾麵回房間吃，惱人的白定威坐在書桌上看我。我真不懂他為什麼要一直看著我，是不是生前太久沒看到我，這幾天要把那些年的份全補回來？

「喂。」我吃完最後的豆芽，問他道：「×月○日晚上，吳婉華到你家去，你還下來幫她抱一個用布包起來的東西，記不記得？」

不出所料，他還是沒動靜——當我這麼想的時候，他竟然點頭了！雖然很緩慢，但我確定他點頭！而且還笑起來……這個笑容就有點讓人不太舒服了。

「是什麼東西？是不是……小女孩？」我趕緊抓住機會追問。

他維持那個討厭的笑臉，慢慢挑起眉毛，一副挑釁樣，好像在說「妳猜」或是「妳說呢」。

我整張臉垮下來。我太天真了，還以為人死後會有良知……討厭鬼死了之後果然還是討厭鬼。

我不知道吳婉華的地址和電話，張欣瑜應該也不會給我，白定威的手機裡應該有吧？唉呀，今天早上去的時候忘記找了，我可不想再去一次那間臭房子！可是如果今晚不去的話，明天鑑識人員去了就會被列為證物，我就拿不到了。

內心雙方拉鋸一會兒，最後怕臭的一方輸了。我可是堂堂法醫呢！怎麼能怕屍臭！

路上我順道在水電行買了一架抽風機，希望能把那裡的空氣弄好一點，明天鑑識人員也會感謝我吧。

我騎到白定威的公寓，在附近找車位時看到一輛眼熟的藍色小車。當然，那不是限定款的車，或許只是看到一模一樣的車款而已，女生都愛開小車嘛。

為了求證，我打給張欣瑜，詢問吳婉華的車牌號碼。聽了我的問題之後，她的聲音似乎有些疑惑，但還是告訴我。

我聽著，一字一字對照，就是我眼前這輛沒錯。

吳婉華今天晚上又來了。會是新聞上報後，她想起有什麼東西忘記處理嗎？

我收起手機思考著，我要不要在這裡等她回來，表明自己是白定威的妹妹，想找她聊一聊……可是事情來得好突然，我還沒有做好心理準備。

我下機車拿下安全帽透氣，心裡忙想著待會兒要講什麼當開場白才好，忽然背後有個女聲道：「妳有什麼事嗎？我的車怎麼了嗎？」

我回頭，一名右肩背著黑色大帆布包、身材微胖的黃髮女子站在大約三公尺處，神色緊張地看著我。

我把安全帽放在座椅上，用平和的語氣以免刺激她，道：「吳婉華小姐嗎？我是白定威的妹妹，我——」

她打斷我的話，惡狠狠地瞪我，「白定威才沒有妹妹！我從沒聽他提過！妳是警察吧！」

「不是啦，我——」我的話又沒說完，因為她馬上從帆布包裡抽出一個東西往我這裡衝。我沒看清楚她拿的是什麼，總之先擋下要緊！於是急忙拿起機車踏板上裝抽風機的紙箱，大紙箱完全擋住我的上半身，接著我聽到金屬碰撞的聲音。

定睛一看，她拿的正是白定威廚房刀架上的其中一把菜刀！刀柄與刀刃反射路燈的白光，我想我的臉色也應該跟著變白了。

她愣一下拔出菜刀，看樣子打算來第二擊。

「等一下、吳小姐！」我嚇得膝蓋發軟，聲音也幾乎出不來，「我真的是他妹啊！」

但她根本不聽我說話，表情充分說明她陷入害怕的瘋狂，一心只想除去我這個擋在她前方的人。

菜刀第二次刺過來時我也拿整個箱子往前擋，刀刃這次可能刺到扇葉之間的空隙，我看到尖銳的刀刃從箱子後面穿出來，更是嚇得心驚肉跳。要是我只拿箱子擋在身前，看這深度可能會刺進肋骨，畢竟我胸部沒那麼多脂肪。

我也鼓起全身力氣用力把箱子往前推，想把她推倒，而她也如我所願地重心不穩跌倒了。

她跌倒後我一鬆懈，被她重重踢了下腹部，我手一鬆，箱子與菜刀被她往右邊甩開，我也跟著跌倒。

她又從帆布包裡抽出另一把較小的刀，就是我認為很適合用來削肉的刀……我可不想拿自己的身體來試它的鋒利度！

可是我沒有武器了，插了菜刀的紙箱雖然只離我幾十公分遠，可是我全身發抖使不上力氣，連叫都叫不出來，心裡只能祈禱剛才有人聽到我們講話的聲音然後報警……嗚嗚，我現在還不想躺上解剖檯啊！

眼看著發狠的吳婉華就要衝過來，一個半透明的身影忽然出現在我前方。吳婉華的表情驚恐得像看到鬼——呃，確實是看到鬼沒錯，因為擋在我們兩人中間的正是白定威。

「怎麼可能！你已經死了！」吳婉華尖叫著後退，「你明明死了！」

雖然白定威及時出現，算是救了我，可是我心裡只有滿滿的抱怨：靠！不會早點出來啊？馬的這傢伙一定是看我被追殺得屁滾尿流很好玩想多看一下，現在肯定也是覺得吳婉華驚嚇得歇斯底里的模樣很好笑。他就是這麼差勁的人！

一聲尖銳的急煞聲吸引吳婉華轉頭，刺眼的車燈讓我們兩人不禁用手遮住視線。

「不准動！警察！放下刀子！」張欣瑜的聲音聽起來好有威嚴，好令人安心，我一聽到她的聲音，眼淚差點流出來。

吳婉華大概知道大勢已去，她放下手中的刀，跪下掩面大哭起來。

張欣瑜用無線電呼叫支援，然後小心翼翼走過來踢開吳婉華手邊的刀。

「她的袋子裡都是刀！」我連忙提醒。

張欣瑜拿下那個沉重的帆布袋丟遠一點，拿出腰間的手銬把哭泣的吳婉華銬起來。

兩輛巡邏車迅速趕來支援，員警把吳婉華帶走後，救護車也來了，張欣瑜來扶我，一臉擔心問道：「起不來嗎？哪裡受傷了嗎？」

「不……我沒受傷，只是……站不起來……」我不好意思地說。

救護人員推著擔架過來，我覺得很丟臉不想躺，我只是怕到腿軟而已。救護人員再三確認我沒事，就開救護車走了。

張欣瑜扶著我到偵防車後座，蹲在車外輕拍我的背安撫我。

「妳怎麼知道我在這裡？」我好奇問道。

「妳問我她的車牌，我猜想妳看到她的車，可是妳應該不知道她住哪裡，所以我猜妳們應該都在這裡。」她的表情有點得意。

「真厲害，不愧是刑警。」我終於能放鬆心情笑起來。

◆

在警局喝茶做筆錄的時候，我的手還會抖，指尖也還是冷的。活人真是太可怕了，還是死人好啊，至少死人已經不會跳起來拿刀捅我。

做完筆錄，我覺得我的狀況不太適合騎車，還是再休息一下比較好。此時張欣瑜走過來道：「白法醫，吳婉華承認殺害白定威了，不過有些事她怎麼都不說，只說想見妳。」

「我？」我張大雙眼指著自己，心裡又緊張起來。

「不要緊，我會陪妳。」

偵訊室只是一個很普通的小房間，一張桌子兩張辦公椅，桌邊有一架固定的小攝影機。除了門之外沒有窗戶也沒有玻璃，我還以為會像電視或電影中那樣，有可以在隔壁房間看的單面鏡。

裡面還有一位穿制服的員警大哥，張欣瑜從外面拉一張椅子進來坐在我旁邊。吳婉華上銬的雙手抱著垂到桌面的頭，看起來很沮喪；白定威那傢伙雙手插腰站在她旁邊，低頭看著她。

我看她沒有想抬頭的樣子，於是道：「妳好，我是白宜臻，白定威的妹妹。」

吳婉華稍微抬頭，雙眼往上看我，「他從沒提過有妹妹。」

「我大概十年沒跟他連絡了。誰要跟他連絡啊？那種爛人，倒八輩子楣才當他妹妹。」我的語氣很不屑。

吳婉華的頭又抬高了一些，眼神也沒那麼警戒，「他很爛嗎？」

我看她好像對我批評白定威比較有反應，就繼續說：「爛到爆了，脾氣差又很會損人，對吧？尤其是對女生，更何況我是他妹，有夠衰。要是我知道妳和他交往，一定會勸妳快分。」

吳婉華笑了，笑得很淒涼，淚水也跟著滴下來，「要是……早點有人跟我說……就好了……」

「我……還為他墮過四次胎……他不喜歡帶套……」她啜泣著。

她墮第四次胎時，醫生警告她不能再墮了，否則很可能不孕。所以第五次懷孕時，她想把孩子生下來，不料卻流產。

「後來有一次我又懷孕……也流掉了……」她的啜泣轉為大哭，「我生不出來了……我再也生不出來了……生不出孩子，我還算是女人嗎……」

又是被傳統觀念束縛的女人。我內心嘆氣，瞪了始作俑者一眼。

吳婉華哭了一會兒，張欣瑜遞一包隨身包面紙給她，她擦了擦臉，續道：「以前不覺得怎麼樣，可是……知道不能生之後，我突然……好想要小孩……我想生個女兒，把她打扮得漂漂亮亮……」

聽到這裡，我大概知道她誘拐小女孩的動機了。

她看到陳小妹妹獨自在騎樓一個人玩，沒有人陪，好寂寞的樣子，寂寞到她的心好痛，於是下車問小妹妹要不要跟她去海邊玩，一下子就會回來。

沒有提防心的陳小妹妹就跟她上車。

「我買了好多飲料和零食，她想吃炸雞我也買給她，我們在海邊野餐，好開心……」大概想到那段時間吧，吳婉華臉上露出微笑，但笑容一下子就消失了，表情變得忿恨。

「可是她說她要回家！她要回家！為什麼！」她激動地用拳頭捶桌子，驚動外面的員警，一位穿制服的男性員警進來戒備。

「她家人明明不愛她！放她一個人玩！要是我女兒，我一定、一定會一直陪著她……」吳婉華又趴下哭了，「我明明一直陪著她……為什麼……」

所以吳婉華一氣之下掐住陳小妹妹的脖子，不讓她再說要回家；等她回神時，柔弱的小女孩已經斷氣，她恐懼萬分，不知該如何是好，第一個想到的人是白定威，相信平時那麼不可一世、對她頤指氣使的男友，肯定有辦法處理。

她抱著女孩屍體到白定威家時，他不在家。她抱著屍體在沙發上呆坐一會兒，看著懷中像睡著似地閉著雙眼的女孩，她忽然認為女孩或許沒死，只是玩累了，睡著了，於是抱著屍體到臥室，放在床上蓋好被子，還輕輕唱歌拍拍她。

白定威回家時，看到家裡有個小孩嚇一大跳，以為吳婉華只是單純誘拐兒童，連忙要她把孩子帶出去隨便哪裡丟包，但女孩臉色白得不對勁，他才發覺女孩死了，頸部的指痕十分明顯。

「他說……那孩子死了……要我自己想辦法……」吳婉華喘幾大口氣，看得出她還是很激動，「我怕……會被發現是我掐的，所以想切掉她脖子的皮再丟掉……可是、可是我……」她雙手掩面，「我切不了我的女兒……我的女兒啊……」

所以她砍掉陳小妹妹的頭擱在一旁，沒有頭的屍體，對她來說就不是小女孩了。

棄屍之後，心神不寧的吳婉華去看身心科診所，渾渾噩噩過了幾週，有一天坐在公園看著玩耍的孩子發呆時，看到一個小女孩，有時會去和爸爸說話，但爸爸只顧著看手機，根本沒理過她。

這又激起吳婉華的「母愛」，於是她又故技重施，帶著吳小妹妹去山上野餐看風景，兩人玩得很開心，直到天黑了，吳小妹妹說要回家……

之後的過程大概和前一次差不多。她害怕地打白定威的手機，在路上的寢具店買個涼被把女孩屍體包裹起來，帶回白定威家裡。

然後白定威受不了了要分手。正常人經歷第一次就會分手了，白定威能忍到第二次才分手已經算很不錯了。

不過吳婉華當然無法接受。

「他要分手！怎麼可以！我是為了他才變成這個樣子的，他毀了我一輩子！怎麼可以跟我分手！」吳婉華忿恨地咬牙切齒。

「妳是怎麼殺他的？」張欣瑜問。

「我把醫生開的安眠藥，全部都……切碎，丟進他的酒裡。」吳婉華呵呵笑起來，模樣有點不太正常，「他生氣就愛喝酒，所以全——部都喝光光了。哈哈哈……但是他好重喔，我花好大的力氣，才把他拉上去。」

之後跟我猜的差不多，她三天後帶錄音機偽裝白定威還活著，在大門的門縫上貼幾層膠帶避免屍臭外漏，開著錄音機放在客廳，自己躲進還沒有被屍臭污染得太嚴重的浴室裡。

「超臭的，那個人……死了也那麼討厭。」吳婉華慢慢收起笑容，望著桌面。

我雖然同情她，可是她做的事依然是不可原諒的。我嘆氣道：「沒有什麼生不出孩子就不是女人的這種事，不管要不要生、能不能生，我們還是女人。」

「妳懂什麼！」吳婉華激動拍桌並站起來，制服員警大哥急忙過去按住她的肩膀要她坐下。她坐下後仍忿怒道：「妳一定有家庭、有丈夫、有孩子！妳懂個屁！」

我緩緩搖頭，「不，我從沒交過男友，當然也沒結婚，更沒小孩。」看那對爛到掉渣的父子二十多年，我對男人一點興趣都沒有。

「女人，不是為了男人而生的，也不是為了生小孩而生的。我們也和男人一樣，是一個人類。就算沒有背負偉大使命、做不出重大貢獻，至少我們要讓自己活得快樂，俯仰無愧。」

我說不出「妳還年輕，還有重新開始的機會」這種好聽話，因為被她殺害的兩個小女孩，以及她們的家人，都沒有再度開始快樂人生的機會了。

吳婉華聽了我的話之後又開始痛哭。

「從來沒有人對我說過……可以不用靠男人……可以不要小孩……」她按著雙眼又哭又笑，說話的嘴唇顫抖著。

我無奈嘆了氣，和張欣瑜對看一眼，她默默帶著我走出偵訊室。

「是我也想掐死白定威那混蛋。」我自言自語。

「唉，女人喔……」張欣瑜喃喃說了之後，笑道：「我媽也老是唸我當什麼刑警，男人都要被我嚇跑了。」

「我媽也說過。誰理她。」我也笑著回。

「白法醫，妳剛才說那番話好帥喔！」

「沒……沒有啦。」我有點不好意思。

她帶我到警局後面的停車場，我的機車被拖吊車送來這裡，我向她道謝，請她不用送我了先回去忙，等她走遠後我瞪向旁邊的白定威，「你這人真是有夠爛！都是因為你！死有餘辜！」

他仍是一臉欠打的笑，然後漸漸溶入黑夜中，消失了。

消失了！他竟然會消失……是心願已了嗎？我怔怔地看著原本站著那個半透明靈體的地方，若無其事騎上機車。走了也好，別再來糾纏我了。

回程路上，我不知不覺回想起吳婉華攻擊我的時候。今晚我大概會做惡夢吧？那是我活到現在唯一生死交關的時刻，真是太可怕了。

白定威那混帳也真是莫名其妙，幹嘛不直接說殺他的是吳婉華就好了？害我像無頭蒼蠅一樣繞來繞去才會遇上那種事，還露出那種欠扁的笑臉……

在紅燈前停下來時，我忽然有個想法。

該不會白定威是想要我發現吳婉華也是殺小女孩的兇手？如果吳婉華只因為殺他而入獄，那兩件命案就會石沉大海了。

會是因為這樣嗎……但是想想那傢伙生前就不是什麼好人，搞不好只是不甘心讓吳婉華只背一條罪名而已。

白定威已經不在了，我也無法確認，而且他百分之百不會告訴我。

唉。女人哪……就算平安長到大，還得提防爛男人。人生真辛苦。

綠燈了。我催了油門，繼續走上回家的路。

貳・鬼手

「……本所必為公正誠實之鑑定，如有虛偽陳述，願受偽證之處罰，謹此具結。」

我在證人席上唸完結文，低頭要在結文上簽名具結時，動作停頓了一下。

有一隻白白的、細細的手攀在證人席的桌子邊緣，它看起來有點透明，也有點平面，3D電影都比它立體。

也就是說，這是一隻鬼魂的手。只有手。

雖然偶爾會看到，我還是抖了一下，起了些雞皮疙瘩，隨即在結文上簽名。

今天我來法庭作證驗屍結果。一對感情不太好的夫妻鬧離婚，好像錢的問題談不攏，鬧得不可開交，就在這節骨眼先生卻猝死了。當時死者去上班，似乎剛停好車，車子都還沒熄火，之後另一輛停在旁邊的車主辦完事回來看到旁邊沒熄火的車還在，好奇看一看才發現坐在駕駛座上倒向副駕駛座位的死者。

男方家屬認定妻子一定做了什麼事讓死者猝死，可能是下藥之類的，可是血液分析報告裡沒有藥物，連一般的感冒藥都沒有，倒是血脂頗高；我也只看到冠狀動脈粥樣硬化造成的血栓，判斷應是急性心肌梗塞。

我重覆了一次我在屍體上的發現，但家屬不同意我的判斷，直接在旁聽席上對我大聲叫道：「不可能！他常常運動不可能心肌梗塞！妳是怎麼驗的！」

法官不耐煩地敲了敲木槌，「安靜！」

檢察官也走過來問我一些話，但是我的注意力暫時被那隻手引開了，因為它正用五根指頭拖著前臂在我面前的桌面上爬來爬去，我不由得悄悄往後退半步。

「白法醫？」

聽到法官叫我，我趕緊回神，用堅定的目光望向他。

「回答檢查官的問題。」法官提醒之後順便揶揄我，「不要在開庭時神遊。」

「呃，抱歉，我沒聽清楚，麻煩再說一次。」我鎮定地對著穿鑲紫邊法袍的年輕檢察官道。

這位簡姓檢察官很年輕，我只和他在相驗時見過幾次而已，這次他負責起訴，相驗時在旁邊看我驗屍的檢座不是他。我不懂他為什麼要起訴，因為這件案子真的沒什麼好質疑的地方，檢察官的案子不是多到怎麼加班都消化不完嗎？我覺得和解就好了，是男方家屬不甘心，不接受和解嗎？

「請問妳驗了哪些部分？該不會只看到一處有問題就下結論了吧？」檢察官用挑釁的眼神看我，「妳現在是不是想要趕快結束？相驗也像剛才那樣不專心嗎？」

「對啊！妳一定隨便看到有問題就打算結案！」家屬又叫囂，法官只好再敲一下木槌，「安靜！再吵就出去！」

我望向原告的幾位男方家屬，再看著檢察官，「你不是應該有拿到報告？上面都寫得很清楚了，不然難道你們想知道解剖過程嗎？」

「說說看。」他回我。

我望向皺著眉心的法官，他看起來不太想要我講，因為會拖長開庭時間。不過被告律師沒說話，法官也就讓我說。

「好吧，如果你們想知道他身體各部位的狀況，我是可以詳細說一說。」我回想解剖那名死者時的狀況，「他的外觀看起來沒有外力造成的傷痕，我就先從他的左邊鎖骨切到胸骨──我習慣從左邊開始，左右無所謂，因為接下來要切右邊，然後垂直往下到骨盆。」我用右手掌的邊緣在自己身上比劃，「他看起來很注重身材，皮下脂肪不多，摸起來比較不會滑滑油油的。然後我割開結締組織和肋骨，切開腹部肌肉，再用很大支的那種剪刀剪斷肋骨，肋骨要拿開才看得到胸腔。」

我一邊回想，一邊用動作輔助，講到剪肋骨的時候還下意識把握拳的雙手靠近再分開，好像真的握著一把大園藝剪。

男方家屬哭成一團，檢察官好像也覺得太冗長，揮手打斷我，「好了好了，細節就免了。講重點。」

我連心臟都還沒講到耶，整個相驗的重點就是死因，剛才不是早就講了嗎？我用非常白話的說法再講一次：「死者靠近心臟的冠狀大動脈嚴重阻塞，導致血流減少，造成心臟功能受損衰竭猝死。」

「沒有其他發現？」檢察官問。

「你還要我講腹腔內臟的狀況嗎？」我反問。

「……講結論就好。」看來他不想聽了。

「其他臟器都很正常。」

「妳認為死者是個健康的人嗎？」

「照他的情況看來，是蠻健康的。」

「既然健康，怎麼會冠狀動脈阻塞？這說法矛盾。」

可惡，被他牽著走了，讀法律的都這麼討厭嗎？「我怎麼會知道？可能有家族病史，或是飲食習慣不好，他的血脂有點高。」

隨後被告律師提出男方其他親戚的病歷，確實有幾位曾接受冠狀動脈粥狀硬化的治療，還有人放了心導管，家族遺傳的可能性很大。

接下來作證的是妻子本人。我走下證人席時，看到張欣瑜坐在旁聽席上，她對我笑著輕輕搖手，我也向她微笑點頭。

檢察官問證人問題時，我一直盯著檢察官，不是因為他很帥，而是那隻手……它爬啊爬啊，從證人席爬過地板，一路爬到檢座肩上，像一隻乖巧的鸚鵡一樣掛在上面。

雖然不知道是什麼狀況，至少不是來找我的就好。

我裝作沒看見那隻手，把視線定在埋頭打字的書記官那裡。那位看上去有點年紀的書記官好像打字很慢，法官不請大家等他一下嗎？不過現在那些爭吵應該不用記錄吧？

恍神的思緒不知不覺飄到那隻手上面。只有一隻手出現，會是分屍案嗎？可是我們那裡好像沒有收到分屍的案子，也可能是我在這裡的時候突然發現的。來開庭實在好花時間，我還有一堆事沒做完，現在卻得坐在這裡吹著像停屍間一樣冷的冷氣，看原告和被告互嗆。

不過還是有一件令人心情寬慰的事，就是張欣瑜居然來了！她怎麼會知道我今天出庭？有事找我，打去辦公室問到的嗎？還特地跑來，表示她應該有急事？可是我現在走不開，真對不起她。不論如何，看到她讓我的心情沒那麼鬱悶了。

我稍微回頭，她仍坐在原處並注意到我，又露出開朗的笑容，還豎起大姆指，好像稱讚我的表現不錯。

開庭結束，張欣瑜在走廊上等我，我怕耽誤她的時間，劈頭就問：「怎麼了？有事找我？」

「沒有，是有同仁要找法醫去看一個身故的獨居老人時，我聽到妳今天出庭，過來旁聽一下。」她笑道：「妳回答檢座的樣子好棒！那個簡檢察官不知是性子太急還是太熱血，我覺得不太好相處，講起話來就是咄咄逼人。」

通常獨居者被人發現時狀況都很糟。來出庭吹冷氣順便避掉一個看腐屍的機會，我慶幸地呼一口氣，「可能還有其他工作在追著他吧？你們處理活人案件的和我們法醫不一樣，時間都很趕，這個也要馬上弄、那個也要馬上弄，精神自然很緊繃。」

「他那樣質疑妳還幫他講話，妳人真好。」

「互相體諒嘛。」我想到剛才那隻手，問她道：「今天有發生分屍案嗎？」

「沒有。」她搖頭，及肩短髮隨之搖曳，「怎麼這麼問？」

我瞥到剛走出來的簡檢察官和原告，那隻手還在簡檢察官的左肩上，我不禁倒吸一口氣。本來想去問檢座是不是有分屍案，不過現在應該不是好時機，而且若真的有，我只要回去就會知道。

「妳又看到什麼了嗎？」張欣瑜好奇問道。

「可能是我看錯了。」我苦笑，「法庭裡好冷，早知道就帶薄外套來。我還以為我在停屍間咧。」

「冷到出現幻覺的話也太誇張了喔。」她也笑。

我和張欣瑜一邊步出法院一邊閒話家常，然後各自騎車離開，畢竟我們都還有很多事等著處理。

頭上的午後豔陽，即使到了秋季發熱威力仍然不減，一路上被曬得快熱死的我一踏進大樓，冷氣讓我彷彿重新活過來，但是我才納涼沒多久，人都還在走廊上，手機就接到辦公室打來的電話。

「結束了沒？」組長楊朝安劈頭就問。

「結束了，我馬上就到辦公室。」

「別回來、別回來，剛剛××分局說河邊發現浮屍，妳去看看。」

「浮屍？」我有沒有聽錯？

「好像還在現場，法院過去很順路，我報地點給妳。」

順路個頭，我已經回來了啊！而且聽地點根本一點都不順路嘛！不過再不順路也得去看，我也只能答應，再度頂著大太陽騎車出去。

現場是大橋旁的河濱公園，是在這裡帶孫子散步玩球的廖老先生發現的，我到的時候好像剛撈上來不久，警方正在拍照，戴著口罩穿短袖襯衫的陳檢察官站在屍體旁邊，手掌放在眉骨遮陽，看到我下去時向我揮手，看來是在等我。

外觀呈灰白色的長髮屍體曝曬在陽光下，殯儀館的人還沒來，繼續這樣曬下去不太妙啊。浮屍已經泡爛了，腐敗得很快，我一邊戴上口罩手套一邊加快腳步過去，剛才的安全帽加上現在的口罩，讓我滿頭滿臉都是汗。

我蹲下來，在觸碰屍體之前先用手臂抹去額上的汗，再從外觀開始檢查。死者衣著完整，白底藍橫條紋的長版T恤加淺藍色牛仔熱褲，屍體浮腫的大腿讓那件熱褲看起來好緊；然而腳上沒穿鞋，或許是落水時掉了。

我稍微抬起屍體的手指尖，泡得膨脹起皺的皮膚看來已經和肉分離，加上指甲剝落的狀況，大概泡水五天左右，只要小心別把皮弄破，應該還採得到指紋，雖然也不見得有什麼用。

「沒想到是妳來，我以為妳還在開庭。」陳檢察官蹲在我旁邊一起看著死者，話題卻不在上面，「辛苦妳了。我本來想馬上結案的，是簡檢察官那裡……妳知道，生活除了大氣壓力之外還有其他壓力。」

原來是人情壓力嗎？就算知道會敗訴也得硬著頭皮上啊，難怪簡檢察官感覺攻擊性好強，至少得讓原告看起來他是卯足了全勁。

想到簡檢察官，我又想起那隻手，半透明、手指細細的，像是女人的手。我低頭看著浮屍的手，從這具屍體的衣著大小看來，如果沒泡腫，應該也是那樣瘦瘦的吧？

「沒什麼辛苦的，我只是把事實再陳述一遍而已。」我小心撥開屍體肩上的長髮，繼續檢查頸部外觀。

陳檢察官則繼續離題，「妳什麼時候有空？請妳吃個便飯。」

我的腦袋一下子反應不過來。我轉頭看著旁邊這位陳國政檢察官微笑的雙眼，心想他在約我嗎？是……「那種」約嗎？不然我想不出他請我吃飯的理由。

「不用了，謝謝。你很忙吧？」我把目光放回屍體上。

「只要妳說個時間，我可以配合妳。」他說的很輕鬆，可是他雙眼下方的黑眼圈好像不那麼認為。

「喔，可是，我……」我輕輕撥開屍體頭上的頭髮，小心觸摸，看她頭上是否有傷，「我沒空耶，不好意思，工作太多了。而且你沒事幹嘛請我吃飯？」

「我很少和妳聊天，碰面都是為了案件。我想既然工作上這麼常接觸，多認識一些應該更好。」

現在又是什麼情況？我覺得有點尷尬，決定中斷這個話題：「外表看起來沒有嚴重的傷口，死亡時間大概五天，解剖才知道生前還是死後落水。」

「生前吧？應該是自殺，妳看她沒穿鞋。」陳檢察官的語氣相當篤定，「我打算先叫分局員警去附近的橋和岸邊找找看，有沒有死者遺留的鞋子或目擊者。」

我能理解檢察官的案子很多，最好一分一秒都不放過，但還不確定是不是自殺，自殺也不見得一定會留鞋子在岸上，說不定員警找了半天是做白工。

我保守地說道：「不一定，若她死了才被人丟下水，也可能不會穿鞋；現在天熱，也說不定她是穿拖鞋落水，下水沒多久拖鞋就被沖走了，還是先解剖看內部比較保險。」

「妳真是謹慎又聰明，我就喜歡像妳這樣有智慧的女性。」陳檢察官仍微笑著，用穩重的語氣說出這句太刻意的稱讚，讓我的手臂起了一些雞皮疙瘩。

嗯，好，我想他剛才應該是要約我，「那種」約。不過先不論我完全沒有想和他更進一步認識的意思，事實上我也真的沒空，連上次因為白定威的事情解決得快，趁著喪假還沒結束趕緊出去玩，都在第二天被叫回來，我哪有那個美國時間跟他出去吃飯。

我不知道該怎麼接他那句話，在我們兩人都沉默的微妙尷尬氣氛中，殯儀館的人終於來把死者裝進屍袋。我仔細看屍體躺過的草地，檢查有沒有屍體上遺落的小物品，不過這是多此一舉，殯儀館的人應該運送過不少這種屍體，不會有遺漏才是。

我承認這舉動一方面是為了逃避和陳檢察官兩人無語的尷尬場面。

當我正想隨著殯儀館的人一起離去時，目光不經意望向不遠的橋墩下方，那裡河邊的草特別長，也有比較多垃圾，可能是被人丟棄的，可能是順著河水飄過來卡住的。

而我現在覺得，那裡似乎有什麼東西。

這是一種直覺，更正確的說法是莫名其妙冒出來的念頭，不知為何，我就是覺得那裡有東西。

我碎步跑過去，陳檢察官在我後面用疑問的語氣叫我：「白法醫？」

抵達橋墩下的垃圾草叢，我看著那塊髒亂地帶，到處是手搖飲料杯、裝過食物的紙袋、飲料鋁罐和塑膠袋等等，也太多垃圾了吧？我不知道我能在這裡找到什麼。

我還在傷腦筋的時候，陳檢察官也跟著跑來，「怎麼了？妳有發現什——」他的話驀地中斷，然後走過我旁邊，皮鞋小心地踏在垃圾草叢中；接著他從水邊的一個骯髒塑膠袋旁，用還戴著橡膠手套的手撿起一個物體。

我倒抽一口氣。

「妳的眼力也太好了吧？」他苦笑著，不知是揶揄還是怎地說道：「這下妳幫我們兩個又增加一件工作了。」

他撿起來的，是一隻連著細瘦前臂的手，蒼白皮膚上浮現青綠色的血管，看起來髒髒的，手指縫好像還卡了些土。

我愣愣地看著那隻手，忽然想到根本沒人注意這裡，我卻獨自跑過來，還讓檢察官發現一隻斷手……感覺我的嫌疑度直線攀升！於是連忙否認道：「不不……我、我只是想……橋墩下面……水、水流比較慢嘛，說不定剛才那個死者的鞋子還是什麼東西的會卡在這裡……」

隨口掰了一個我自認合理的理由，同時慶幸我戴著口罩遮住大半張臉，陳檢察官應該不會發現我正緊張吧？

陳檢察官轉頭望向河邊，認同似地點頭，「嗯，有道理。妳去叫鑑識的過來看看，反正也得拍這隻手的照片。」

「好！」

我忙不迭往回跑向那幾位正要收隊的警員和採證人員，同時心裡叨唸自己，以後行動可得謹慎些，雖說我也不知道會發現屍塊，只是跟著直覺走而已……但是下次還是等沒人的時候再做吧！畢竟目前知道我有一點點感應和陰陽眼的人，除了同事，就只有張欣瑜而已。我可不想為了這種事惹麻煩上身。

鑑識小組一邊拍照，一邊面有難色地看著打電話叫殯儀館的人稍候的陳檢察官，等他有空了便指著地上問道：「檢座，這些該不會都要列證物？」

我和陳檢察官不約而同凝視一地的垃圾。屍體附近的東西都有可能與屍體有關，照理說是要每個都列證物再一一詳細檢查。可是這些看起來根本就是垃圾……至少應該有百分之九十五以上是沒用的垃圾。

陳檢察官用手指比劃出一個區域，「至少這邊到那邊，這一塊地方的撿起來，說不定兇手就是刻意把屍塊和垃圾裝在袋子裡丟棄。其他地方也要找一找，看看有沒有其餘屍塊。」

我在旁邊拿著那隻手端詳，不敢看他們。聽起來我給他們添了好大一樁麻煩。

「這隻手，本來是埋在土裡的。」我看著那隻手的指甲縫，裡面塞了不少紅褐色的土，我再看看腳邊的土，顏色是一般的深咖啡色，「而且不是埋在這裡。」

「不是埋在這裡？」陳檢察官湊過來看。

我把那隻手的指尖朝向他，「你看，有點像紅土，和這裡的不一樣。而且應該死兩、三天了。」我把手臂切斷處轉向他，「切口這裡是死後傷，是分屍。」

「找一找有沒有裡面有紅土痕跡的袋子。」陳檢察官對鑑識人員下令。

「應該不會有那種袋子吧？」我自言自語似地喃喃道。

陳檢察官低頭看我，「為什麼？」

我突然覺得剛才那句話好像太自以為是了，我又沒參與過調查，於是忙道：「沒有啦，我……可能是我想太多了。」

「妳有什麼想法就說來聽聽，不要緊。」他的雙眼又彎著笑起來，語氣很柔和。

「如果本來埋得好好地，特地丟來這裡棄屍不是很奇怪嗎？」我小心翼翼地說出疑惑。

「那妳認為？」

「會不會是因為某個意外，讓這隻手從土裡掉進河裡……例如被雨水沖出來之類的……」我愈說愈不肯定了，因為昨天這一帶沒下雨，這隻手看起來也沒有很腫，不像泡水很久。

「不錯的推論。」他挑眉點頭，「不過，也可能是兇手最初情急之下草草掩埋，之後怕被人發現，所以帶到這種不太有人會來的地方，讓屍塊和垃圾一起腐爛。」

喔，也是有可能。我一邊聽一邊點頭。

「總之，只要有可能性就不能放過。」殯儀館的人帶了一個小型屍袋過來，陳檢察官把那隻手放進去，「這邊交給他們，我們先處理剛才那位小姐吧！」

一跨出橋下的陰影部分，太陽又曬下來，我脫了右手的手套拉下口罩，整張臉已經濕得像剛洗過臉。

高我一個頭的陳檢察官慢慢走在我旁邊，道：「我看剛才那位就直接寫溺斃吧。」

這話的意思是……他不想相驗？我不以為然道：「還不知道是不是溺斃。」

「無名屍不一定有人認領，還要相驗，浪費時間。」他呿一聲嘆氣，「案子堆積如山，哪有空管那種東西。」

「那不是『東西』，是個不知為何死亡的人。」我糾正他。

「妳知道殯儀館有多少無名屍沒人認領？何況要認領的話，憑外觀特徵就行了，如果家屬對死因有疑問，到時再說。」

「萬一到時真的有人認領、家屬也真的對死因有疑問，解剖之後發現她不是生前溺水，那就變成我之前亂下判斷，是我的錯耶！」我很不滿，「如果要我在相驗證明書上簽名蓋章，我就必須親眼看到她的死因！」

他壓低一邊眉毛，勾起嘴角，用一副無奈的笑容看我，又莫可奈何似地對天空嘆一聲，「好吧！妳說怎麼樣就怎麼樣吧！」

聽起來好像他遷就我，讓我心裡冒起一股火，整個人由內燥熱到外。

「如果是死後落水就是命案了。你該不會是怕那樣吧？」我淡淡地嘲諷。

「我像是怕事的人嗎？只是不想浪費時間罷了。」

他站住腳步，不明就裡的我也跟著停下。

「妳好像堅持認為死者是死後落水。這樣吧，我們來賭。」他露齒笑道：「如果是生前溺水，妳就跟我吃一次飯。」

這提議讓我呆了。我可沒堅持死者一定是死後落水，只是提出其他可能而已，他自己不是剛剛才說過「只要有可能性就不能放過」嗎？還是那只適用於會引起媒體注意的案件，例如那隻遭分屍的斷手。

「就這樣說定了。」他微笑著說完，再度邁開步伐。

我連忙追上去，「等一下，我可沒說要和你賭。而且我贏了也沒好處。」

「妳想從我這裡得到什麼好處？」他回頭問我，挑眉笑著，「不然這樣，妳贏，我請妳；我贏，妳請我。」

搞什麼？不管我贏還是輸都是要跟他吃飯啊！「我對這賭注沒興趣，不賭。」

「別這麼嚴肅，只是一點樂趣嘛，不然每天都是案子、案子，精神都要萎靡了。」他用指尖撐著太陽穴搖頭。

「那就動作快一點，早點做完早點走。」我加快走路的速度，最後乾脆跑向我的機車。

助理李育德和分局的鑑識人員已經在解剖室等我們。室內果然不比室外，雖然有更新過的抽風設備，浮屍的腐爛氣味還是很重。

等檢座也到場，李育德小心剪開死者下半身的褲子，掏了掏死者熱褲口袋確認裡面沒有物品，再剪開上身的T恤。

一拿開死者衣服的前片，我愣了愣。

死者仰躺著，但她上衣的前片領口內側有衣服標籤，是背面。她的衣服，穿反了。

我瞥了站在後面的陳檢察官一眼，「有人會把衣服穿反嗎？」

「如果是自殺，可能精神恍惚，這種條紋T恤正反面又長得差不多，沒注意就穿反了。」他說了個道理。

我不以為然，檢查屍體之前被衣物遮住的部分，由於有衣物保護，比起外露而會受到石頭或其他東西碰撞的四肢與頭部，軀體部分明顯無外傷。

我照老規矩切開死者的身體，一切開腹部，屍體內部更臭的氣體就如同水壩洩洪一般狂洩出來，我不由得退後一步，陳檢察官也似乎退得更後面了一點，分局的鑑識員乾脆直接跑到解剖室另一端。不過大家都在同一個解剖室裡，跑到哪兒都沒用，只能等抽風設備把味道抽走。

浮屍就是因為體內太多腐敗氣體才會浮起來，所以這臭味我已經有心理準備。躲過獨居的腐屍卻沒躲過浮屍啊，唉。

不過，腐臭味中還有另一股濃厚的味道。

陳檢察官好像也注意到那股氣味，又走回解剖檯旁邊，問道：「這是……什麼味道？」

「好像是酒精。」我皺眉，「一些酒醉死亡的人也有這種味道。她死前應該喝了不少。」

「酩酊大醉，失足落水。意外。結案。」陳檢察官又妄下定論。

人死了不會繼續代謝酒精，所以死前喝的酒精都會保留下來，我抽取死者的眼球液和血液交給李育德準備送驗，「誰會沒事在河邊喝得酩酊大醉？」

「坐在河邊，藉酒澆愁。」陳檢察官閒聊似地道：「說不定她發生感情上的問題，心情很差。看她的穿著和頭髮，應該十幾二十歲，正是容易為情想不開的年紀。」

「你太先入為主了，四、五十歲的阿桑也會做這種打扮。」我反駁。

剪肋骨前我先看看與胸骨相接的地方，還很光滑，表示死者沒有我說的那麼老，頂多二、三十歲。

說不定真的像陳檢察官說的只有十幾二十歲。想到會被他說中，不知怎的，我心裡就不爽。

重點是死者的肺和胃。我用力剪斷肋骨後拿開，與一般人大小幾乎無異的肺葉映入眼中，不像溺斃屍體會因為死前掙扎時吸入太多水而鼓脹成兩倍大。

Ｙｅｓ！我贏了！內心出現這個勝利歡呼時，我驚覺自己也不知不覺陷入陳檢察官的打賭「樂趣」中，趕緊靜下心。對死者表現出那種興奮情緒，總覺得很失禮，我在心中默默對死者道歉。

我切斷氣管把肺葉移出，再切開氣管檢查是否有泡沫或挫傷。在很罕見的情況下，溺水者會因為掙扎使氣管痙攣緊縮，讓水無法進入肺部，但仍會窒息而死，稱為乾性溺水，會在氣管產生泡沫；若是吸入許多水的濕性溺水，死者會因為急於呼吸使氣管或咽喉留下挫傷。不過兩者皆無，是很乾淨的氣管。

剖開了移出體腔的肺與胃，我向陳檢察官與鑑識員道：「肺與胃的積水不多，而且沒有脹大。生前落水，細胞還活著，水會滲入肺泡使肺吸滿水而腫大；可是這個死者沒有，所以非生前落水的可能性十分大。」

「妳是說，」陳檢察官直視我的雙眼，「她不是溺死的。」

「對，『極為』可能。」我也直視他，強調「極為」二字。

他雙手插腰仰頭長吁一口氣，口罩下的嘴巴喃喃地不知在叨唸什麼。我沒理他，繼續檢查其他部位。

左肩後面有個刺青，這是認屍的重要依據。肩膀的骨骺——也就是生長板還沒閉合，死者年紀可能在二十歲以下；口腔內左上方與右上方的智齒長出來了，至少過十八歲。

十八、二十歲的女孩，會在河邊藉酒澆愁嗎？那種年紀，失戀了就算要買醉，也應該是找死黨在夜店一邊哭一邊抱怨一邊喝個爛醉，然後一不小心就被有機可乘的壞男人撿屍。

撿屍啊……會不會是急性酒精中毒，把她撿回去強暴的男人嚇得把她丟進河裡？

因為這個想法，我也順便採了陰道的檢體。那裡有內褲和牛仔褲雙層防護，可能會留下比較多證據。

相驗結束，李育德縫合屍體時，我和陳檢察官站在一旁，說了我的想法。

「很有意思。」他一邊想事情一邊道：「那就查一查夜店監視器，看有沒有穿這種服裝的長髮女子。」

浮屍推走後，我和李育德清洗了解剖台和器具，接著檢查那隻斷手。雖然採到指紋，可是如果手的主人沒犯過案也查不到。手臂從手肘切斷，有反覆切割痕跡，兇手大概想學「刨丁解牛」那樣從關節切開而不是硬剁；肘部閉合的骨骺只說明手的主人年紀超過十五歲，看手掌的大小應該是成年人吧？

「能知道死者多高嗎？」陳檢察官問。

「橈骨喔……」我歪頭，「身高是可以用肱骨來算個大概，橈骨只能知道腳掌大小吧。」

「只有一隻手，根本什麼也查不出來。」他有些洩氣又疲倦地靠著水槽。

「可是壓力卻比剛才那個浮屍大多了。」分局的鑑識員也嘆道。

這我也沒辦法，只能冀望在現場翻垃圾的鑑識小組能有所發現了。

離開冷到令人發抖的殯儀館解剖室，騎著我的小機車回到辦公室，天空已經黑了。看到一桌子的卷宗和文件，回想我今天到底都在做什麼，為什麼好像什麼都沒做，時間咻地一下子就不見了……

我坐下來嘆口氣開始動手處理趕去出庭之前沒做完的事，一會兒後我桌上的電話響了。

「白法醫！」是張欣瑜，她的聲音聽起來很雀躍，「妳今天不是問我有沒有分屍案嗎？我聽到有一件耶！只找到一隻手──」

「噢，我知道那個。」我苦笑，「是我和陳檢察官發現的。」

「咦？是喔。原來他們說的帶賽法醫就是妳啊？」她的語氣聽來恍然大悟。

帶賽……「的確是蠻帶賽的，不好意思喔，給你們添很大的麻煩。」我由衷感到抱歉。

「事情反正永遠做不完，多一件也沒差。」

「對了，妳和簡檢察官熟嗎？」談到那隻無主斷手，我又想到法庭上的景象。拖著前臂的手掌，和那隻斷手有關嗎？

「不太熟。怎麼了嗎？」她壓低聲音，「開庭完妳就問過分屍的事……是不是在檢座身上看到什麼？」

「沒……電話裡不好講。」我不禁也壓低聲音。

「那出來一起吃個飯，還是喝咖啡？這星期三、四我排休，妳有空嗎？」

雖然事情堆積如山，我還是不加思索回答：「我都可以。」

「那星期三，妳下班再打給我好了。」

約好之後我愉快地掛了電話。在男人堆裡工作久了，有個活潑女孩可以聊天，感覺真不錯！

忙了一整天，晚上十一點多我騎車回到白定威之前住的公寓——這間地點好、坪數也不小的凶宅，因為不但是兩個小女孩的分屍場所，還有被吊死的白定威，總共三條人命，房仲說就算降價也很難賣，即使我再三保證「屋主」已經不在了也沒用，要有長期抗戰的心理準備。每天的工作已經夠煩了，我不想再多一件掛心的事，索性搬來住，還可以省房租。

當然我已經把那張洗不乾淨的白毛地毯扔了，還用了很多芳香劑加上工業用抽風機，花了一個多星期才把房子裡的味道搞定。

我本來也想扔了那張我一直以為是用整根老樹幹做成的重得要命的茶几，查了才知道原來是什麼樹瘤做的，一個起價好幾萬！不過沾過白定威那傢伙的屍水，就算我拼命刷洗還是看得出滲入縫隙的痕跡，大概也沒人敢要了。

之前臥室的床被陳小妹妹的屍體躺過，那傢伙肯定把床和被子都換掉了，因為小女孩屍體被人發現時還留著脫糞現象，表示吳婉華讓屍體躺床上「睡覺」的時候應該是沒洗的。

不過那張散發新品味道的床墊真的非常可怕，我每晚一躺上去，不知不覺就一覺到天亮，睡得超舒服，就算鬧鐘響了也不想起來，害我都不敢隨便躺上去。

吃著剛才路上在便利商店買的三角飯糰，我習慣性地打開電視看新聞台。每天面對的不是報告就是屍體，要是不多看一點新聞，我都不知道活人的社會發生了什麼事。

浮屍的新聞只有一下子，遠拍剛打撈上岸的畫面，和訪問發現的老先生與附近居民；斷手因為沒有線索，也只有副分局長出面打官腔，說一些會全力追緝兇手的空泛話。

新聞畫面跳到政治新聞，我的思緒免不了還停留在剛才的斷手上面。會發現那隻斷手完全是因為莫名其妙的第六感，難道是它引導我嗎？這樣說來，我以前從來沒有只看到肢體的

「靈體」，是我的靈感力變高了嗎？

我想到被白定威跟的時候好像也變得很容易看到鬼魂，會是因為那樣嗎？還是因為……我住在他家——一間凶宅裡？

或者，那傢伙其實還在？

我疑神疑鬼地看了室內一圈，又走去廚房、浴室、臥室、書房、雜物間，把整個屋子各個角落都看一遍，沒看到白定威影子，也沒其他鬼影。

我還寧願看到其他鬼影，例如一條腿跳來跳去、或一個缺了右手的鬼之類的，那樣很快就能釐清事情原委了。

而且那隻手，為什麼攀上簡檢察官的肩膀？還賴著不走。所以它在法庭上四處爬，是在摸索它要找的人嗎？

哎……我好想找個藉口去找簡檢察官，看那隻手還在不在他身上。如果還在，我就更想知道為什麼要找他了。

難道——簡檢察官是兇手？

應該不會吧！

我在放了阿里山紅茶的玻璃茶壺裡加入熱水，紅茶的香氣裊裊升起。雖然心裡否定，但說真的也不無可能，檢察官也是人，說不定和女友發生了一些紛爭，一時氣憤就……

那他是用什麼手法？男人一時氣憤下手，不是用掐的就是拿物品砸頭，掐死的話死者指甲中可能有會查出兇手的微跡物證，例如皮屑或衣服纖維；砸頭又分屍，會在犯案現場留下血跡，可是又沒理由叫鑑識小組去採證；身為一名檢察官，身上應該不會隨時攜帶剛好可以作案的刀子……不過若是預謀就難說了。

我在杯子裡加冰塊，喝完一杯紅茶，我才發覺我的想法完全建立在簡檢察官就是兇手的前提上。雖然他的確蠻可疑的啦，不過先預設立場不太好，還是得等刑事鑑識中心分析死者指甲縫裡的土屑，看看裡面找得出什麼。

◆

第二天又是一個普通的上班日，解剖了一件警方攻堅後發現已死的毒品前科犯，還有一具半夜自撞車禍的屍體。

與家屬和警方開會講解完之後，我回到辦公室，助理陳安琪正在講電話，看到我後按了保留鍵，對我道：「宜臻，殯儀館的人要問妳浮屍的事。三線。」

「浮屍？」

昨天的浮屍怎麼了嗎？我滿心疑惑接起電話，按下三號按鍵，卻只聽到「嘟、嘟、嘟」的聲音。

「他掛了。」我放回話筒。

「誰？誰掛了？要去現場嗎？」只捕捉到關鍵字的楊組長猛然抬頭。

「不是有人掛了，是電話掛了。」我揶揄完撥出殯儀館的電話，對方卻說沒有找我。

「殯儀館說沒有找我啊？」我問陳安琪，「會不會是分局？」

她一臉漠然，堅持道：「我聽他說是殯儀館。」

陳安琪是個做事一板一眼相當認真，但不太和人打交道的人，雖然來了一年多，總覺得和她還是不熟。

我只能把話筒放回去，「算了，如果是重要的事就會再打來。」

後來沒有人再打電話來問我浮屍的事，我忙著寫文件和報告，也忘了這回事。

又過了加班的一晚。我疲憊地回到公寓樓下，打開信箱拿出裡面的信，搭電梯上樓時順便看看有沒有帳單，除了一封電信帳單、一張健身房廣告單與印刷了公司地址的房仲廣告信，還有一封很奇怪的信。

信封上的地址是原子筆手寫字跡，收信人寫「白法醫　收」，可是沒貼郵票，更沒郵戳。

也就是說，這是寄信人自己投進信箱的。

這封不尋常的信讓我有不好的感覺。我小心地往樓梯上下看，開門時也謹慎地盯著樓梯，以防有人忽然從樓梯衝來，然後快速閃進門內關上，把每個鎖都鎖上之後才稍微放心。

我看著手中這封被人親手投入信箱的信，一陣惡寒從尾椎爬上腦門。我拆開信封，裡面有五張4×6的照片，和一張寫了字的白紙。

有三張照片的場景是河邊，一張是我走向警方與浮屍的背影，兩張是我和陳檢察官走出橋下。大概一生難得遇上屍體，當時現場圍觀拍照的民眾很多，這個人可能是混在人群中拍的。

另外兩張就沒這麼普通了。

那兩張照片的時間是晚上，一張是我騎車的背影，一張是我正打開一樓大門的模樣。

白紙很薄，紙質像是文具店賣的計算紙，上面和信封一樣是用原子筆手寫，筆跡看來和信封的一樣。

白小姐妳好：

沒想到法醫也有女生，妳實在好美又好勇敢！我好喜歡妳！

妳一個女人都不怕死人，我太膽小了，真該向妳好好學習！

愛妳！

這張簡短的信讓我全身爬滿雞皮疙瘩。

媽呀！這是什麼東西！我遇上跟蹤狂了嗎？我連忙丟下信件和照片，跑去把每個窗簾都拉上，然後抱著屈起的膝蓋縮在客廳中央的沙發上，這樣從外面就看不到我。

緊張的心臟還在怦怦跳，但心中又有個想法——會不會是我太小題大作了？那可能只是一個對女性法醫表示欽佩的人……

不不不。我馬上否定這個可能，因為還有那兩張我回家的照片！而且那個人怎麼知道我姓白？還知道我住哪一間？

我驀地想起下午陳安琪說的那通殯儀館的電話。那或許不是殯儀館的人打的，而是……那個人！陳安琪可能告訴他負責的是白法醫，然後那個人再回到公寓樓下翻住戶的信，找到我住在哪裡……

可惡！我要是姓林或姓陳就好了，這棟公寓一定有同姓的吧！姓白也太好找了！

我慌得六神無主。我只有一個人，要是那個人尾隨其他住戶進來，躲在樓梯間等我的話……他已經知道我的機車是哪一輛，萬一他守株待兔……

天啊！我明天該怎麼出門上班？

別說明天了，我現在甚至懷疑會不會那個人已經進來了，躲在衣櫃裡……或是躲在書房的大書桌下面……還是在儲藏室裡……

我想拿把刀去一一查看，但發抖的手腳不肯下沙發，腦子裡不斷演練萬一在哪裡發現陌生人該怎麼攻擊，刺胸口會被肋骨擋住，刺脾臟……不不，想辦法刺腎臟好了，腎動脈失血應該比較快……

可是要是人死了，法官會不會說我自衛過當？「法醫濫用專業知識置人於死」之類的，標題多聳動！

我忽然想到明天張欣瑜休假，不知道早上方不方便請她來陪我上班？老實說我現在就想問她能不能來陪我，可是我們的交情還沒好到可以麻煩她這種事，只會讓她為難而已，她明天休假，今晚應該只想好好放鬆一下吧。

之前覺得死掉之後陰魂不散的白定威很討厭，現在我好希望他在這裡，可惜他已經不在了。

我一整個小時都死盯著客廳以外的黑暗處，開始後悔一個人住這麼大間的房子，要是之前的小套房，根本沒幾個地方能藏人，也不用怕成這樣……不對，小套房的門鎖更容易開，危險度應該更高。

我突然想到這間屋子的鎖很難開，張欣瑜曾說找了四個鎖匠才打開，所以那個人應該沒那麼容易進來。

想到這裡，我的膽子稍微大了一些，躡手躡腳地走去廚房拿細長尖銳的片魚刀，首先氣勢十足地打開儲藏室的燈，白定威的垃圾我都丟了，這裡只有我懶得整理的書和冬天的衣物，一目瞭然。

浴室和書房的大書桌底下也沒人。最後一個讓我戰戰兢兢檢查的是臥室的大衣櫥，裡面當然也沒有人。

我這時才真真切切地鬆一口氣，全身的力氣也隨著緊張感一起洩光了，我跪坐在地上，鬆懈到差點哭出來。

活人真的好可怕……

我決定不睡房間，跑去躺客廳的大沙發，片魚刀放在沙發與地板的空隙中，這樣大門一有動靜我就可以馬上拿起刀來防衛。

雖然因為太累而沒有怕得睡不著，卻也沒睡好，可能也是因為我開著客廳的燈吧，總是睡沒多久就突然驚醒，確定屋內只有我一人之後又不知不覺睡著。

可是這不是鬼屋試膽大會，就算到了早上，我的恐懼警報依然無法解除。在等吐司烤好的時候，我喝著黑咖啡，盯著房子內側黑色的鋁門。

那個人一定找得到我的機車，大不了我待會兒打電話叫計程車上班，但這扇鋁門和外面的不鏽鋼門才是難題，我不知道我要怎麼走出去。萬一那個人真的在樓梯間等我怎麼辦？解剖過幾具被陌生人或鄰居在樓梯間強暴殺害的屍體，我實在無法排除這個可能性。

如果不能走到樓下，就算叫車也沒用。

我持續盯著門，食不知味地吃完一片烤吐司，喝完咖啡，下定決心。這種時候，只能打給主管了，不然再拖下去就要遲到了啊！

我撥電話給楊朝安，他很驚訝我一早打給他，聽完我的害怕之後，他叫我把信和照片收好帶著，他會來載我。

我捏著照片的角，心情比撿起一條流出糞便的斷裂腸子還嫌惡，小心翼翼地把照片和那張白紙放回信封裡。

一會兒樓下的電鈴響了，有攝影畫面的對講機上只看得到下巴到胸口的部分，這高度的設計真差，不過楊朝安向對講機彎腰說「我到了」的時候照到了他的臉。

我按下開門鈕，沒多久換大門的門鈴響了，安靜空間中突如其來的清脆叮咚聲嚇了我一跳，我戰戰兢兢地從貓眼看出去，從沒想過透過不鏽鋼門的條狀間隙看到楊朝安站在外面，會讓我這麼安心。

「沒人。」楊朝安也一直看著樓梯，「快出來。」

我抱著總是隨身攜帶的包包，像小偷似地快速閃出門外，把兩道門都鎖好，才跟著楊朝安下樓。

楊朝安開車的時候喃喃道：「真是無奇不有。妳居然會遇上跟蹤狂？」

「我也不想啊。」我悶悶地回。

「信和照片帶了嗎？」

「帶了。」

「我們先去辦公室，我事情很多沒辦法陪妳報案，妳今天有空的時候就去報。」

「可是……聽說警方不是通常都不管這種騷擾信，要等到有事發生才會受理嗎？」

「拜託，我們跟警方又不是不熟，關係就是要這種時候用啊！」他說得振振有詞。

靠關係喔……我想起法庭上的簡檢察官，如果真的是因為人情，他當時應該很無奈吧，工作都堆到天邊了，還得特地處理那種鳥事。

可是我真的很害怕，看來不得不向警方攀人情了。

然而進了辦公室，待處理的事和新送來的案件忙得我焦頭爛額，連午餐都沒時間管，當然也忘了報案這檔事。

桌上的電話鈴鈴響起，會打分機的都是認識的單位，我自然地接起來喂一聲，話筒卻沒有傳出聲音。

「喂？請問哪位？」我一邊問，手仍一邊翻著文件，心想該不會是地檢署打來催報告吧？

電話那頭還是沒有聲音——不，我好像聽到像呼吸的聲音。我不由得停下手邊的動作，仔細聽著。

「白法醫……宜臻，我可以叫妳宜臻嗎？早上的男人，是男朋友嗎？妳為什麼不騎車？為什麼要他載？我在等妳啊。」對方的呼吸聲變得更明顯，聲音聽起來也有些亢奮。

我宛如凍結了一般，全身發冷，問了一個蠢問題：「你是誰？」

對方沒有理我的問題，逕自道：「為什麼來車站的不是妳？妳害怕嗎？不對，妳不會害怕。那為什麼？我一直在那裡等妳耶！」

他最後的語氣非常激動，幾乎是咆哮著說的，聲音大到我反射性地拿開話筒卻仍然震痛了耳膜。

同事似乎也聽到話筒傳出的叫聲，另一位資深法醫張延昌問道：「怎麼了？」

對方吼完就掛了電話，我放回話筒時心臟還因緊張與害怕而重重跳動。我微微搖頭回應張延昌的關心，回想那個變態最後的問題。

為什麼他以為我會去車站？我為什麼非得去車站……

「車站……」緊張得縮起來的咽喉讓我幾乎發不出聲音，我乾咳兩聲，重新問道：「車站、有案子嗎？」

「嗯。」楊組長也看著我，「有人在男廁發現遊民被刺殺，我叫亦祥去看了。」

車站有命案。

那個人以為去勘查的會是我。這讓我更害怕，無法不去聯想，是那個人殺了遊民……

「妳的臉色很差，還好嗎？」連陳安琪都開金口問我，可見我看起來應該真的很糟。

「剛才的電話……」我努力維持冷靜的語調，「是那個人打來的。」

「誰？」

張延昌剛發出疑問，楊朝安就倏地站起來，「妳還沒去報警？」

「我想說……等事情弄完……」

「事情弄不完的，現在就去！我幫妳叫車！」楊朝安拿起電話叫計程車，再打給警衛要他看著我安全上車，然後催促我快走。

我坐在分局員警辦公桌旁的椅子上，眼前的制服員警大哥看了那五張照片，又看了那張白紙寫的信，為難地道：「白法醫，照片都是在公開場所，拍的也不是隱私部位，其實不犯法。這信看起來也只像是崇拜者而已……」

聽他那麼說，我心想九成機率是成不了案，員警大哥頂多在工作日誌上寫個記錄。只能嘆道：「話是這麼說，可是被陌生人偷偷跟著還拍照，就是很噁心，而且也不知道他會不會偷偷跑進公寓裡做什麼事，我今天差點連出門都不敢。」

「也許他只是想認識妳，只是不知道這種方法讓人反感。」警員拿那張白紙給我看，「妳看，他還說要向妳學習。應該只是普通的崇拜者啦。」

我看著寫在薄白紙上的原子筆跡，心裡也開始懷疑是否我反應過度，太小題大作——不對！

「不，他不是單純的崇拜者！他剛才打電話到所裡……他知道我早上請我們組長去接我……」我想起來這裡之前接到的那通電話，一陣寒意又竄到背上，「還問為什麼去車站的不是我，他一直在等我！」

員警大哥聽不懂，問道：「為什麼他認為妳會去車站？今天是上班日。」

「車站有一件命案，遊民的命案！他以為我會去看……」雖然我沒證據，但為了讓員警大哥感覺到事態嚴重，我還是說了，「說不定人是他殺的，為了再看到我，或是……再拍我在現場驗屍的照片。」

他的眼神移到桌上那三張河邊的照片，再移回來看我，「車站有命案？」

我點頭，車站不是這裡的轄區，他不知道很正常。

「那為什麼不是妳去看？」

「組長分配的，我哪知道？」我想到一個原因，「也可能是因為在男廁？」

「那就可能是巧合，只是剛好有遊民在廁所起衝突被刺死，不見得是衝著妳來的。」警員大哥笑道：「不然他怎麼會讓事情發生在男廁？」

說不定他蠢，沒想到，或者怕進女廁會被當變態——雖然本來就是變態。這些想法我都沒說出來，因為警員大哥一直給我一種感覺，好像我太大驚小怪，想太多。

我沉默不語，他又看了看桌上那些東西，道：「不然這樣，我請鑑識小組幫妳採上面的指紋。妳如果怕他在外面站崗，我們開警車送妳上下班，怎麼樣？」

雖然他的語氣聽起來有點說笑的成份，但我管他是不是開玩笑，既然他都自己提出來了，當然不能辜負他的好意啊！

「不好意思，那我上下班就麻煩你們了。」我厚著臉皮接受他的提議，然後想起今晚我和張欣瑜還有約，於是補充道：「不過今天晚上不用，我和張欣瑜張偵查佐有約。」

為了在比對指紋時排除我的指紋，我蓋了一組指紋留底。就算採了指紋也得送去鑑識中心比對，所以急不得，現下我只能回去繼續上班。

搭計程車回辦公室，我拋開在警局被當成大驚小怪的不愉快心情埋頭工作，一會兒後桌上的電話又忽然響起來，我嚇得愣住了不敢接，鈴聲響了三聲，張延昌幫我代接，然後對我道：「分局找妳。」

我鬆一口氣接起電話，心裡疑惑著會是什麼事，總不可能指紋比對這麼快就有結果吧？

「白法醫，」是那位員警大哥的聲音，「妳看信的時候，有用整個手掌壓上去嗎？」

被他一問，我一下子想不起來當時是什麼狀況，我用左手拿起一張桌上的單子，看著自己的手，「沒有吧？我應該只用手指拿。一般人不都是那樣的嗎？」

「就是啊，我們還在想妳為什麼沒事要在那張紙上蓋手印。」

「什麼意思？」

「就是刷那個粉之後，紙上有一個很清晰的手掌印，五根手指加手掌，左手的。」

「掌……印？」我一頭霧水。

「如果不是妳，那就是寫信的人啦。比我的手掌小很多，如果是男的，個頭應該不高，可能不到一七〇。妳最近注意看看附近有沒有常常出現矮個子的男人。」

我道謝後掛了電話，心裡還是覺得哪裡不對勁。犯人幹嘛在紙上蓋掌印？當浮水印用嗎？而且如果不採指紋，根本沒人看得出來那裡有個掌印。

左手掌的掌印……到底有什麼意義？

「怎麼了？是發現什麼和跟蹤狂有關的事嗎？」張延昌關心地問。

看來我不在的時候，組長把我遇到的狀況大致和他們說了。我道：「採指紋的時候發現信上有一個手掌印，要我注意不到一七〇的男人。」

「手掌印？」張延昌好像有點興趣。

「據說是整個手掌，還有五根手指。」

我試著隨意把左手放在桌上，因為放鬆的手指會彎曲，所以只有指腹和手掌底部接觸桌面。如果要按上整個手掌，想必是非常刻意。

「完整的手掌印嗎？那應該是故意按的。」張延昌似乎和我想到一樣的事，「而且他知道妳會報警，因為報警才會發現那個掌印……感覺很挑釁喔，妳小心一點。」

「而且他沒有案底，所以才那麼大膽留下整個掌印。」楊朝安也跟著推論。

我們常在解剖之後和檢察官或刑警討論傷害形成的原因，所以推論犯罪是日常的一部分，但是主角是自己的時候我只能乾笑。

「對了，那個變態打電話來的時候說什麼？」張延昌想起來。

想到這個，我心裡又一陣惡寒，「他知道早上我請組長接我……也知道車站有命案，還問我為什麼沒有去，他在等我……」

「誰在等妳？」正好走進來的林亦祥問。張延昌閒聊一般地對他說了原由。

「難道那個遊民是他殺的？」林亦祥馬上想到這點。

「我也是這樣猜的，可是員警認為只是巧合。」我攤開雙手嘆氣，「拍照也不犯法，沒法查。我只凹到巡邏車接送。」

「巡邏車接送也好，免得組長被他以為是妳男朋友，變成目標。」張延昌半開玩笑道。

「欸，那可是無妄之災！」對方可能是殺人犯，楊朝安一臉驚恐，「妳最近準時下班，早點回家比較安全！」

但雖然六點一到就被催下班，該做的事卻一點也沒少，只是變成帶回家做而已，而且還得帶一堆資料回去。背著塞滿文件的鼓脹包包走在走廊上，我打手機給張欣瑜，和她約見面地點。

搭計程車的路途中，我頻頻注意周遭的汽機車，就算大家都坐著看不出高矮，但說不定會發現想偷拍的人，然而不知該不該慶幸，一路上都沒發現可疑人物。

我和張欣瑜約在鬧區的一家咖啡簡餐店，進門之後立刻看到向我招手的她。

「你們都這麼早下班喔？」她問。

「今天是特別狀況，而且工作還是得帶回家。」我無奈地拍一拍包包。

「發生什麼事？」

我把信和電話的事告訴她，她嚴肅地皺眉聽著，道：「那妳現在應該要回家才對，妳怎麼不早點告訴我？」

「精神緊繃了一天一夜，我想和妳開心地吃飯聊天放鬆一下。」我無力地斜拄著臉頰，「回家就是獨自面對空房子，可能還有騷擾信……實在不想那麼早回家。」

「跟蹤狂真討厭。」她撇了撇嘴，問道：「報案了嗎？雖然好像也做不了什麼。」

我點頭，「都沒實質上犯法，信的內容也不算恐嚇，車站的命案還無法證明和那個變態有關。」

「車站的遊民，死亡時間大概是什麼時候？」她問。

「推測是上午十點。」

「幾點發現的？」

「我不確定，好像是中午吧？」
「我倒覺得車站的命案很可能是他幹的。」張欣瑜不太認同同仁的判斷，「他可能喜歡妳在現場的樣子，所以就自己製造一個命案現場，在那裡等著，還可以卡個好位子。」
聽到她也同意我的猜測並沒讓我比較高興，因為表示對方不僅是個單純的跟蹤狂，還是殺人犯！
「喜歡看我在現場……什麼怪興趣啊……」我撐住低下的額頭，覺得有點不太舒服。那個遊民是因為我而死的嗎？他還會再殺人，就為了看到我去現場嗎？
張欣瑜握住我的手，「放心，至少有巡邏車接送妳，有警察在，對方應該不敢輕舉妄動。」她厭惡地搖頭，「男人喔，有時候真不知道他們在想什麼。我考上刑警的時候，媒體就報導什麼本市的正妹刑警，害我們分局的臉書充滿了求愛的留言，『跟我交往吧』這種還算普通，還有什麼『已戀愛』、『快逮捕我吧』，我還真想逮捕他們！誰跟你戀愛啊神經病！」
看她氣成那樣，我不禁笑起來，但稍微好一些的心情馬上又陰鬱下來，嘆了口氣。
張欣瑜大概想轉換話題，道：「對了，關於那個簡尚曄檢察官，因為我和他不熟，所以昨天問了幾個同仁，他們說他好像有點仇女。」
「醜女？他還會挑剔女性原告被告的長相喔？」我大為驚訝。
「不是那個醜啦。」張欣瑜笑道：「是仇恨女性。難怪我覺得他對我很冷淡，愛理不理。」
「那好像更糟糕，不就是說他會偏袒男性？」
張欣瑜聳肩挑眉，露出「誰知道」的表情，然後靠近過來小聲道：「聽說是因為他女朋友跑了。他考檢察官的時候重考過一次，就是重考的時候被分手了。」

「哇，女生好狠。考生很需要支持。」我有點同情簡檢察官，聽說司法官考試很難，不但出師不利，女友又在那時候跑了，真虧他考得上。

等一下。在人生最艱困的時候，女友自顧自的分手……

「妳在庭上看到什麼啊？」興味盎然的張欣瑜打斷我的思考。

「有一隻手，連著前臂，在法庭上爬來爬去。」我動著右手的四根指頭模擬當時看到的樣子，「還爬到證人席的桌上，嚇我一大跳。」

「所以那時候妳才沒注意聽檢座講話啊。」張欣瑜明白地點頭，「妳這兩天跟手還真有緣，有鬼魂手、分屍手，還有莫名其妙的手掌印。」

這樣說來還真的是。

「那隻手，最後爬到簡檢察官肩膀上，就掛著不走了。」我回想著道。

「掛在他肩上？」張欣瑜難以置信地張大雙眼，「那手……跟他有關？」

「可能。不知道現在還在不在。」我邊說邊看著自己用手指在桌上爬的右手，回想當時在具結文上簽名時看到的手，自言自語道：「是右手……」

「右手怎麼了？」

「那隻手，和橋下的手，都是右手。」我覺得好像捕捉到什麼，可是太虛無飄緲。

「而且都連著前臂。難道……」張欣瑜張大嘴巴吸一口氣，但用比剛才更小的聲音道：「檢座和屍塊有關係？」

我連忙搖頭，「我不知道。別亂講。」

「因為女友分手，所以懷恨在心……」張欣瑜面色凝重。

雖然我也不是沒想過那個可能，但是對象是檢察官耶。

「可是，為什麼只有右手？」我歪頭想著，「而且那隻手也沒掐他，只是像一隻找到主人的小動物一樣掛著而已。」

「好想知道那隻手還在不在他身上喔……」張欣瑜仍皺著眉心。

「不然我找機會去地檢署好了，送報告之類的。」我也很想知道。

「妳不是事情很多？還親自送報告，太奇怪了。」她笑道：「小心被誤認對他有意思喔。」

「哪會啊，我都比他大那麼多歲了。」我苦笑，「而且我對檢察官才沒興趣。」

說到檢察官就想到陳國政。聽說單身男檢的行情很好，但我實在對男人沒興趣，檢察官也不例外。

平常工作忙，我們兩個吃飯速度都很快，不聊天的話不到十分鐘盤子就見底了，她提議載我回家，我本來想答應，想想還是婉拒了。她也是女生，萬一出事就糟了。

「那我載妳到局裡，請人送妳回家。」

雖然我覺得那樣做很厚臉皮，不過因為我想看一個東西，所以請她載我到分局。

我想看看那張信，不知為何我有點在意上面的左手掌印。

白紙已經裝進證物袋，隔著透明的袋子，紙上的指紋和掌印依然清晰可見。

我用自己的手掌大略比一比，好像比我的還小了一些。

「掌印怎麼了嗎？」張欣瑜問。

「好像女人的掌印。指骨好細，如果是男人……有點太小了。」我思考著，問站在旁邊的警員：「有量大小嗎？」他搖頭。

我從塞得滿滿的包包裡好不容易翻出備而不用的捲尺，量了掌印的長度和寬度。

這個大小……好像橋下那隻手。但是那隻手泡過一些水，腫得比較大一點，而且無法證實這隻左手的主人和那隻右手是不是同一人，只是一隻右手一隻左手剛好成對，大小也差不多，所以讓我覺得好像有關係。

「跟蹤妳的是個女人？」張欣瑜很訝異。

「不是，聽聲音是男人。」

「說不定用變聲器？」

「變聲器……」我沒想過這點，但是又不太對，「可是如果是女人，怎麼會在男廁殺人？」

這個問題不了了之，最後結論還是要注意矮小的陌生男子。

◆

兩名正要巡邏的警員順便開車載我，我拜託他們等我上樓開燈之後再走。

到了公寓門口，我下車看信箱，又有一封原子筆跡、沒寫寄信人的信，我本來想請車上的警員幫我拆，我實在不想碰這種噁心的信……可是想到他們還有事要忙，只好強作鎮定，向他們點頭致意之後走進公寓。

我進屋子裡開了客廳燈，往下向巡邏車揮手，目送車子離去後，瞪著茶几上的信，深吸一口氣，才拆開它。

裡面又是照片和一張白紙。有五張照片拍的是昨天我去一個社區看燒炭自殺，有我從大樓出來騎車、和員警一起走進社區大門，還有最後離開時的照片，看來他真的很想拍我在現場的照片；還有三張是楊朝安的車停在公寓樓下，以及我和楊朝安進車子的照片。

這些照片裡，其中三張有些不清楚，像是鏡頭有霧狀髒污，一張在右半邊，一張是左下角，一張是在中央有一片白霧。

部分模糊的兩張看不出是被什麼遮到，但第三張照片中間的半透明白影……看起來有點像手掌。但也可能是我的心理作用，因為剛剛才看過那個掌印。

至於那張信……還是一樣令人作嘔。

宜臻：

對不起，我太笨了！

我沒想到妳一個女生不方便進男廁，我下次不會再犯那種蠢錯誤了！

原來早上的人是妳同事，是機車壞了嗎？

我就想嘛，我這麼喜歡妳，妳怎麼可能還會有男朋友。

我最喜歡妳了！我最喜歡聰明的女人，我好愛妳！

我把信丟上茶几，抱頭縮在沙發上。

那個遊民真的是他殺的，這下子警方總該認真看待了吧！莫名其妙被跟蹤狂盯上就已經夠衰了，還有人因此被殺，光用想的就不寒而慄。而我連對方長得怎麼樣都不知道。

我得打起精神。警方不見得會受理，因為信上並沒提到跟殺人有關的事，只寫了「男廁」，我覺得員警又會認為我想太多。

心情稍微穩定後，我把那些照片攤開在茶几上排好，一張張看。

隔著比拿在手上更遠的距離，我看著那張中間一片霧白的照片，那白白的影子真的愈看愈像手。

我把照片放在一張A4白紙上，用原子筆沿著白霧形狀的外圍從照片延伸出去，加上四根手指，這樣看起來更像手掌了，應該說簡直就是個手掌，彷彿那個變態拍照的時候，有個人用左手擋住鏡頭不讓他拍。

沒錯。如果這個手對著鏡頭的是手掌而不是手背，就是左手。

然而，很顯然這不是一隻人的手。

我想到上次白紙上的左手掌印，該不會那個也是……這隻鬼的手按的？

這隻鬼的手到底想幹嘛？

我剛思考這個問題，手機就響了起來。我本來嚇一跳不敢接，想想變態應該不知道我的手機號碼才拿出來。

「到家了嗎？」是張欣瑜令人安心的聲音。

「嗯，剛到家不久。」

「還有收到怪信嗎？」

「有。又是白紙和照片。」我嘆氣。

「信上寫什麼？」

我把內容唸一遍，雞皮疙瘩又起來了。而且……「我最喜歡聰明的女人」這句話怎麼好像哪裡聽過？

「所以就能證明車站男廁的遊民是他殺的了！」張欣瑜的聲音有點激動。

「我本來也是那麼想的，可是啊……」我消極地看著紙上的字句，「他只寫沒想到我是女生不方便進男廁，下次不會再犯那種蠢錯誤，沒有提到殺人啊、遊民啊、還是屍體之類的字眼，會不會又被說是我想太多……」

她沉默一會兒，「說來好像也是。要是他能寫個什麼『我精心安排的命案現場』之類的，可能還可以說服那邊的偵查隊去偵辦。他寫得這麼不明不白……真氣死人了！」

「他這次拍的照片，有三張怪怪的，不知道是不是我想太多，我覺得好像靈異照片。」

「怎麼怪法？」

「有半透明的白霧，好像鏡頭上有髒污，可是位置和大小都不一樣。有一張好像手喔。」我拿起照片看。

「真的？」她好像很有興趣，「明天中午我去找妳，妳帶來給我看看好不好？我沒看過真的靈異照片耶！」

我苦笑幾聲，「好。」

「我不打擾妳了，妳好像還有很多事要忙，把我的電話設快速撥號，有事馬上打給我，我一定會接。」

「那樣太麻煩妳了……」

「不會啦！那就這樣囉，掰！」

放下手機，我把照片放回畫了手指的白紙上，凝視那三張有白影的照片。

白影出現在左下角的那張，是我背著包包和在社區門口的管區員警打招呼；右半邊有白影的，是我和員警站在中庭；中間一團白影的那張，是今天早上楊朝安來接我的照片，整個白影正好遮住在照片中間的我，但透過那個半透明的影子，還是看得到我正坐進副駕駛座。

前兩張還能說搞不好是那個燒炭的往生者，第三張是怎麼回事？而且，又出現左手……說到手，自然又想到簡檢察官，接著我驀然回想起我在哪裡聽過「喜歡聰明的女人」這種話了。

是陳檢察官說的！我記不得他當時所說的確切字眼，但我確定他說的是類似「我喜歡妳這麼聰明的女性」之類的話，因為講得太刻意，讓我覺得很尷尬。

這是……巧合嗎？

應該是巧合，應該是。我要自己別那麼快把檢察官對號入座，說不定只是他剛好和那個變態對我的看法相同而已……對了，昨天變態還寄了我和陳檢察官一起走出橋下的照片，他本人就在我旁邊，不可能拍照吧！

找到證明陳檢察官清白的證據後我大大鬆一口氣，要是連常常一起工作的人都有問題，我以後不就得對每個男性保持距離了嗎？

我覺得頭好痛，這幾天精神太緊繃了。反正早晚有警車接送，白天外出都搭計程車就好。如果能報公帳更好，但當然不可能。

我現在最大的害怕不是來自偷拍和跟蹤，而是那個變態會不會再殺下一個人。我希望他認清我不一定會去現場，就算他殺了人、守在那裡，也拍不到我去現場的照片。

——我在現場的照片……

我突然有個主意。如果我常跑去現場或殯儀館相驗，再找時機裝作不經意用手機錄下四周的狀況，說不定可以發現有類似的人經常出現，揪出那個變態！

這個點子大大提振我的士氣！不過一想到會增加我的工作量，心情又萎靡下來。還是先把累積的報告寫一寫吧……

◆

第二天早上我和分局通過電話，等待巡邏車來到，員警按了樓下門鈴，我才出門。

我平時不習慣麻煩別人，所以現在對於巡邏車接送自是誠惶誠恐，上下車都頻頻鞠躬道謝。

「昨晚沒事吧？」

我一進辦公室，林亦祥就問我。

「如果收到匿名信和偷拍照片算是沒事的話，那就沒事。」我苦笑。

「又偷拍啊？那人還真閒，沒工作嗎？」林亦祥思索著。

「他又拍了什麼？」張延昌也問。

「還是一樣，公共場所的照片，不犯法。」我攤開雙手。

「不報案了？」

「報了也沒用。」

他們好奇地向我借照片去看，也仔細研究那三張有白霧的照片。

「這像姆指遮到鏡頭。」林亦祥拿起左下角有白霧的照片，又拿起中央有白霧的那張，「這像手掌和姆指，其他四根手指在鏡頭外。」

「跟我想的一樣。」我附和。

「喂，這張……」張延昌把右邊泛白的照片轉來轉去，「像不像人臉？」

他把照片轉了一百八十度，也就是顛倒著拿給我們看。

「哪裡像啊？」我看不出來。

「眼睛在這裡，鼻子，嘴巴。」他用手指圈出三個地方，「只有半張臉。」

「被你一說，還真有點像。」林亦祥很努力地看，「哇！我還是第一次親眼看見靈異照片。不過……」

「怎樣？」我問。

「那個人為什麼要給妳有問題的照片？就算當下他沒發現這是靈異照片，可是這麼明顯的瑕疵他不可能沒看到。」林亦祥道。

「所以……他是故意要給我看？」我又想不透了。

「那麼說，這些影子是後製上去的囉？」張延昌看著照片。

「很可能。這些照片看起來是印的，就不是傳統底片，數位的有點技術就能後製。」林亦祥看來很失望，因為可能不是真的靈異照片。

「他幹嘛那麼無聊……」我真的不懂變態的想法。

「他就是無聊吧？」張延昌搖頭。

這個話題因組長進來而結束了。我向組長提出我昨晚想到的主意，就是常常出去檢驗屍體，看看能不能找出可疑的人。

楊朝安看著我呆了一會兒，才道：「妳確定要這樣？報告會寫不完喔。」

「我只是去多跑幾個現場。」我指了指男同事們，「一些後續的解剖可以叫他們去啊。」

「妳想自己揪犯人，會不會危險啊？」他有點不太放心。

「警察又沒有動作，難道現在這樣我就會比較安全嗎？」我反問。

楊朝安好像找不到話反駁我，面帶難色嘆氣，「我本來還想少讓妳出去。」

「乾脆直接長駐殯儀館好了。」林亦祥插嘴。

「可是我在那裡沒有電腦，不能打報告。」我很認真地想著。

「『長住』殯儀館，無名屍喔？」張延昌打趣道。

「別說了，還是一切照常，就跟平常一樣，有事就出去，沒事就待著。」楊朝安做出結論。

我有點喪氣地回到座位。也是啦，不能利用上班時間來辦私事……雖然這鳥事也是因為工作才惹上的。

我才坐下，桌上的電話就響了，李育德阻止要接電話的我，「別接！我剛剛已經代接過兩通，都是無聲電話。」

楊組長眉頭一皺，按了電話按鍵接起來，連「喂」了幾聲，看來對方沒有回應。

「開始打騷擾電話了啊……」組長煩悶地放回話筒。

「能不能請電信局查發話人啊？」張延昌問。

「聽起來是公用電話。」

「好像公用電話也可以查的樣子。」我道：「不然我……今天再去分局報案，看看能不能查到。」

說是這樣說，可是我一忙起來就沒空，整個早上都在驗屍，我懷疑楊朝安是存心不讓我離開殯儀館。

好不容易忙完時已經中午了，我叫了計程車先回辦公室，在車上才想到我忘記要拍一下周遭環境，看有沒有可疑人物了。那個變態剛才八成躲在某個地方偷看，錯失機會令我扼腕，下午很可能沒機會外出，只好等明天了。

司機大概覺得車上太安靜會尷尬，主動向我搭話，然後張欣瑜打電話過來，她已經在辦公室等我。

「等一下吃完飯要不要一起去地檢署？我剛好被叫去開會。」她道。

「妳不是休假？」

「傍晚有一場行動，沒辦法。歹徒可不管我們休不休假。」

「可是妳要等我一會兒喔，早上超忙的。」

下車後回辦公室，一進去就聽到電話聲。林亦祥損我：「妳不在的時候好安靜，一回來就有電話。」然後幫我代接，再轉給我：「是剛才的計程車司機。妳是不是忘了什麼在車上？」

我從包包摸出手機，這是我唯一在車上拿出來的東西，它還在；於是我接起電話，但電話傳出的話卻令我宛如跌入冰窖。

「宜臻，妳的聲音，真好聽。」語句中穿插著聽似興奮的呼吸聲，「車上都是妳的味道，好香……」

我反射性用力掛上話筒，全身都在發抖。

剛才的計程車司機……是他？我竟然和那個變態在一個狹小的密閉空間裡！

「怎麼了？」張欣瑜看我不對勁。

「剛才的司機……是那個變態……」我緊張地望向她，「他該不會又殺人了？」

「什麼？」林亦祥也很吃驚。

「不對啊，妳是手機叫車吧？他不可能知道妳叫的是哪輛車，肯定只是故弄玄虛，想讓妳害怕。」張欣瑜安撫我。

說的也是。我被她說服了。那個變態肯定只是想讓我害怕，因為我身上哪可能有什麼香味，沒有臭味就很好了。

我把梗在胸口的緊張一口氣吐出來，無力地坐下，撐著桌子扶額。

她輕撫我的背，「妳的神經太緊繃了。我看我幫妳買午餐回來就好，妳就別跟我去了。」

「不行，我不能輸。」被愚弄激起了我一些些鬥志，「不過是個只會偷偷跟蹤人的膽小鬼，他想看我害怕，我就偏不！」

「不要太逞強比較好。」吃著自備便當的陳安琪，盯著螢幕自言自語。

我沒理她，拿出昨晚收到的照片給張欣瑜看，順便說說早上大家的看法。

「後製喔？」她也把那張疑似有半張臉的照片轉來轉去看，「弄這種東西有什麼意義？」

我聳肩表示不知道，「要我害怕？」

「還真閒啊。」她不屑地呿一聲，拿了在社區大門外面拍的照片，「這些可以借我嗎？順便寫地址給我，我有空的時候去看看這個拍照地點有沒有監視器。」

我翻找文件，抄下社區的地址給她，「不好意思，這麼麻煩妳。」

「不會啦，幹嘛這麼見外。這種社會亂源，得快點抓出來才行。」她氣憤地握緊拳頭。

大概我覺得刑警很厲害，張欣瑜總讓我安心不少。我調整了心情，問其他人：「有沒有要送地檢署的東西？我待會兒要去一趟。」

「妳就那麼想出去當目標啊？」楊朝安好像有點受不了我。

「我有事找檢察官。」

「打電話不行嗎？檢察官很可能不在位子上，打電話比較好吧？」

「當面講比較清楚。」

我把前幾天為了出庭準備的資料帶著當藉口，李育德給我三個厚厚的大牛皮紙信封，

「本來要寄的，方便的話就順便一下。」

我和張欣瑜在小吃店隨便吃了午餐後，她騎車載我到地檢署，等紅燈的時候我會偷偷拿手機自拍後面，雖然有拍到幾輛總是在後面的汽機車，但和陌生人走同一個方向是很正常的，頂多只能參考。

到了地方法院檢察署，張欣瑜穿上刑警背心以免被當成閒人，我們就到樓上的檢察官辦公室。

「妳記得簡尚曄的股別嗎？」張欣瑜小聲問，一間一間看的話太可疑了。

我點頭，「不過先去送文件。」

有兩份的收件檢察官在同一個辦公室，就算午休也還是埋首卷宗。我和檢察官幾乎都打過照面，他們看到送文件的是我，都露出不可思議的表情。

「今天怎麼是法醫師親自送件啊？」

「妳終於要辭職了，特地來道別的嗎？」

「偶爾幫我們家助理分憂解勞嘛，免得助理跑掉就糟糕了。」我把牛皮紙信封疊在他們桌上幾乎和隔板一樣高的卷宗上。

「送件的人是郵差吧？」他們反駁。

「郵差又不到我們所裡收件，也是要跑一趟啊。」

我笑著和他們閒聊幾句，走到隔壁送最後一份，那裡也正好是簡尚曄的辦公室，但我才剛到門口就嚇一跳。

簡檢察官正蹙起眉心看著桌上，應該是在看下午偵查庭的卷宗吧？那隻半透明的手還在他肩上，撫摸他的臉，彷彿有個女人站在他身後。

我若無其事走進去，把大信封交給簡尚曄旁邊的檢察官，目光同時盯著那隻手。

那隻手看起來不像有怨恨，不過當然啦，怨恨這種東西是看不出來的，只是從它的動作，我覺得有點溫柔。

如果那是前女友的手，而兇手是他……就算被殺了，也還是愛著他嗎？或者，我和張欣瑜都猜錯了，分屍跟簡檢察官沒關係？那幹嘛來找他？

我順便向他打聲招呼，他只抬眼看我，點了點頭，繼續研究眼前的書狀。

「那個……簡檢察官，」我想知道那隻手對他有沒有不良影響，「你最近有覺得肩膀很重嗎？」

「啊？」他莫名其妙看我。

「快月底了，忙著消化案子，大家肩膀都很重。」他對面的陳佳惠檢察官自嘲道。

我向她加油打氣後，就趕緊離開不打擾他們了。

等在走廊上的張欣瑜和我走向電梯時悄聲問我：「怎麼樣？還在嗎？」

我點頭，「那隻手好像很呵護他一樣，在摸他的臉。」

沒有看到狀況的張欣瑜大概想像成恐怖片的畫面，縮起肩膀抖了抖，「好可怕……是纏上他了嗎？要不要告訴他啊？」

我的聲音壓得更低，「可是……萬一那是他前女友，萬一他是兇手……我們就知道太多了……」

張欣瑜張大雙眼看我，然後噗一聲笑出來，再看看手錶，「還有點時間，我送妳回去吧。」

「不用啦，那麼麻煩。」可是我也不敢搭計程車了，「我搭公車就好。」
「真的不用嗎？」她似乎不放心。
「公車又大又那麼多人，反而比計程車安全。」
到了一樓，我往外走時正好遇到回來的陳國政檢察官，他訝異地挑眉，「妳怎麼會來？」
「有點事。」我含糊回答。
「找我嗎？」他笑問。
幹嘛笑得那麼燦爛。我看一眼他旁邊的書記官，書記官望向旁邊，好像裝作沒聽到。
「呃……不是。」我照實說。
「騎車嗎？我送妳去停車場。」
我還沒開口，書記官先對他道：「我先上去整理記錄。」
等一下，書記官你不要走啊！我差點想對離去的書記官如此大叫，不過最後還是冷靜地對陳檢察官道：「謝謝，不過我今天要搭公車。」
「那我送妳回去好了。」他還不放棄。
「不用啦，真的，謝謝陳檢好意。」
我露出職業笑容，一邊搖手拒絕一邊快步往外走，結果人高馬大的陳檢察官兩三步就追上我，繼續道：「別客氣，又不是不熟。」
「公器私用不好吧？」
「那開我自己的車就可以嗎？」

這傢伙還真執拗。我仍保持微笑，「陳檢你還是去忙吧，都要月底了，結案數夠嗎？」

這個問題似乎戳中他的痛處，他無奈地笑了幾聲，沒有接話。

「我自己回去就可以了，謝謝。」我又說一次。

「浮屍的驗血報告收到了嗎？」他難得主動提起公事。

「還沒。」我也問：「夜店那裡有查到什麼嗎？」

「還沒有。」他回答得很乾脆，然後轉個話題，「那隻手的指甲尖端黏了白色的汽車拷漆，指甲縫裡的土混了一些皮屑和血液，不是死者的。」

我停下腳步，看著他，「所以……可能是兇手的？」

他點頭，「可是沒有可比對的對象。」

好想知道是不是簡檢察官的喔……「橋下的垃圾有沒有線索？」我好奇問道。

「目前看來是普通的垃圾。」他嘆氣，「所以我本月又會多兩件未結案了。」

「加油。」我舉起手拍一下他的肩膀，「趕快回去忙吧，以免當股王。」

股王是指當月未結案件破百的檢察官。陳檢察官笑道：「多謝關心。好吧，那我就不送妳了。路上小心。」

我禮貌地向他道別，走到公車站牌搭上車後，不經意望向地檢署。

和檢察官交往啊……我馬上想到那個變態拍我和陳檢察官一起走的照片，心裡萌生出一股嚴重的厭惡感。

我還是先想辦法解決那個跟蹤狂比較實在。如此熱烈的追求我承受不起。

晚上我按時下班，等巡邏車來。

「跟蹤狂真的沒法管嗎？」我問車上的員警。

「妳的情況更難，因為連對方是誰都不知道。」

「對了，看路口監視器呢？可以嗎？」

「昨天我們有注意這附近的監視器，人車蠻多的不容易鎖定，半夜只有一個男子逗留，但去盤查之後只是個玩手遊的民眾。」副駕駛座的員警回頭道。

「監視器有死角，不見得都照得到。」駕駛的員警道：「昨天還有騷擾信嗎？」

「有，也有照片。」我消沉地道：「還打去我辦公室。」

「妳可以問問你們長官，去向電信局申請通聯記錄。」

「我們也可以嗎？」

「政府機關都可以吧？不然我們申請也行。」

不知道申請通聯記錄要幾層長官簽名，還是拜託警方比較快。明天找個時間去報案好了。

到了公寓之後，一樣等到我從客廳窗戶向下揮手，巡邏車才離開。今天沒有匿名信，我的心情跟前兩天比起來輕鬆不少。

但也沒輕鬆多久。

大約半小時後，我的手機響起來，看上面的號碼是地檢署。我一邊想著是哪個檢察官找我有事，一邊毫無防備地接聽，「喂？」

「宜臻，到家啦？」

這個男子的聲音，就算我不想熟悉也難——是那個變態！他為什麼知道我的手機號碼？還從地檢署打電話？

心臟狂跳到末梢發冷，我穩住聲調，卻停不住顫抖的手，「你到底是誰？想幹什麼？」

「我想聽聽妳的聲音。妳真冷淡，中午我們不是還聊得不錯嗎？」

中午？我想來想去，中午沒有和陌生人說話啊，除了——

「現在電視正在播喔，好幾台都有。」

他說了一個頻道，是新聞台。我心裡很不安，顫抖的手按下遙控器。

電視新聞正播著一件計程車箱屍命案，中年計程車司機被分屍塞進行李箱，連同車子一起被棄置在山上。

「妳明天一定要去看。這次我切得很漂亮喔。」

難怪今天沒有信，原來他一整天都忙著殺人滅證。那我還寧願收到信。

儘管害怕，我還是注意到關鍵字——「這次」？上次的遊民，不是刃器刺殺的嗎？我記得開會時提到，胸口有三處刀傷。

「你的意思是，你還切過其他人嗎？」我努力保持鎮定。

「妳別想套我話喔，我不能告訴妳啦！妳們女人都很會吃醋。」

吃醋？難道說……「是哪個女人嗎？」

「不告——訴妳！」他講完還嘿嘿笑幾聲，很得意的樣子。

「你為什麼在地檢署？」

「妳猜？」

先不說地檢署應該不是那麼隨隨便便就能混進去的地方，我亂成一團雜草的腦袋一下子想不出他去那裡的原因，也不想花腦力去猜。

「我最討厭玩猜猜看。」我冷淡回應。

「猜嘛！猜一下嘛！」

「我不猜。你別再殺人了，只會加重我的負擔。」

「因為妳都叫計程車嘛，我要他的計程車才能載妳啊，和妳聊天好開心喔！想到妳要看我的精心傑作就更開心了！我好愛妳，愛死妳了！我知道妳也很愛我，對不對？沒有人能阻礙我們！」

媽呀！我的忍耐已經到了極限！雖然不想惹怒這個變態，可是我再也講不下去了，馬上結束通話，關機，以免他又打來。

我雙手握著關機的手機發抖，不住喘氣。

那個人之前肢解過另一個女人……我不由得想到那隻斷手，和撫摸簡檢察官的幽靈手。那隻斷手很可能是這個變態肢解的。從他的話中聽來，「上次」切得比較不好……會是簡檢察官的前女友嗎？

我努力想整理出一個梗概，但害怕的思緒亂成一團，我只知道那個變態很可能殺了前一個愛慕過的對象，而我……非常有可能就是下一個！

那混帳一天不被逮，我就永遠擺脫不了這個威脅，就算有巡邏車和員警護送我，但那不是他們的勤務，能送到什麼時候？又得送到什麼時候？

而且現在還有一個重點——那混帳為什麼能進地檢署？他去做什麼？說不定他是學詐騙集團，用改號碼的軟體還是什麼機器嗎？還是說，他是去……

我想到了陳檢察官，陳國政。變態該不會是去殺他的？因為他是這幾天裡，在公開場合和我走得最近的男性。

我連忙再打開手機，先查剛才的來電號碼，印象中改號詐騙的號碼前面會有加號，可是剛才的沒有；我緊張地撥陳國政的手機，心裡祈禱他快點接。

「喂？白法醫，怎麼這時候打來？」

我從來沒有這麼高興聽到他的聲音，「陳檢，你沒事吧？你在辦公室嗎？」

「本來是，可是又有案子得跑了。」他的語氣十分無奈。

「不是計程車箱屍案吧？」我又緊張起來。

「不是，只是普通的車禍。」他好像在笑，「妳在擔心我嗎？」

我確實擔心他，可是動機肯定和他想的不一樣，我決定老實告訴他，免得他誤會。

「我最近被一個跟蹤狂跟上了，他可能殺了三個人，至少昨天火車站的遊民和今天那個計程車司機是他幹的。我怕他看你不順眼，順手做掉你。」

「跟蹤狂？」陳檢察官的聲音變得正經，「妳確定他殺人了？報警了嗎？」

「報警你也知道沒用吧？我沒有直接證據能證明他殺人。」我無奈嘆氣，「但是至少員警肯開警車送我上下班，就已經很好了。」

「妳說他可能殺三個人，第三個是誰？」

「他沒說，但我猜……」我得深吸一口氣穩定心情才能說下去，「是他前一個跟蹤的女人，而且是分屍。他要我明天一定要去看那個計程車司機，因為『這次』他切得很漂亮。」
「妳怎麼知道？不是沒證據？」
「剛才他打我手機，只是我沒錄音。我只有信……第一封在××分局，第二封還在我這裡，可是上面都沒有明寫。」
「馬上去下載自動錄音程式，明天帶著那封信，中午我們去××分局。妳是上午去相驗？」
「應該是。」
「好……那我也會去。」
「不是你負責的，你去幹嘛？」
「參考一下，看看和斷手有沒有關係。而且我擔心妳。」他叮嚀我注意門窗鎖好，就掛了電話。
我當然會注意門窗啊廢話，還要他講。好像被陳檢察官看成無助的女人，這讓我有點不太高興。我悶悶地抱著膝蓋縮在沙發角落，拿起遙控器正想轉台，忽然看到畫面上的新聞在報導晚上警方破獲地下賭場，還搜出毒品和槍枝。
押送賭客和嫌犯刑警中，我隱約看到張欣瑜的臉，不過人數太多了，只有驚鴻一瞥。
唉……好想打電話跟她聊聊，和別人討論有助於釐清想法，而且總覺得聽到她的聲音，心情就會比較安穩。
可是她正忙著，我只能再轉別台新聞，看看能不能再看到有她的畫面，不過其他新聞台的角度更差，都是嫌犯和男警。

我嘆出一大口氣，倒在沙發上。

又有一個人死了，就因為他想接近我……一天死一個，再這樣下去我就要崩潰了！所以說我應該要多在外面走動嘛！他愛看就讓他看個夠好啦！要不要再辦個簽名握手會啊？

對了，既然如此，不如辦一場講座，我當主講人之一，他一定會去，一定會私下找我說話問問題，我就可以叫刑警埋伏偷拍，就可以鎖定目標……可是籌備講座要好一段時間，要是繼續有人死，我懷疑我撐不撐得過去。

不……我好像對警方太失望了，說不定這次計程車箱屍案會找到線索，就會逮捕那混帳了！

沒錯！要對警方有信心！

回想起剛才新聞中的張欣瑜，我似乎又恢復了幾分力氣。仍躺著的我打電話給組長，請他把明天計程車司機的相驗排給我。

「是那個變態殺的，他要我去看。」我有氣無力地說。

「那妳還去？不就正中下懷？」他好像覺得我腦子壞了。

「我想他也會去，看能不能叫警方派幾個人在外面，看有沒有可疑的人。」我用左手按著雙眼，「而且他想看我，就讓他看啊！再有人死的話，我受不了……」

「不要這麼自暴自棄，一定可以很快抓到他的。明天我載妳去。」

我像受到驚嚇一樣大叫：「不要！不要、不要……我搭公車去就好，頂多就是花多一點時間。你不能出事，你還有家人。」

「就算沒有家人，妳也不能出事，我們都關心妳。小心為上。」

結束了和楊朝安的通話，我實在沒有心情寫報告，但發了一會兒呆之後還是得認命地拖著包包去書房。

早上依然是等開巡邏車的員警來按門鈴，我從對講機的畫面看到警察的海軍藍制服後才下樓。

想到早上要去解剖那位計程車司機，心情就很沉重。司機是中年人，八成有家眷吧？他們會不會去殯儀館？我該怎麼面對他的眷屬……

我一整天只分到這件案子，我以為是因為我看起來魂不守舍，於是對楊組長道：「我還是可以負責兩三件，沒問題的。」

「我不是不相信妳的能力才給妳這麼少。」他安慰似地微笑說完，接著道：「而是我看妳會花很多時間和檢座開會，陳國政檢察官懷疑這一件、前天車站的遊民和橋下斷手是同一個兇手所為。」

「喔……那個……是我跟他講的。」我強調道：「我也只是猜測而已。」

我把昨晚的電話內容大致說一遍，楊朝安邊聽邊點頭，「聽起來……那隻手的確有可能是他前一個練刀的對象。不過我認為，他應該跟地檢署沒有關係，應該是用什麼方法改了號碼，是假的。」

「為什麼？」我有疑問。

「他都告訴妳他殺了人，如果是地檢署的人，會大剌剌地用來電顯示嗎？他之前都用公用電話打過來，就是怕被查到，怎麼這次不怕了？用地檢署的電話號碼是要降低妳的戒心，如果是未顯示來電，現在的妳肯定不會接。」

「喔……我怕他是去殺檢察官再故意打電話跟我示威。」

「他沒事幹嘛去殺檢察官？而且混進地檢署的難度高，檢察官又那麼多位，還不如跟蹤檢察官回家再殺。」

我乾笑幾聲帶過，沒說陳檢察官好像想追我。都三十好幾的老妹了，講這種話怕被認為往自己臉上貼金，雖然我也沒想要貼那層金。

林亦祥把遊民的完整解剖報告給我，看看驗過司機的屍體後，能不能找出關聯性。我先看一遍昨晚檢驗員觀察屍體外觀的初步報告，再翻開遊民的解剖報告。

遊民胸部有三處刃器刺傷，分別刺穿左右肺葉與心臟，力道猛烈造成肋骨斷裂。穿刺傷口推測是單面刃的刀具，傷口寬度不一，可能是三把不同兇器。

傷口沒有收縮現象，表示兇手讓兇器插在死者身上等了一會兒，才拔出兇器，也因此現場沒有大量血液噴濺，只有流出一些，積在胸腔裡的還比較多。

我在快速閱讀報告時，關靜音的手機震動起來，雖然上面顯示是陳國政檢察官來電，我接起手機時還是提心吊膽，小心翼翼道：「喂？」

「白法醫，妳現在要出發了嗎？我順路去接妳。」

我正要婉拒，他又道：「我知道妳為什麼不搭計程車了，但搭公車太花時間，反正我現在也正要過去。」

為了不浪費檢座的寶貴時間，我只好接受他的好意。不知是否因為車上還有書記官和司機，還是陳檢察官真的積案太多，他一路上都在看文件，偶爾和書記官討論事情，沒空跟我說話。

車子開進殯儀館園區大門時，負責計程車司機命案的許檢察官座車也隨後進來，他看到陳檢察官只點了點頭，沒有驚訝的表情，看來他們已經先彼此談過了。

我走進家屬休息室，裡面有一頭夾雜了白髮的頭髮束在頸後的中年女子，和兩名年紀大約國高中的男孩與女孩。

「你們好。我是負責相驗的法醫。」

我深深向他們鞠躬，心中不斷向他們道歉，可是卻說不出口。許檢察官向他們慰問幾句，我們就進入解剖室相驗。

死者的遺體暫時沒縫上，保持分屍的狀態，但各部位已經按照原本的位置排列在解剖檯上。

我對著死者嘆一口氣，內心請求他的原諒，便開始檢查屍塊的切口。

屍體被切割成十塊——上臂、前臂連手掌、大腿、小腿連腳掌各一對，以及頭與軀幹。切口相當平整，兇手下刀沒有太多猶豫，要不是那個變態打給我說「這次」他切得比較好，我可能會認為兇手有醫學背景。

如果上次橋下斷手也是他幹的，斷手的切口不只有一個下刀處，而且有顯示來回切割的不平整鋸齒狀痕跡，表示他當時還沒掌握人體骨骼的關節位置，不具醫學背景的可能性很大。

致命傷和遊民一樣，胸口三個刃器刺傷，傷口也沒有收縮，所以又是死後才拔出兇器；

這是當然，那個變態需要計程車，不能讓血弄髒車子。

我打開死者的胸腔與腹腔確認有沒有其他內傷，再鋸開頭骨檢查腦部與腦膜，蜘蛛膜下腔的動脈瘤有輕微出血，恐怕死者就算不被殺害，不久之後可能也會中風。

整體確認過一次之後，我從取出的器官中分出肺臟與心臟，和兩位檢座與鑑識員研究兇器穿刺角度。

「肺臟和心臟都是斜向左方刺入，左肺角度最大。兇手很可能是從後座伸右手到前方行兇。」我翻轉心臟與肺臟，指著刺入與刺出口。

「昨晚跟車隊確認過那輛車的行經路徑，車隊在凌晨三點接到Y街的叫車電話，死者載客後車子就開往棄屍地點的山區，凌晨四點多停留了一段時間，之後開到……」許檢察官看著我，「妳家附近，接著是法醫所、殯儀館，再回到法醫所，最後回到棄屍地點。棄屍地點附近的草叢有大片血跡，懷疑是分屍現場。」

當時的司機果然是那個變態，我不由自主抖了抖。

「所以第一次到山區時就被殺了。」陳檢察官喃喃自語般道：「他知道妳習慣叫這家的車，所以隨機殺害司機搶車，再到殯儀館外面等妳叫車。」

「而且是馬上拖下車分屍，不然等兇手再開車回去，屍體已經僵硬了。」許檢察官接著說。

「叫車的人是誰？」雖然沒什麼希望，我還是姑且一問。

「不知道，是公用電話。早上已經去文申請通聯記錄，應該可以知道是哪一個公用電話。」

「公用電話也能查？」我很訝異。

「可以，只是如果那裡沒有監視器也沒用。」

「妳覺得這次的，和遊民與斷手的關連性如何？」陳檢察官問我。

「傷口和遊民的很像，都是三把兇器插著，等人死了一陣子才拔，以免血濺現場。」我看著他們，「這不是常見的手法，如果警方上次沒有透露作案手法，應該可以排除模仿犯的可能。」

「也就是至少和遊民是同一個兇手。」許檢察官思考著，然後望向陳檢察官，「和你的斷手怎麼樣？」

「共通點大概就是都從關節切開吧。」陳檢察官彎腰仔細看切斷處，「如果都是他幹的，這次確實切得比較漂亮。」

「分屍會從關節下手的不多，多數都是像豬肉攤一樣亂剁；而且他切的手掌都連著前臂。」我補充道。

「手掌連著前臂，這有什麼意義嗎？」

陳檢察官問我，我聳肩表示不知道，「個人喜好吧？」

「所以他殺了三個人嗎……再這樣下去就變成不得了的連續命案了。」許檢察官看起來很困擾，問我道：「妳最近還有和什麼單位的人頻繁接觸嗎？除了同事之外。」

我的目光交互看了看他和陳檢察官，「就只有陳檢……和警方了吧？我連吃飯都得拜託同事幫我買。」這樣說來，我家裡的吐司和麥片快吃完了，我的晚餐要斷糧了。

許檢察官看陳檢察官一眼，「自己小心啊，學長。」

「怕這個還能當檢察官嗎？」陳檢察官一臉不在乎。

許檢察官雙手抱胸凝視死者，嘆口氣，「看來只能請妳最近盡量少接觸外人了。」

「沒用啊，他還不是殺了遊民。」我苦惱地發牢騷。

「我們待會兒去××分局再討論，先把相驗做完吧。」陳檢察官道：「我有交代便衣在外面注意可疑人物，說不定他們會有所發現。」

「兇手會來看？」許檢察官的眼神有點錯愕。

「今天是他指名要我來驗屍的，應該會來吧？」我順便說了昨晚接到電話。

「他要妳來驗屍……」許檢察官想了想，「那我猜他不會出現。妳和警方關係那麼好，哪有不知會警方的道理？除非他是笨蛋才會自投羅網。」

「說不定真的是笨蛋，他就曾在現場徘徊，才會纏上白法醫。」陳檢察官認為許檢察官說他白忙，不服氣地反問道：「昨晚你有沒有注意，現場有無閒雜人等？」

「哪有空管那個。」許檢察官蹙眉反駁，「而且管制現場是警方的責任。」

他們聊的時候，我照例保存器官切片、縫合屍體，再簽了屍體相驗證明書，由檢座交給家屬好辦理後續喪葬事宜。一看到那母子三人，我的心就緊緊揪起來，實在無法再直視他們的悲傷。

許檢察官走出相驗中心後馬上又接到另一個案件的電話，揮揮手說不跟我們去××分局，帶著書記官上車跑下一個地點。

「許檢好忙。」望著許檢察官的車離去，我不經意說道。

「我也很忙啊。」陳檢察官好像有點不服氣，「不過為了妳，不管多忙都要先辦這件案子。」

這話好難接。我不太自然地點頭，「呃，謝謝……不過早點破案也可以避免更多受害人出現。」

「也是。這麼兇殘的跟蹤狂還挺少見的。」

陳檢察官叫書記官坐前座，我只好和他坐後座。

上車後陳檢察官繼續道：「他載妳的時候，表現得和一般司機一樣，很普通地載妳到目的地，沒有把妳載回家囚禁起來，或是殺掉……殺了一個人只為了和妳相處說話，表示他對妳感到自卑，能和本人說到話就心滿意足。跟蹤狂通常是這樣，因為不敢和對象接觸才變成跟蹤狂。」

「可是他的方法也太激烈了吧……」我真的很困擾。現在我寧願他跟蹤偷拍我就好了，真的，他要天天寫信給我也沒關係。

「別人對他來說不是人，只是接近妳的手段。」陳檢察官像是自言自語似地分析著，「他有空做這些事，表示他很閒沒工作，而且獨居，可能家裡有錢。如果能鎖定地區的話，應該可以查出來。」他轉頭對我道：「關於昨晚的電話……我要調妳手機的通聯記錄，方便嗎？」

我向他做出「請」的手勢，「可以，麻煩檢座了。」

他立刻打電話回署裡交代，順便對其他案件下指示，在這期間，比計程車還熟本市路線的司機大哥又快又穩地把我們送到××分局。

在小會議室裡，陳檢察官先是詢問這兩天接送我的員警，還有剛才在相驗中心外面監視，又一路跟著我們回來的便衣刑警，有沒有看到可疑人物，答案都是沒有。

被許檢察官說中好像讓他不太開心，接著他調我第一次報案的證物來看，那個白紙信上的手掌印果然也讓他皺眉。

「妳有帶第二封嗎？」

我拿出來之後，他叫鑑識員也去採上面的指紋，然後問道：「第二次的照片這麼少？而且……這是什麼？」他拿起中央有白霧的那張照片看了又看。

「其他照片我交給張欣瑜刑警了，她說有時間的話會去那附近找找拍照地點。」我湊過去跟他看著那張白白的照片，「這個，我覺得，有點像是……」

我猶豫著要不要說我覺得像左手掌，會議室的門開了，鑑識員把剛才那張信裝在證物袋裡拿進來，「陳檢，這上面也有手掌印。」

是和第一張信一樣的掌印，我拿捲尺大略測量，大小和第一封信的掌印是一樣的。

「左手……」陳檢察官思考一下，問鑑識員：「之前的指紋比對有結果嗎？」

「不是白法醫的，但也不知道是誰的。除了掌印，上面只有白法醫的指紋。」

陳檢察官要鑑識員去叫張欣瑜來，又拿起那張照片，「左手……都是左手。我們找到的是右手……他會不會冷凍保存了受害者的左手？」

「你是說，兇手留下左手沒有埋起來，放在冰箱冷凍，然後要蓋掌印的時候再拿出來退冰嗎？」我詳細說一遍，確認他的意思。

陳檢察官點頭，「可能他特別喜歡左手。」

我下意識看一下我放在桌上的左手，趕緊收到桌下。

這次是張欣瑜推門進來，向我們點了點頭，把手上的照片攤在桌上後坐下。陳檢察官看了看照片，拿出那兩張白白的來看，問道：「妳去看過這個地方了嗎？」

「還沒，昨天查緝行動弄到半夜，我打算今天晚上去看一看。」張欣瑜道：「不過我先查過網路地圖的街景照，那個社區大門正對面有便利商店和美妝店，應該會有監視器。」

「別等晚上了，待會兒就去。」陳檢察官一臉嚴肅，「得盡快逮到兇手才行。」

「是。」

他又看了那兩張瑕疵照片，「他給妳這種照片，是想做什麼……咦？」

「怎麼了？」我和張欣瑜都靠過去看。

「這是……臉嗎？」他把那張白了一半的照片倒轉看，「靈異照片？」

這麼不科學的說法講出來怪難為情，我只有私底下才會講，在現在這種正經的狀況下聽到，我愣住反應不過來。

「有沒有請專家看過？局裡有沒有人懂修圖？」

「還沒有，我等一下問問同仁。」

「那就不用。」陳檢察官揮揮手，「我直接拿去鑑識中心。」

陳檢察官把我認為像手的那張疊在信的掌印上，掌印的手指和白影手掌非常契合，簡直就是同一隻手。

或者，根本就是同一隻手。

可是屍體的手是實際的物體，要蓋掌印或許還可能，但相機不可能穿透過去看到我。

如果這是靈異照片，我認為掌印也就不是變態刻意蓋上去，而是這隻左手的主人做的，想告訴我一些事。

這些都是左手。

簡檢察官身上的是右手。

如果不是巧合的話——

我本來想問陳檢察官知不知道簡檢察官前女友的事，至少知道她住哪裡也好，確認一下她本人是否還健在，不過我及時想起張欣瑜說簡檢察官在考上前就分手了，所以年資比較久的陳檢察官應該不會知道。

陳檢察官要張欣瑜現在就去社區對面找拍照位置，她離開後他的手機響了，聽起來是我的手機通聯有了後續。

「昨晚妳打給我之前的那通電話，是透過改號程式打的。」陳檢察官扼要地說道：「我要事務官請電信偵查大隊去查，國內的應該很快就能查出來。」

「改號碼？那樣不是前面會有加號嗎？」我問。

「加號是國際電話，為了增加查緝的困難度，詐騙集團通常都透過國外的改號系統或是他們根本就在國外，所以有加號。」他的食指輕敲照片，「這個人在國內打，很好查。他如果不是不懂，就是可能用人頭手機。我希望他是不懂。」

「手機不是可以定位？」

「人頭手機就像免洗的，有錢就能買。如果他真的有錢到不用工作，說不定用過就丟了，查到也沒用。」

陳檢察官左拳抵著下巴，凝視隔著證物袋疊在信紙掌紋上的照片，和旁邊疑似有半張透明白色臉孔的照片。

書記官也靠過去看，有點害怕地說道：「這該不會真的是靈異照片吧？就是那個啊……他前一個殺死的女人，要警告白法醫之類的。」

「對，他可能殺死了前一個對象。」這提醒了陳檢察官，他轉頭對書記官道：「查查這一週有沒有通報二、三十歲的女性失蹤人口，還要高學歷。」

「所以這是靈異照片吧？」書記官一邊打字還不忘問。

「要鑑識分析過才能肯定，說不定是用修圖軟體貼上去的。」陳檢察官一副鐵齒樣。

我們在警局吃了員警幫忙買的遲來的午餐後離去，當然也是搭陳檢察官的座車。

「妳家裡有沒有缺什麼要買的？現在順便載妳去買，最好多準備乾糧，明天週末別出門。」陳檢察官道：「要去哪裡都跟分局連絡，請他們派車接妳。」

陳檢察官從頭到尾都很嚴肅，這也難怪，那個變態一天殺一個人，今天不知道又有哪個和我無關的人受害，想到這裡，我覺得剛才吃的一點飯菜好像在胃裡翻攪。

搭便車回到辦公室，趕上下午的會議，我報告了驗屍狀況，其他三人都露出苦惱的表情。

「這要是讓媒體知道可不得了。」楊朝安的表情像喝過苦茶一樣。

「哪方面？是出現連續殺人魔，還是有人為了追法醫而連續殺人？」張延昌好像想緩和氣氛，用輕鬆的語調問。

「第二點很糟，那樣白宜臻會變成輿論攻擊的對象。」林亦祥認真地看著用磁鐵貼在白板上的屍體照片，「雖然明明就是跟蹤狂的問題。」

「我也不想被跟蹤啊，而且還是這種暴力神經病。」我無奈嘆氣。

「往好的方面想。」楊組長好像想提升大家的精神，張開雙手做出誇大的動作，「如果檢警也認同這三件是同一人所為，就會更快破案，也未嘗不是好事。」

「只是不知道今天又會有誰橫死呢？」

林亦祥應該只是說出心裡想的話，其實我也是這麼擔心著，不過因為這種話太打擊士氣了，楊朝安和張延昌不約而同瞪他。

會後我收到幾份檢驗中心的報告，我翻了翻之前浮屍的報告，除了酒精之外，還有氯胺酮和巴比妥的成份——就是K他命和安眠藥，聽說有的毒販會在K他命裡摻安眠藥，大概是為了降低成本吧？所以本案死者，可能就是在安眠藥與大量酒精的作用下，一覺不醒了，至於是他殺還是意外就很難說。

「對了。」陳安琪把辦公椅轉了半圈，回頭看我，「你們剛才開會的時候，妳的手機震動了，我看來電是法院，怕漏接會出問題就代接了。」

我屏住氣息看著她，「不是法院，對吧？」

她不以為意地點頭，「我才剛喂一聲，他就迫不及待問候妳，還問妳他這次做得很不錯吧什麼的。我問他今天又殺了誰，他好像聽出不是妳的聲音，就掛電話了。」

陳安琪的語氣很平淡，不過這本來就不關她的事，當然可以淡然處之。我苦惱地看著桌上的手機，打算去換號碼算了，可是那樣要通知很多人和單位，太麻煩了。

我還在想，手機又茲茲茲地震動起來，大家都看著我，我看著來電顯示，是張欣瑜。變態總不可能知道她的號碼，所以我跟大家說是張刑警，放心接起手機。

「白法醫，妳還好吧？我剛剛看妳臉色很差。怎麼陳檢會對跟蹤狂有興趣？」她問。

「因為昨晚計程車箱屍案也是那個變態做的。昨天我搭的計程車，真的是他開的。」

「什麼？」她吃驚地提高音量，馬上又小聲道：「不會吧？這個跟蹤狂也太……就為了要載妳而殺人嗎？還好他沒對妳怎麼樣。」

「可是有人因為我而死，感覺超差的。」我想起剛才陳檢察官給她的任務，問道：「有店家拍到他的畫面嗎？」

「便利商店外的有拍到一個揹著斜背包的男子用手機拍馬路，還站在那裡等了好一會兒，可是只拍到他的左後方背影，沒有正面，連側面都沒有。拿機車和柱子當比例尺的話，應該超過一七……啊！」

我最後聽到的是張欣瑜的叫聲，接著手機好像掉了，發出一連串碰撞的雜音，然後遠遠的有一個男人的聲音，好像是開車的男刑警：「幹！會不會開車啊！」

張欣瑜的聲音又出現了，「有車撞到我們。先這樣。」

有人開車撞他們？難道是故意的？

「等一下！別下車！」我對著手機大叫，可是我才剛說「等」，張欣瑜就掛斷電話，我再撥也沒接了。

那應該只是普通車禍，她應該只是忙著處理車禍沒空理我……我想安撫狂亂的心跳，可是心跳還是慢不下來。

「怎麼了？」正要出門的林亦祥被我的叫聲嚇到。

「張刑警他們的車，被撞了……」說出來好像是一件小事，顯得我大驚小怪。

「難道是……假車禍？」李育德說中我擔心的點。

「想太多、想太多！」楊朝安打斷令人胡思亂想的氣氛，「她不是一個人吧？除非那個人有槍，不然就算有刀，要對付兩名刑警哪有那麼簡單？更何況那是個只敢對遊民和中年司機下手的膽小鬼！」

「嗯，對……」他的話稍微讓我穩定了一點，「開車的好像是男刑警。」

「那就對了，不會有事的啦，只是湊巧有人撞到他們。每天都有人開車不長眼睛嘛。」

張延昌附和，「我上個月就看了十幾件車禍的。」

「我也看了十幾件。」我苦笑，「好啦，可能是我想太多。」

「明後天妳好好休息，私人手機之外的電話都別接。要相驗的我會給妳排星期一。」楊組長道。

「好……」

雖然他們都那麼說，我還是傳個簡訊給張欣瑜，請她有空的時候回我電話。

一直到巡邏車來接我下班，張欣瑜都沒有回我電話。

我一上車就急著問前座的員警：「張欣瑜偵查佐還好嗎？我之前請她回我電話，她都沒回覆。」

「喔，她應該沒空啦。」前座的員警笑起來，「她和林偵查佐在路上被一個酒駕撞了，聽說那個駕駛知道撞到警察，就抱住林偵查佐大哭說他被女鬼糾纏，是女鬼又出來嚇他，不是故意撞上去的……然後啊，把那輛酒駕的車拖回去之後，發現保險桿下面卡了一個已經半風乾的眼珠子！」

「眼珠？」出乎意料的展開讓我聽得一愣一愣。

「鑑識還從前輪那裡的底盤摳出一些紅土，疑似和之前斷手有關。」

駕駛的員警好像怕我不知道，補充道：「就是白法醫妳發現的那隻手啊。」

「那輛酒駕車，是不是白色的？」我問。

「對啊，妳怎麼知道？」副駕駛座的員警很驚訝，「那個駕駛知道保險桿卡了眼珠也嚇得要命，一直說他不知道。車子右邊的車燈、方向燈外殼和鈑金都有破損凹陷，也卡了一些土，懷疑是他撞到過什麼東西，一直逼問他，可是妳也知道，問一個醉鬼能問出什麼？」

「說詞反反覆覆，所以他們決定載那個嫌犯出去兜風，把他平常喝酒之後會走的路都走一遍。」

原來如此。我鬆了一口氣。只要知道張欣瑜沒事就好了，至於那隻手……指甲有白色拷漆，說不定是那個人哪天喝醉了糊里糊塗撞進埋屍塊的土堆，順便把手勾出來，行經橋上或河邊時因為震動而掉到河裡。

然後那隻手知道簡尚曄已經是檢察官，想找他申冤查案，無奈他壓根兒看不見鬼。

我幾乎認定那隻手的主人就是簡檢察官的前女友了。如果真的是她，她可能被糾纏將近兩年或更久，說不定和簡檢察官分手也是因為變態威脅她，而她不想影響全力拼重考的男友所以沒說。畢竟變態一廂情願認為我愛他，那他肯定也這麼對她妄想過。

我認為她應該不是變心才分手的。因為那隻手，撫摸簡檢察官的時候，看起來那麼溫柔……

「你們和簡尚曄檢察官熟嗎？」我問。

「還好耶，簡檢座話很少，許辰逸檢座好像跟他比較熟，他們同期的。」

就算知道這項資訊，我也不知道該怎麼向許檢察官詢問簡檢察官的前女友。

到了公寓下車，我的信箱裡又有那個變態的信，看到這個竟然讓我有點放心，我不禁想自己是否慢慢掉進對方的某種圈套裡。

回家不久我的手機響了。我拿出來看一眼就丟到茶几上不理它，因為來電的是法醫所。楊朝安都叫我只可以接私人手機了，就算是公事我也不接。

我側躺在沙發上，打開電視，畫面旁邊的跑馬燈播放一些新聞標題，有一則是「酒駕撞上偵防車，自投羅網」，回想下午我因為這個烏龍車禍緊張成那樣，就不禁啞然失笑。

把冰箱最後的牛奶倒完，我悠哉地打開跟蹤狂的信。這次的信封裡沒有信紙，只有照片，有發現浮屍那天和陳檢察官一起走在草地上、昨天和陳檢察官在地檢署，也有今天和陳檢察官一起進入公務車後座的照片——等等，便衣刑警不是說沒看到可疑人物嗎？可是我明明又被拍到了？

雖然各個禮儀室那邊很多家屬，可是相驗中心外面應該沒什麼人，這樣也會看漏，警方也真不專心。我在心裡嘀咕著，看著那幾張照片，心裡有點疑惑為何這次又放了第一天的照片，我以為他都只會給我最新的偷拍照。

等等。仔細一看，全部都有陳檢察官入鏡……難道這是暗示他要對陳檢察官下手嗎？

我的手機又響了，這次還是法醫所打來的。我不想接，直接取消，撥給陳檢察官。

「什麼事？」陳檢察官說得很快，似乎在忙。

「你在辦公室嗎？」

「怎麼又是這個問題？」他笑道：「我剛拿到搜索票，要去搜索發話人的家。」

「查到發話人了？」我對於電信偵查大隊的效率感到萬分欽佩。

「江梓嫣，前幾天家人才報失蹤人口，公司說她已經曠職一週了；但是她已經搬離手機申請表上的地址。」他很快說道：「有發現我再連絡妳。」

那個叫江梓嫣的女生，可能就是上一個受害人，為了擺脫那個變態搬過家，卻還是擺脫不了。那個變態最後仍然殺了她，拿走她的手機，打給我。

我雙手摀臉，我不想成為下一個啊……就算搬家，跑得了和尚跑不了廟，難道我也不幹法醫了嗎？而且連醫師都不能做，只要有固定工作就會被找到，像江梓嫣一樣。

我躺在沙發上發了好一會兒呆，對於以後該怎麼辦感到一片茫然。還是乾脆在所裡租一個房間，住在裡面算了，要解剖的屍體都送過來，反正後面的解剖室很少用……

不知過了多久，寧靜屋內的手機鈴聲差點沒把我嚇死。來電的是張欣瑜，我趕緊接起來。

「抱歉，我一直忙到剛剛。出了什麼事嗎？」她緊張地問。

「沒有啦，下午我以為你們遇上麻煩，怕妳出事。結果聽說是酒駕？才幾點而已就喝酒。」

「喔，那個啊！」她哈哈笑道：「那個人說他這幾天老是看到沒有眼睛的女鬼，不喝多一點他會瘋掉，今天路上突然又看到右邊後照鏡有女鬼，一驚嚇就轉向左邊撞上我們。妳都不知道他抱著林曜維大哭的時候多好笑！」

「我聽巡邏員警說……那個人的車上有眼珠？」

「嗯，都風乾了，應該卡好幾天了吧？問他車子右邊怎麼壞的，他想了老半天才說好像是某天喝完酒撞到東西，還說就是那天開始夢到女鬼。後來載他繞來繞去，終於找到地點，是一塊用鐵皮圍起來的空地，生鏽的鐵皮有個開口，裡面不知道為什麼有個大土堆，長了很多草，看來堆很久了，但靠近鐵皮那裡沒草，顯然有人挖過。鑑識還在挖，還得從沙土裡找殘骸，會花很多時間。」她道：「後來有個人騎車過來，看到警察就跑，很可疑對不對？可是逮到他之後死不承認殺人分屍，倒是坦承另一件案子。」

「這麼巧？什麼案子？」

「前幾天那個女性浮屍。我們才逮到他，什麼都還沒問，他就一直說那女的睡一覺就死了，不關他的事，他什麼都不知道，他只有因為太害怕所以把屍體扔進河裡。」

我想起下午的報告，「他家應該有K他命，而且還有摻安眠藥的K他命。死者應該是喝下K他命加安眠藥和大量酒精才猝死的。」

「妳真料事如神！」張欣瑜的聲音聽起來很愉快，「對啊，從他的房間搜出好多包毒品，多了不少績效。」

「已經搜過啦？這樣聽起來我好像在放馬後炮。」

「哪會啊？妳人又不在現場，簡直是安樂椅偵探！」

她給我戴這麼一頂高帽，害我很不好意思，轉移話題道：「那個疑似埋過屍塊的地點，有通知陳國政檢察官了嗎？」

「今天值外勤不是他啊，而且目前沒什麼發現，只有檢察事務官來看。」

「他在追查跟蹤狂的電話，他說如果可以鎖定地區，應該就能找出兇手。」

「這樣啊……好，我連絡陳檢，看他有什麼指示。白法醫，妳自己一個人，還是要小心一點喔。」

「放心，明後天我都不會出門。」

之後我的手機沒有再響，案情好像又有進展，這個晚上我的心情終於比較輕鬆，還去網路看烏龍酒駕撞偵防車的新聞，旁邊的騎士還上傳了行車記錄器的影片，看起來真的很有趣，白車車主也太激動了。

在車主抱著男警痛哭時，我好像看到有個什麼東西從白色車子前方閃一下。

我把影片倒回幾秒播放，確實有個……不，是半個臉，從車頭右邊的方向燈那裡探出來又縮回去，不到一秒。

半張臉，一個眼睛；短短的頭髮，長度和我的差不多，都在耳下兩三公分。我想到照片上半張臉的白影，原來，是因為她有半張臉毀了，被這輛車撞到。

所以上一個受害者一直在警告我嗎？可是就算她不在紙上蓋手印、不弄靈異照片，我也知道我被跟蹤狂騷擾啊。還是她有其他目的，例如……希望簡檢察官能注意到異狀？

但檢察官人數多，案件更多，很遺憾這件案子沒能分到簡檢察官手上。沒關係。只要能破案，哪個檢察官偵辦都一樣。而且還有很值得信賴的張欣瑜呢！她不就發現酒駕車的異狀嗎？警方是可以期待的！

然而，我鬆懈得太快了。果然就算不接電話，也不代表不會有事發生。

第二天早上我看晨間新聞配煎蛋吐司時，赫然看見一條新聞：辦案遭報復？檢察官被撞重傷。

新聞說「陳姓檢察官」凌晨返家時遭到一輛黑色轎車撞傷，目擊者是騎自行車的打工夜歸大學生，大學生說轎車沒開大燈，本來停在路邊，突然衝出來也嚇他一大跳。車子撞了人就跑，他只顧著查看被撞的人和報警，沒看清肇事車的車牌。遭撞的檢察官大腿與肋骨骨折，脾臟與肝臟破裂出血嚴重，幸好手術後搶救一命。

一陣不祥籠罩著我，心悸的顫抖延伸到手指尖。昨天信封裡的那些照片——「陳姓檢察官」該不會是陳國政吧？

我怕打擾張欣瑜，一直忐忑不安地等到九點才打手機給她。

「對，被撞的是陳國政檢座沒錯。」她嘆了一口氣，聽起來很疲倦，「凌晨三點被叫到局裡，還以為地檢署會立刻採取行動，害我們嚴陣以待……結果白忙一場。」

「白忙？什麼意思？」

她用幾近氣音的聲音，像講祕密一般地小聲道：「主任檢察官是帶了幾個人來過，但只是把目擊者的筆錄、現場勘察報告和附近的監視器畫面檔案都拿走，也沒有指示我們調查，還說廢土堆那裡沒收穫就別浪費人力了，大家都傻眼。」

「為什麼？」我也傻眼。

「誰知道，主任檢察官什麼都不說。」

「我想應該是那個變態跟蹤狂撞的，他昨天給我的信封裡全是我和陳檢站在一起的照片。」我無力地靠著沙發柔軟的椅背。

「妳怎麼沒警告陳檢？」

「我打過去的時候他正在忙，他查到了變態用的手機主人，好像叫……江什麼……」我一下子想不起那個名字。

「江梓嫣？」

「對！妳怎麼知道？會不會是陳檢在那裡找到什麼，變態怕事跡敗露就去殺他？」

「那變態也太神通廣大了吧？我覺得可能是吃醋，他不是拍了陳檢和妳在一起的照片？那是殺人預告！」

「拜託，我天天都跟好幾個男人接觸啊，難不成他每個都要殺？」

「說不定喔……」

「別開玩笑了。」我手臂上的雞皮疙瘩都站起來了。

「好啦，說正經的。」她的語氣認真起來，「檢察官被撞耶，為什麼地檢署不是馬上叫我們去查，還把東西都拿走？總覺得很奇怪。」

「廢土堆那裡有挖出什麼嗎？」

「有三顆破碎的牙齒和一小片連著頭髮的頭皮，好像還有一些和土混在一起的肉泥，本來要送驗的，都被拿走了。」

「地檢署想自己查嗎？」

「叫書記官還是事務官去查嗎？地檢署查案當然是叫我們啊。」張欣瑜好像覺得我說了蠢話，笑著說完之後口吻又變得嚴肅，「還是……他們不想查，也不想要我們去查？」

「他們把廢土堆裡的證據帶走，是因為知道撞陳檢的是那個跟蹤狂嗎……」這種想法好像陰謀論，我不太喜歡這樣懷疑應該要公平正義的機關，「對了，我之前報案留下的信啊那些證物呢？還在吧？」

如果那些也被拿走，陰謀論似乎就更具體了。

「我問一下。」

張欣瑜的聲音過沒多久再度從手機中傳來，「不在了，信和照片都不在了。難道地檢署要包庇跟蹤狂？」

「不見得啦……往好的方向想，說不定是因為陳檢被撞，所以他們終於要認真看待這個跟蹤狂案子了。」這話也是試著說服我自己。

「也是有可能。」她的聲音有點不好意思，「我好像想太多了。」

「可能今天檢座們都被叫去開會討論怎麼處理這件案子。」

「說的也是，他們應該要同仇敵愾，早日破案，不然以後罪犯都去殺檢察官還得了。希望今明兩天他們就會討論出方向，只好再等等看吧。」她用輕鬆的語氣問道：「妳待在家裡會不會很無聊？我中午買午餐去找妳。」

「不用啦，太麻煩了，而且……我怕那個變態在監視這裡。」

「大白天的，妳家那裡還算熱鬧，他也不能怎麼樣啦！難道他連我的醋都吃嗎？」她開玩笑般說道：「而且既然地檢署要對這案子認真，我也要確保妳的安全。我把雜事做完，中午去找妳。」

我坦然接受她的好意，掛電話之後心情也輕鬆許多。她能來的話就太好了，雖然不太想承認，但最近那個變態殺人魔實在讓我心神不寧。

抱著稍微寬裕的心情等到十一點半，樓下大門的對講機響了，我以為是張欣瑜，一拿起對講機話筒，螢幕上卻出現連鎖披薩店的制服。

「白先生您好，必×客披薩。」年輕大男生的聲音輕快地說道。

「我沒叫披薩。」我滿心疑問，「而且……白先生已經去世好幾個星期了，這裡沒有白先生。」

「去、去世了？」外送員好像也呆了，「他……不在嗎？」

「不在人世了。」我強調。

「可是、他、他訂了十個大披薩……」

不知如何是好的外送員跟我確認訂披薩的電話，是我的手機。我本來還以為是白定威那陰魂不散的混帳惡作劇，這下我大概知道訂披薩的是誰了。

雖然覺得披薩店很無辜，可是我不能開門，天知道這是不是引誘我開門的陷阱。

「有人用我的手機號碼惡作劇，我只有一個人，不可能訂十個大披薩。請你報警。」

我堅持不收，外送員只好帶著披薩回去。我從窗戶往下看，確實是騎著後面加裝外送箱機車的店員……應該不會是有外送員遭到毒手吧？我寧可店員上靠北專頁抱怨，也不想聽到披薩店員身亡的消息。

我安撫自己只是變態惡作劇時，對講機又響了。

「白先生您好，您訂的四十杯珍奶送到了，麻煩請開門。」

搞什麼，這次換飲料店嗎？我又解釋一遍白先生早已經過世了，飲料店也向我確認手機號碼，但我還是不會開門，只能請他回去報警。

既然連飲料店都遭殃，那應該只是單純的惡作劇，而不是有店員遇害吧？可是這樣亂訂餐不但給店家帶來很大的麻煩，說不定還會上新聞，標題下個「鬼魂訂餐」之類的。

沒多久我的手機響了，是陌生的號碼，我戰戰兢兢接起來，是飲料店打來再確認。我再三強調手機號碼是我的沒錯，但是這裡已經沒有「白先生」，是純粹的訂餐惡作劇。

剛掛電話又響了，又是陌生號碼，我猶豫了一下接起來，是一家便當店回電確認便當數量——「白先生」訂了二十個雞腿便當和三十個招牌便當。因為量太大了，地址看起來又不像公司行號，他們怕遇上惡作劇，所以打電話過來。

於是我只好再說了一次「白先生」已經作古好幾週，那百分之百是惡作劇，請店家不要理會。

總算有一家店可以不用因為那個無聊的變態賠錢，讓我感到欣慰，但也覺得很煩，該不會今天一整天我都要應付這些訂單吧？

對講機的鈴聲再度響起。

「白先生您好，麥×勞歡樂送！」

噢天啊……這場鬧劇要玩到什麼時候？

我請外送員回去之後，對講機又響了起來，這次終於不是外送了，看到張欣瑜的臉讓我感動萬分。

「妳小心一點，看看附近有沒有奇怪的人。」我開門之前叮嚀她。

「ＯＫ。沒有。」

我開樓下的門讓她進來，等門鈴響起，透過貓眼看到她站在門外後趕緊開門叫她進來。

她看著我把門迅速鎖好，有點擔心道：「妳真的太緊繃了。」

「這是我最後的防線，要是沒守住，我就完了。」我苦笑。

「放鬆一下，來吃好吃的便當吧！」她笑著提起手中的塑膠袋，「妳之前說過喜歡燒鴨，這家的燒鴨飯很好吃喔！」

張欣瑜也太貼心了，只不過是不知道什麼時候閒聊時提到的，她就記得這麼清楚。

「謝謝，妳不用這麼特地……」雖然說出的話很客套，但我臉上的表情應該是非常開心。

「心情不好的時候就要吃點喜歡的東西。」

張欣瑜把便當拿出來放在餐桌上時，客廳的對講機又響了。我翻了一個白眼，一邊走過去一邊喃喃自語：「煩不煩啊……」

「白先生您好，您訂的飲料送來了。」

多家了。」

「這裡沒有白先生！」

我請飲料店的店員回去之後，張欣瑜問道：「白先生？妳哥哥還在嗎？」

「不是。」我搖頭嘆氣坐下，「八成是那個死變態用我的手機號碼到處亂訂餐，來過好多家了。」

我把剛才的情況告訴她，她聽了也不太明白變態的想法。

「如果那些店家都去報警，很可能會上新聞，難道這是他的目的嗎？讓大家知道妳被騷擾？」她微歪著頭思考，「還是他想乘機假裝記者接近妳？」

「好像很有可能。」我沒想到那一點，內心驚了一下。

「不接受採訪就好了，反正早晚有巡邏車接妳，不管誰要接近都叫同仁去擋。」張欣瑜習慣性地快速扒一大口飯，沒嚼幾口就嚥下，道：「有件事在電話裡不好說，妳說陳檢可能發現了什麼，我也那麼覺得，早知道昨晚就問個清楚。剛剛打去醫院，目前還是謝絕會客。」

「很嚴重嗎？」我有點擔心陳檢察官。

「不知道，至少不是加護病房，應該還好吧？」

「妳昨晚也有跟他去嗎？」

張欣瑜點頭，「因為是女生的房間嘛，除了房東、男刑警、鑑識官和我，還有一個婦幼隊的學姊。那裡的地板上有一堆血液反應，還採了很多指紋，可是照片、底片、所有東西，都被地檢署在半夜拿走了。」

「妳說陳檢好像發現什麼？」

「當時他看到一張疑似是江梓嫣的照片，表情好像很驚訝，我問他認識嗎？他又馬上搖頭，所以我就沒問下去了。」她咬著筷子尖端回想。

「陳檢可能認識，或見過江梓嫣？」我問。

「大概吧？要問他本人才能確定。」

「可是如果江梓嫣是簡檢察官的前女友，不是在考上之前就分手了嗎？陳檢怎麼會見過她？」

「而且很可疑的是，如果真的見過或認識，陳檢為什麼要否認？」

「說不定他自己也吃了一驚，所以下意識先否認再說。」回想起和陳檢察官通電話的時候，我認為他對那個名字應該沒有印象，「他應該只是見過，不知道那個女生的名字，至少昨晚他說查到手機主人是江梓嫣，聽起來就像在講一個路人。」

「說的也是。如果他認識江梓嫣，看到照片不應該會驚訝。真想知道陳檢到底在哪裡見過她。」張欣瑜微蹙秀眉，煩惱的表情看起來有點可愛。

我也邊吃邊想，幾分鐘內不知不覺解決了一個便當。

陳檢察官或許見過可能已經死亡的女生，地檢署把證物都帶走，而且沒有下指示緝兇。

「這件事……」我望向張欣瑜，和她四目交會，「妳怎麼想？」

「陳檢認識兇手，而且透過兇手見過江梓嫣？」張欣瑜想的和我一樣。

「而且兇手和檢察署關係不錯。不見得是地檢署，說不定是高檢署之類的。」愈是往這方面想，我的手指愈冰冷。

「上面施壓，所以要吃案嗎？」張欣瑜似乎也不想相信。

「我希望他們只是在商討對策。」我雙手撐著額頭，「不然我不就……死定了……」

「不一定啦，說不定上頭私下警告兇手收斂一點，他就會放棄盯妳了。」張欣瑜安慰我。

可是我覺得沒有被安慰到，「因為我是法醫嗎？那如果變態換一個普通女生當目標，是不是又會被縱放了？之前被殺的計程車司機怎麼辦？遊民呢？江梓嫣呢？就讓時間沖淡他們的遭遇嗎？」

除了當事人家屬，沒有人會持續關注命案後續。等風頭過去，那些案子很可能就會這樣被遺忘，成為懸案。

張欣瑜大概也不知道該說什麼才好，她默默握住我的右手，溫熱的掌心稍微舒緩了我手指的冰涼。

就在我的心情稍微穩定一些的時候。

——唉。

我聽到一聲幽幽的嘆息。就在耳邊。

我猛然抬頭看著張欣瑜，她也看著我。

「剛才，妳有嘆氣嗎？」我問。

可是我想那應該不是她。除了那個聲音離我的耳朵非常近之外，那個聲音……

「沒有。」她張大疑惑的雙眼。

那聲嘆息，聽起來是個男人。

我回頭左右看看，還看了天花板，沒有看到特別的東西，例如鬼魂之類的。不過我本來就不是常常看得到，要是常看到我就幫警方通靈破案了。

「妳還好嗎？」張欣瑜左手稍微用力按住我的肩膀。

「沒事，大概聽錯了。」

她注視著我，道：「我回去之前陪妳把整個房子檢查一遍，讓妳放心一點，好嗎？」

她先把廚房的櫃子全都打開看一遍，即使我們都認為那裡應該藏不了人。然後對講機又響了，是連鎖炸雞店的外送，我叫外送員回去後，張欣瑜帶著我把每個房間的每個角落都巡過，讓我看清楚房子裡沒有別人。

「好了，這兩天放輕鬆一點吧！」她露出開朗的笑容，「那我走了，門鎖好喔。」

張欣瑜下樓後，我從客廳窗戶看著她走到旁邊騎車離去才安心關上窗戶。

又打發了一家速食店外送後，接著是一個平靜的下午，沒有出現其他異狀，奇妙的嘆息聲也被我拋在腦後，直到晚上我在浴室洗完臉，抬頭看到鏡子的那一瞬間。

鏡子上除了我的臉，還照出後面的一個男人。

我吃驚地回頭，但後面沒人。我再看鏡子確認影像，上面只有我自己而已。

剛才的男人，不是我眼花，我確實看到了，穿著白色襯衫和藏青色褲子的中年男人，那張臉很眼熟。

是被分屍的計程車司機。

原來他跟著我啊？下午嘆氣的也是他嗎？那聲嘆息中帶著無奈，難道是因為聽到我和張欣瑜的談話？

想到司機的妻兒，我也想嘆一口無奈的氣。

「林伯昌先生。」我合掌對著鏡子說了計程車司機的名字，道：「你的事情我很遺憾，但我也是受害者，就算你跟著我，我也沒辦法幫你，你還是回去看看家人，接受師父的誦經，一路好走。」

我又聽到一聲長長的嘆氣，摻雜著深沉的無力感。我想他聽到了。

週日是這一週以來罕見的平靜，沒有門鈴、沒有電話，靜得讓人有點不自在。

到了下午，我打開電視，轉到評論時事的社論性節目。平常我不太看這種節目，但是這種節目的氣氛比較熱鬧，而且我想中年男人應該比較喜歡看這種。

我希望司機先生可以坐下來看一會兒電視，我已經聽他踱步的腳步聲聽了一、兩個小時了。

不知是這個節目合他的口味，還是電視聲蓋掉腳步聲，我終於沒再聽到那個緩慢地來來回回的聲音。我放空腦袋看著電視，然後接到張欣瑜打來的問候。

「今天好平靜，什麼事都沒有。」我道。

雖然說沒事就是好事，可是現在的情況反而讓我不安。

「難道我們猜中了？」張欣瑜低聲問。

難道真的是……檢察屬高層警告嫌犯，所以他才沒再騷擾我？還是跟蹤狂也要休息一下，畢竟假日一整天埋伏在我家附近也不會看到我。

我希望是後者。

「說不定他想休息一天吧？」我半開玩笑地說道。

「希望是，應該要建議他週休二日。」張欣瑜也以玩笑回應。

聊了幾句後，張欣瑜說聲「有事打給我」就掛了電話。

雖然不知道變態下一步要做什麼，不過我也只能被動地等。我讓電視開著，逕自到書房去寫報告。

星期日真的什麼事都沒發生，彷彿那一週的驚嚇都是假的，若不是偶爾會在玻璃倒影上看到林姓司機的影子，我搞不好還會懷疑其實都是我的想像，根本沒人騷擾我，我還真希望那只是想像。

星期一我照常起床，剛泡好咖啡，手機就收到××分局的來電。是分局的號碼，不是張欣瑜。

「白法醫嗎？」一個年輕男子的聲音急促說道：「局裡出了意外，地下停車場遭人縱火，路邊的警用機車也都被燒了，我們懷疑這是跟蹤狂幹的，所以我們不按照平常的時間去接妳，以免他守株待兔做出什麼事來。我現在先接妳去上班，麻煩妳趕快準備好。」

我連聲回應，趕緊換衣服、收拾包包。我能明白警方這麼做的理由，作息太固定確實很容易讓跟蹤狂有機可乘。那個跟蹤狂也太無法無天了，竟然跑去燒警車，就為了不讓員警來接我嗎？

沒多久對講機響了，螢幕上出現熟悉的海軍藍色警察制服。

「白法醫，我到了，請妳快點下來。」

我掛回對講機正伸手要開門，忽然有四個小點從門上浮現，突如其來的狀況使我愣在當場，但隨即發現是一隻手穿過門板伸進來。半透明的。

我的腦袋還在驚愕地想「怎麼會有一隻手」的時候，出現了另一個更讓人錯愕的東西。

一個短髮女子的頭。

平常我都會假裝看不見鬼，但這實在太出乎意料，我不由得張大眼睛看著她。

她好像發現我在看她，也露出一臉驚訝的表情。

這張臉，我好像——

我才剛覺得好像哪裡見過，她的臉驀地變得恐怖，右邊臉頰凹陷潰爛，眼珠還噴出來，左邊的眼珠也被擠壓出來掛在臉上，臉部皮膚一瞬間從偏白的膚色變成淺灰綠色，爬滿血液腐臭後變色的暗綠色血管。

那隻手也一樣，就像死了好幾天的屍體。

平常看到這種屍體我不會怕，可是現在這個屍體現在正衝著我過來，我驚嚇得尖叫一聲，緊接著有一個感覺衝進我的腦袋。

——殺、死……妳！

我退了兩步轉身閃過她，急忙開門跑出去，轉身關門的那一剎那，我好像看見穿著白襯衫的中年司機抱住那個女鬼的頭和手。

司機是不讓她跟著我出來嗎？那個女鬼到底是……

不敢搭電梯的我匆匆從樓梯跑下去，一打開大門看到員警，才鬆了一口氣。

大概我開門太猛，年輕員警退了一步，看著我問道：「白法醫，還好嗎？」

我喘著氣點頭，他指了指另一邊的副駕駛座，「白法醫，今天局裡忙成一團，只有我一個人來，妳坐那裡好了。」

我道謝後連忙上車，員警開車上路，道：「今天沒有巡邏車，所以用這輛車載妳。」

密閉的車內空間裡聞得到一股煙燻味，這名員警應該也是忙著處理火燒車之後趕來接我。我抱歉地道：「不好意思，連累你們了。」

「不會啦，幹嘛這麼見外。」他爽朗地笑著，像是怕太安靜會尷尬一般地隨口問道：「剛才我聽到有人尖叫，是妳嗎？」

「呃……對……出門前差點弄掉手機，嚇我一大跳。」我隨便編個不會太蠢的理由。

「哈哈，手機要是摔壞了，還真的很傷腦筋呢！」他笑著。

我敷衍地跟著笑了笑，忽然覺得右手臂好冷，左手摸摸手臂的同時目光也移過去，赫然看見半透明的左手從椅子與車門之間伸過來，抓住我的右臂；彷彿平面似的臉，也從縫隙探半邊出來看著我。

雖然她這次是一般的臉，不是死狀悽慘的模樣，我還是倒抽了好大一口氣。

這半張臉……很像我在那個酒駕撞偵防車的影片裡看到的……

我的目光無法從她那隻眼神堅定的眼睛上移開，頭腦裡又出現話語。

——殺……死……

手機輕快的旋律打斷我的僵硬狀態，我笨拙地從包包裡翻出手機，看到是張欣瑜來電，放心接起。

「白法醫，」她的語氣很匆忙，「我們局裡被人縱火，幾乎所有汽機車都無法出動——」

「噢，我知道啊，有人來接我了。」

她停頓一下，語調聽起來很錯愕，「等等！我們沒有派人接妳！不要上車！」

她這話讓我愣住，吶吶問道：「什……麼意思？」

她沒回答我，反問道：「妳上車了？」

我再遲鈍也知道大事不妙，我怕會被開車的人發覺我已經知道他是假的警察，不敢多說，便裝做是和同事講話，道：「我在路上，很快就會到了。」

「不要關機，我會想辦法追蹤妳的手機。」

「好。」為了更像是和同事聊天，我補上一句：「待會兒見。」

收起手機後，旁邊的員警問道：「誰啊？」

我深呼吸一口氣，用最自然的表情望向他，「我同事，說有件案子很急。」

一邊說，我一邊偷偷注意他的臉。看上去年紀應該二十五到三十之間，臉型瘦長、相貌斯文，戴著一副無框眼鏡，短短的頭髮像是剛理過不久，怎麼看都是一個走在路上絕對不會讓人多看兩眼的普通年輕男子。

這個人，就是殺了三個人的跟蹤狂？

我的眼角瞄到駕駛座後方，冷不防被嚇一大跳。那個計程車司機的鬼魂坐在那裡，可是不太清楚，顏色比我一般看到的半透明更淡一些，可能是波長和我貧弱的陰陽眼不太合吧？

他本來面無表情面向前方，接著好像注意到我偷瞄他，緩緩轉向我，露出一個絕對稱不上溫和的微笑。

那個微笑令我毛骨悚然，趕緊把頭轉回來，冷冷的氣息從右手臂轉移到大腿，女鬼的左手爬到我的大腿上，頭顱滾到我的腳邊，我只能悄悄把腳縮起來靠著椅子。

這時我才發現，這輛根本不是偵防車，車上連最基本的無線電都沒有。那個人雖然身上散發出煙味，可是那身制服卻很新，新得連燙衣摺痕都還很明顯，完全不像是在火場幫忙之後再過來的樣子。

——他……殺……

連著前臂的左手抓住我的左手，滾到腳邊陰暗處的頭睜大雙眼盯著我。

旁邊坐著跟蹤殺人狂，後面有個笑得令人發寒的鬼，腳邊有個一直瞪我的頭，我大概是害怕指數破表，自暴自棄，心情反而漸漸冷靜下來了。

這個女鬼可能是前一個跟蹤狂的受害者江梓嫣，至於為何上次在計程車上沒看到她，這我就不知道了。我想她穿門進入我家應該是要阻止我出門，但是大概她沒想到我看得到她，一時不知所措，乾脆突然變成那副駭人的模樣想讓我怕得無法越過她，反而嚇得我奪門而出。

她好像一直警告我這個假警察要殺我，可是鬼的話我真的不懂，一直講殺啊死的，我還以為是她要殺我。而且就是因為她把我嚇得六神無主，才讓我沒在第一時間察覺這個警察和這輛車不對勁。

但是……當時中年司機為什麼要抓住女鬼，讓我有辦法逃到樓下？他們都是鬼魂，應該比較好溝通吧？還是說就是溝通過了之後才一起上車？那就幫忙阻止這個開車的瘋子啊！

我看向窗外。我們在快速道路上，很好，看來跳車這方法不可行。

「這裡……不是平常走的路線。」我淡淡地問。

「有個地方有屍體，想先請白法醫去看看。」駕駛回答得很自然。

「我還沒吃早餐，可以等一下找個便利商店讓我買一下嗎？」

「我想這個時間比平常早，妳應該還沒吃，所以我有準備。」

他伸長手打開我前方的置物箱，裡面有一個便利商店的塑膠袋，裝了蛋沙拉三明治、肉鬆三角飯糰和一瓶綠奶茶。

準備得真周到。可是我一點都不開心。

「不好意思，這些我都……不太喜歡。」我蓋上置物箱的蓋子，「反式脂肪，熱量太高，對心血管不好。」

「肉鬆也不好？」

「太油太鹹，而且一定有加美乃滋。」我思考著還有什麼藉口，「我……有點想上廁所。等一下可以找個速食店還是加油站停一下嗎？」

「屍體在房子裡，那裡有廁所。」

「……在案發現場上廁所總覺得怪怪的。而且萬一兇手把某個東西丟進馬桶裡，被我沖掉就糟糕了。」我試圖說得詼諧一些，但是好像不太成功。

「哈哈哈，白法醫妳真是個風趣的人。」

車子下了快速道路，來到一個開發中的新市鎮，到處都是一大片空地，偶爾有新蓋好的大樓或別墅群，他熟門熟路地在巷子裡鑽，最後停在一個沒人的公園與圍起空地的鐵皮圍牆之間。

車一停，我馬上打開車門鎖、左手按開安全帶，準備開門逃跑，可是突然有一團冷冷的白霧籠罩我的視野，我覺得呼吸有點困難，這一停頓，車門又被中控鎖鎖上了。

我揮開那團白霧，發現是那個計程車司機。他阻止我下車？為什麼？

江梓嫣生氣地怒吼著咬他的肩膀，手也掐住他的脖子，可是對一個已經死了的魂魄來說，這種攻擊不會再度造成傷害。

我還沒搞懂這兩個鬼到底在打什麼鬼主意，旁邊真正有危險性的傢伙靠了過來。

「欸，宜臻。」面露和善笑容的年輕員警解開自己的安全帶靠過來，重新扣上我的安全帶，用我熟悉的跟蹤狂語氣道：「妳根本不餓，也不想上廁所吧？我就知道妳會發現是我。妳什麼時候發現的？」

我看著車門，不發一語。

「別急著走啊。」他拿起我的雙手，用透明膠帶把手腕綑起來，「我還有屍體要妳看呢。」

我乖乖讓他綑住我的雙手，因為該死的安全帶把我固定在座椅上，若要反抗我不會佔上風，還可能被他掐死。

兩隻鬼打架打到後座去了。似乎江梓嫣要我走，可是司機持反對意見。他是因我而死的，所以想拉我陪葬嗎？

冤有頭債有主，拉這個變態陪葬才對吧！

江梓嫣的手很努力想幫我剝開膠帶，可是那隻手碰不到實際物品，徒勞無功。我從後照鏡看到後面的計程車司機，終於想到為何他的笑容讓我發毛。那根本是冷笑，陰慘的冷笑。

這老頭到底在打什麼算盤？拉我墊背對他沒有好處啊……我好像想到了我被殺對他會有什麼好處。星期六，我和張欣瑜說到，我是法醫，如果兇手和檢方有關係，高層說不定會叫兇手收斂。

如果我被殺了，檢警就不會等閒視之，就會積極追兇！簡單地說，就是拿我當餌。我是這麼猜的啦。

「你昨天又殺了誰？」我盯著前方，冷冷問道。

「沒有啦，我這兩天很乖，都沒有殺人喔！」他燦爛地笑道。

「那你說的屍體是……江梓嫣嗎？」

「對耶！妳好厲害！」他很驚奇。

「陳檢察官告訴我的，就是你撞傷的那位。」

「陳檢察官，檢察官，聽起來好了不起的感覺。」他喃喃自語著，然後轉頭對我一笑，「可是我現在覺得法醫聽起來更酷！」

既然沒有人枉死，我就不想理他了，我可沒興趣和他聊天。

◆

車子開進一個社區大門，警衛向他點頭打招呼。這個社區很大，大門進去之後還走了一段路才有分岔巷口，巷子裡是幾間獨棟房屋，周遭種了許多樹，要偷窺並不容易。

不過看起來住戶還不多。陳檢察官推測得對，這個人確實很有錢，有錢到不用工作，可以天天跟蹤人。

「這裡很棒吧？」他把車子開進車庫，「我跟我媽說我要住安靜一點的地方才好唸書，她就買了這裡給我。」

「唸什麼書？」我對這點挺好奇，因為他看起來不像學生。

「考試啊，我之前在考司法官，可是一直沒考上。」

跟蹤殺人魔沒考上司法官是天佑台灣！讓他考上還得了。

「那是因為我之前沒有動力，是我爸要我考的。」我什麼都沒問，他就自己侃侃而談，「不過我現在有動力了！」

我很不想問他是什麼動力。他停車熄火，衝著我笑道：「因為妳啊！我要是當上檢察官，就能和妳同進同出了，像陳國政一樣！」

他的話讓我一怔。我只看到新聞上寫陳姓檢察官，沒看到全名。

「你怎麼知道他叫陳國政？」我訝異地問。

他神祕地笑了笑，沒有回答我的問題，逕自下車，然後走向一個角落的冷凍櫃，自言自語道：「怎麼掉了？」

我看他從地上撿起一張髒兮兮的黃紙貼上冷凍櫃，後座的江梓嫣發出尖銳的叫聲消失了。

那是一張符，看來是鎮鬼的符，中年司機好像大吃一驚，縮到反方向的車門邊。

變態來開我的車門，解開安全帶，假裝紳士一般朝我彎腰，「女士先請。」

在車庫頂上的燈光下，除了已經關上的鐵捲門，我只看到一扇應該是和房屋相連的門。他抓著我被綑在一起的手腕走過去，用鑰匙開門進去。

走過一條小走廊，眼前是一個挑高兩層樓的客廳，天花板還有華麗的鍍金水晶吊燈。我瞠目結舌地看著這個環境，回頭問道：「你不是要我看屍體？」

「那妳要上廁所嗎？」他微笑反問。

我板著臉看他。他明知那只是我想開溜的藉口。

「妳不上廁所，我也沒屍體要給妳看。彼此彼此。」他張開雙臂，像是要擁抱這個空間，「我帶妳來，是要給妳看這個房子！這裡就是我們愛的小窩！」

一陣寒意像電流，從我的腳底竄到頭頂，「……我可沒說要和你住，我自己就有一間房子了。」

「妳們女人喔，就是愛口是心非。」他笑嘻嘻地握住我的右手掌，輕輕揉捏，「嘴巴上那麼說，其實心裡很高興吧？房間也很棒喔！現在就讓妳試試看那張公主床！」

手被他一直捏就夠噁心的了，他還說什麼試床……那不可能單純只是躺在床上，而且我也不想和他躺在床上！

他拽著我的手臂走上樓梯，走沒幾階我就用力往後扯，他一個不穩，我們兩人都滾下樓梯。摔這幾階沒有很嚴重，我舉起綑在一起的拳頭狠狠搥他的鼻樑，再用全身力氣，以手肘撞他的胸骨，然後連忙爬起來跑向屋子大門。

可是一站起來才發現，我的左腳踝扭到了。我忍痛跑過去，中年司機搶先一步擋在門前不讓我過。不過就是個沒有實體的鬼魂，哪能擋住我！我穿過他的身體去開門，但才摸到門把，領子後方就被一把抓住往後拉。

當然不是鬼拉我，最可怕又難對付的永遠是人。我的後腦杓撞上地板，躺在地上一時之間起不來，只能看著變態惡狠狠地俯視我。

「妳！」

他抓著我的頭髮把我拉起來，我痛得尖叫，十指使勁捏他的手臂，如果有留指甲的話說不定就能讓他痛到鬆手了，可惜當法醫不能留指甲。

他又把我甩到地上，怒吼道：「妳們女人為什麼都一個樣！就不能乖一點！」

我的頭再度與地板親密接觸，我的視野黑了大約一兩秒，頭暈到不知道自己身在何處。

「妳不是愛我嗎？」那個忿怒的聲音讓我想起我正和變態打鬥，可是我覺得天旋地轉，站不起來。

「還是妳想在這裡做？好啊，客廳有新鮮感！」

我感覺到有人抱起我，不是溫柔的公主抱，是像肩上扛米袋那樣，然後把我摔到一個還算軟的東西上面。接著，我的身體碰觸到一個噁心的體溫，有溫溫的東西貼著我身體的肌膚游走，彷彿我沒有穿著衣服，甚至是內衣。

「噢，寶貝，宜臻，妳真美……」

有個濕濕熱熱的東西摩蹭我的臉，然後貼上我的嘴巴，些許濃稠的液體流進我的嘴裡，還帶著一點血味。

嗚哇，好噁心的味道和觸感，這到底是……

我被強吻了？

理智拼命要我清醒，我用最大的努力掙扎，可是綑成一團的手腕被緊緊按在我的頭頂上方，男人的身體卡在我大大張開的雙腿間，我無法踢他，也沒力氣踢他。

清醒只維持了十幾秒，我的視野又變得扭曲，色彩也變得十分詭異，眼前男人的臉看起來是扭曲的墨綠色。我想我應該撞破頭了，可能傷到腦部，我得去醫院才行……

可是我只能難受地呻吟著，任憑意識逐漸遠去。

「白法醫！醒醒！」

一陣搖晃讓我重新體會到頭部的疼痛。

「白法醫！」

我好像聽到救護車的警笛聲。

「宜臻！聽得到我嗎？宜臻！」

這聲音……好像是張欣瑜。為了回應這個著急的聲音，我勉強撐開眼皮。雖然她的五官看起來有些模糊，還是看得出她很擔心的樣子。

「太好了！宜臻，撐住，馬上就到醫院了！」

她的手緊緊握住我的右手，我彎曲起冰涼的手指，感受她滿溢著暖意的關心。

事後我才知道，警方本來可以更早到，但是電信偵查大隊之前追蹤江梓嫣的手機時，最後鎖定的範圍和我的手機不一樣，所以有的刑警認為我的手機可能被變態——梁捷輝扔了，決定先去江梓嫣的手機所在位置。

結果那是梁捷輝的另一個住處，就在曾經埋過屍塊的廢紅土堆附近，但是破門進去之後沒人，這才緊急趕往我的手機所在位置。

至於為何檢察署要包庇梁捷輝……那個梁捷輝的老爸是中部資深法官，叔叔是南部高檢署檢察長，但現在應該掩蓋不了了吧？不過就算受審，說不定也會輕判……好吧，我該對司法更有信心一點。

江梓嫣其餘被撞過又已腐爛的屍塊，被發現冰在車庫的冰櫃裡。倒楣的她是去補習班等當年重考的簡尚曄下課時，被同一個補習班的梁捷輝看上，不斷的「追求」後逐漸變質為恐嚇，最後梁捷輝要她與簡尚曄分手，不然就殺了簡尚曄。

聽說簡檢察官得知真相時情緒崩潰，甚至萌生辭意，因為就是他堅持重考，才害女友遇害。

更讓我吃驚的是，梁捷輝是陳國政檢察官姑姑的兒子，也就是他的親表弟，所以之前梁捷輝一廂情願認為江梓嫣是他女朋友時，很可能給陳檢察官看過照片。

「陳檢的心情應該也很複雜吧……發現表弟是連續殺人狂，還想撞死他。」張欣瑜握住我放在病床上的手，「妳沒事就好，妳不知道我看到妳滿身滿臉都是血的時候有多驚嚇。」

好像是因為我一開始打那個變態傢伙的鼻子，他流了滿臉鼻血，對我又親又舔的時候把他的鼻血也順便抹在我身上……髒死了，好歹該擦一擦吧？幸好我不記得當時的事了。

「抱歉，都是我太大意了。」我嘆一口氣。

「他穿成那樣，一般人本來就很容易被騙到，但還真沒想到他縱火是為了用自己的車接妳，我們可損失慘重。」張欣瑜苦笑，「鬧這麼大也好，事情曝光，地檢署一定得辦他了。」

「就是個老屁孩，還好沒給他考上司法官。」我不屑地說。

「有前科就更不可能了。」她想起一件事，道：「對了，之前那位計程車司機的家屬請妳去他的葬禮。我看妳是去不了了，要包白包致意嗎？」

致個頭啦，我現在一點都不想看到那個老頭，「跟家屬說我意識還不是很清楚。」

不明就裡的張欣瑜微笑著輕搓我的手，「那我也不打擾妳休息了，有新進度再跟妳講。」

我握住她的手，「謝謝妳這幾天來看我。」

「沒什麼，看到妳沒事我才放心。」她放下我的手，「那我走了。」

張欣瑜離開後，我也閉上眼睛休息。在半睡半醒的恍惚中，感覺到似乎有人來到我床邊，用右手輕撫我的頭。

那觸感，比病房的冷氣更冷。

啊……右手接回去了嗎？我在朦朧中如此想著。

「一路好走……」我夢囈般地，對著飄出窗外的影子輕道。

我出院的日子是上班日，不想麻煩任何人的我打算搭計程車回家，但張欣瑜一直要借車來載我。

「不用啦，妳要上班吧？」我道。

「那天我剛好休假，不用客氣。而且妳是傷到頭，我不放心妳一個人。」

出院當天一早她就來了，在醫院跑上跑下的，替我拿就醫證明、批價、收拾行李，就連我想把被子稍微摺一摺也被她搶去做，還不忘一邊叨唸：「妳頭上有傷，不要隨便動！」

我是硬膜下出血，手術後感覺好多了，應該沒大礙，不過我覺得我說不過她，只好乖乖坐在旁邊。不過要離開時她還跑去借輪椅，就有點大驚小怪了。

「我可以走路。」我苦笑著。

「不行不行！醫生說妳偶爾還是會頭暈，要注意！」她拍一拍輪椅的椅背，「別擔心，我推輪椅很穩的。」

拗不過她，我只好坐上輪椅，被她推的時候還免不了擔心自己會不會太重，很難推。

坐上張欣瑜借來的白色轎車駛向回家的路，下車後除了我的行李，她還從後車廂拎出一個小保溫桶和一個裝了扁長禮盒的袋子。

「這是鱸魚湯，我託學姊煮的，聽說鱸魚對傷口修復有幫助。」她提起那袋禮盒，「這是滴雞精，給妳補一補。」

「不好意思，害妳這麼破費。」

從未接受過他人好意的我，內心十分無措。

我不習慣欠人情，實在不知該怎麼回報才好，至少不能讓她又提又揹那麼多東西，於是連忙伸手去拿我私人用品的袋子，「這個我拿就好。」
她一個側身閃過我的手，把手中的保溫桶給我，「不行不行，不然妳拿這個吧。」
「這樣我不好意思……」
「妳剛出院嘛！」她爽朗笑道：「這一點東西不算什麼，局裡都是女人當男人用，我很粗勇的啦！」
回到家裡，張欣瑜把保溫桶放在餐桌上，打開蓋子散熱，接著打開冰箱一看，「妳的冰箱好空，我去幫妳買一些吃的東西放著吧？」
「我不開伙的，一個人吃而已，要洗要切要煮，還要洗碗，太麻煩了。」不能再收她的東西了！我趕緊拒絕她的好意，「而且常常加班，也沒機會煮。」
「對了，最近也不要加班，不要熬夜。」她補上一句增加可信度：「醫師說的。」
「我只能盡量。」我苦笑。
張欣瑜到附近買了燙青菜與湯麵，還在熟食攤買一隻白斬雞，說中午吃不完晚上還可以吃。
「要多補充蛋白質。」她又搬出護理師的叮囑。
「好——」
午餐之後她洗了碗，還接著要幫我洗衣服，我很難為情地阻止她。別鬧了，我怎麼可能讓她碰我的貼身衣物？
「我又不是斷手斷腳，洗衣服是洗衣機在洗，我可以的。」我轉移話題，「對了，我怎麼都看妳老是穿深色的長褲配白襯衫？刑警也有制服嗎？」

「不是啦，是因為我不知道要穿什麼。」她有點困擾也有點不好意思，「刑警不能穿太淑女，女生還不能太休閒，男刑警常常穿個T恤也沒人管，我穿寬鬆的T恤就被副局長唸邋遢……有夠囉嗦，我超懷念之前穿制服的日子。」

「白襯衫容易髒，不方便吧？」

「我在考慮買一些條紋的。喔對，顏色還不能太鮮豔。」

「連穿衣服都這麼麻煩。我只要披上那個白長袍，裡面穿什麼才沒人管。」

「醫生真好啊。」

我們天南地北閒聊一會兒，她站起來準備離開，「我也別打擾妳太久，妳還是要多休息。」

「謝謝妳特地跑一趟，還浪費了妳的休假。」我握著她的雙手由衷道謝，「有妳在，我就覺得好安心。謝謝妳。」

她的臉微微紅了，有點羞赧且不知所措地低頭看著地上。這害羞的樣子，真不像是一個自稱粗勇的刑警，而是個可愛的女孩。

「沒有啦，因為……我會擔心妳嘛。」她難為情似地嘿嘿笑兩聲，叮嚀道：「有把我的手機設快速鍵嗎？有問題就要馬上撥給我喔，就算妳撥完電話昏倒了，我也會馬上趕過來！」

「不會到昏倒的地步，沒那麼嚴重。」

「隨時注意身體狀況。」她都走到門外了還在講，「不要太大意喔。」

「好、好，我會注意。」

她搭電梯下樓，我從客廳窗戶探頭出去跟樓下的她揮手，看她走到停在對面巷子的白色轎車，並目送車子離去。

轉身面對偌大的客廳，再度回歸只有我一人的狀態，靜悄悄地，只有沙發邊的行李和滴雞精禮盒顯示曾有人來過。

驀地，寂寞猝不及防地衝擊我的胸口。

我走到單人沙發坐下，讓身子陷入柔軟的米白色絨布裡，嘆了一口氣。這麼多年了，我應該很習慣獨自一人才對；然而現在，我由衷感謝張欣瑜今天來陪我。

從衣物袋子裡摸出手機，我把張欣瑜的電話設為快速撥號，然後注視著手機畫面許久。

我算是，有「朋友」了嗎？我把手機放在胸口，縮起雙腳，整個人蜷曲在沙發裡。

劃開屍體的皮肉，我觀察肋骨沒有裂痕。肺臟染黑，死者顯然是煙槍；渾圓肥厚的脂肪肝已經出現纖維化，表示他的酒也喝得不少。

不過吸煙和飲酒的傷害還不至於讓這名日籍男子的生命停在四十三歲，而且他也沒有因為肺病或肝病就醫的病史。

嬌小年輕的林姓女檢察官站得有點遠，似乎有點怕看屍體。她面向我，但視線看向解剖檯下方，問道：「死因查出來了嗎？」

「還沒。屍體背面出現屍斑，四肢開始僵硬，軀幹還沒，應該死亡六到八小時。」我翻開切開的胃，「胃裡還有乳糜狀的食物，死亡時間應該是最後一次進食後的三小時內。」

「酒味好重。」張欣瑜湊過來看。

「這個人，生前應該很愛喝酒。」我指了指一旁偏黃的大肥肝，「酒精性脂肪肝蠻嚴重的。」

「所以死亡時間可能是凌晨兩點到四點。」林檢察官迅速算一下時間，對張欣瑜道：「查一下死者當時和誰在一起，最後在哪裡吃飯。」

張欣瑜應聲，寫在記事本裡。

我掀開頭皮，頭部右後方挫傷的位置有一道裂縫，應該就是這個了。我拿出骨鋸插上插座，打開開關，快速旋轉的小圓鋸接觸頭骨發出尖銳的鋸骨聲，骨頭的粉塵隨之飛揚。陳安琪雙手固定住死者的臉，好讓我能不鋸壞，畢竟堅硬的頭骨底下是軟得像豆腐一樣易碎的大腦。

「硬腦膜下出血，」我小心地輕輕拿出大腦，將有問題的右側朝向檢察官，上面有凝結的黑色與紅色血塊，「產生大腦鐮下腦疝，這就是死因了。」

「什麼意思？」林檢察官總算靠過來，但還是不敢直視我手上的腦。

「這是遭到撞擊出血凝結的血塊。」我指著那黑黑紅紅的地方，「它把大腦擠向左邊，中線偏移，腦幹就停止了他的呼吸和心跳。」

「可是他的頭部沒有外傷不是嗎？」林檢察官難以置信。

「沒有傷口，可是有挫傷。可能是撞到東西，或是……」

我還沒講完，林檢察官接著問道：「被人毆傷？」

「可是死者沒有其他內外傷，這一擊也不見得當場斃命，如果是有人蓄意打他，應該會多打幾下吧？」我道：「我想是他喝醉了，撞到東西或摔倒。」

「陳屍現場是公寓頂樓。」張欣瑜思考著，「旁邊有啤酒罐。」

「也可能是和朋友喝酒打鬧，不小心打到頭。」林檢察官道。

「確實可能……死者如果頭暈想吐，會以為是酒喝多了。」張欣瑜附和，「那就是過失致死了。」

「把醉倒的朋友丟在頂樓，自己回家？」我提出疑問。

「喝醉的人行為沒有邏輯可言。」看多了醉後失態的張欣瑜道。

我不認識愛買醉的人，不清楚喝醉的行為模式，無從討論起。

「不過，硬腦膜下出血這麼可怕，還會死喔？」張欣瑜用擔心的眼神看我，「妳上次不也是硬腦膜下出血？還好嗎？」
「目前恢復得還不錯。幸好你們來得快，不然真的難說。」我的臉上雖然掛著笑容，但想到上次被綁架還是心有餘悸。
我把器官切片後放回屍體內，陳安琪縫合時我清洗器具，林檢察官站在我旁邊道：「聽說陳檢明天要出院了，妳要去看他嗎？」
她說的陳檢應該是陳國政吧？老實說我也考慮過要不要去探病，可是從第三人口中聽到這個問題，總覺得有點怪。
我用疑問的目光看向林檢察官，她笑道：「哎呀，我們都知道學長在追妳啊，你們不是進展得還不錯？」
等一下，這個八卦是從哪裡冒出來的？「沒、沒有啊，什麼進展不錯，沒那回事。」我連忙否認，「是陳檢講的？」
「不是他講的，他才不是那麼大嘴巴的人。」林檢察官神神祕祕地笑著，「害羞什麼？他長得不錯，又高，也算是我們署裡的黃金單身漢，還聽說有幾個書記官想追他。」
「是喔。」我尷尬地乾笑幾聲，「我們真的沒什麼，只是工作上會碰面而已。」
是不是人太忙了就會八卦？本來我有一點想去探病的念頭，被林檢察官這麼一攪和，我覺得我還是別去的好，免得又被傳出什麼話。
「那更要把握時間去看他啦，他請了四個月的病假，暫時看不到他囉。」林檢察官說到這裡嘆了聲氣，「唉，簡檢也請假，看來一時之間不會回來。案子本來就多，現在根本做不完，我也好想請假。」

「請那種假不好吧。」我苦笑。他們兩人請假可不是出去玩。

死者據說是早上有住戶要上頂樓曬棉被時發現的，現在家屬還沒從日本過來，我先寫了屍體相驗報告書給林檢察官，她拿了之後隨即離開。

我走出解剖室脫下手術服，張欣瑜靠近我小聲問道：「陳檢在追妳？」

沒想到她會問這個問題，我下意識回道：「呃……沒有吧？」

「真的嗎？」她頗有興趣似地斜眼看我，「難怪他查得那麼起勁。聽說他被撞的當時正和地檢署檢察長通電話，說這案子一定要勿枉勿縱。」

那個我大概聽說了，主任檢察官也在記者會上講過，因為兇手和檢方有親戚關係，這件事被媒體搞得很大，地檢署當然得自清。

「沒有啦，和他只是普通關係。」我一直撇清關係，好像很嫌棄陳檢察官，其實他也不是不好，只是我從來沒有想過和男人交往，所以可能心裡有點抗拒。

「那有其他對象嗎？」張欣瑜又問。

「哪來的對象？」我反問，「妳怎麼也這麼八卦？」

她雙手交叉在背後，仰著頭用一種無奈的語調道：「大概是……我最後一個單身的朋友也要結婚了，覺得自己好像被拋在後面吧……」

「沒關係啦，再怎麼樣都還有我墊背。」我說了一句好像也算不上安慰的話。

「妳不會想結婚嗎？一個人不會覺得寂寞嗎？」

「單身這麼久早就習慣了，結婚還得事事配合另一個人才更麻煩呢。」我打趣道。

「對喔，還有對方的家人……我的工作危險，時間又不固定，應該不合格。」她自言自語般地喃喃道。

「別想太多。」我握住她的手，安慰道：「有緣自然會遇到適合的。」

「像是陳檢嗎？」她忽然淘氣地笑著給我一記回馬槍。

「……那個不算，只是同事！」

陳檢察官為了我而受傷，我心裡還是挺過意不去，下午左思右想，決定還是晚上去探望他一下好了。

因為頭傷的緣故，大家都很體諒我，讓我準時下班。我怕萬一有暈眩的後遺症，暫時不敢騎車，外出是靠助理載我，所以去醫院只能搭公車。

踏進人來人往的醫院大門，我提著在隔壁水果行買的水果籃，到了陳檢察官病房所在的樓層，輕輕敲門。

一名制服員警從房內開門，我拿出證件表明身份後走進去，坐在床上的陳檢察官看起來精神還不錯，一看到我就露出驚訝的表情。

「白法醫，妳怎麼來了？」

「聽說你明天要出院了……不好意思，現在才有空來看看你。」我想把水果籃放在櫃子上，但是桌上和櫃子上都放了花和水果禮盒，我只好放在另一個水果禮盒上。

「我好一陣子不用買水果了。」他笑道：「妳不是也受傷了嗎？要回家多休息才行。話說回來，我聽說妳頭撞傷動手術，還以為妳會剃頭髮。」

「現在技術很進步，有微創手術。」我摸摸後腦杓。其實多少還是剃了一些頭髮，幸好還遮得住，「你還好吧？能下床了？」

他點頭，「只是大概得拄幾個月的拐杖了。還好開庭時有法袍可以遮一遮。」

我和他聊一會兒後，祝彼此身體健康，就離開了。本來我為了怕被傳得曖昧，一直猶豫該不該來，但看得出來他很高興，這讓我覺得我來對了，心情也輕鬆不少；至於其他的事，以後再說吧，八字都沒一撇呢。

等電梯的時候，右手背忽然有個冷冷的感覺，好像有個冰涼的濕毛巾碰到似地，我不經思索地往右下方看是什麼碰到我，接著我立刻知道我做錯了。

一個全身濕淋淋的小男孩，面無表情地抬頭看我。他半透明又蒼白的手，正握住我的右手。

我馬上把頭轉回來，盯著顯示電梯所在樓層的數字。

他剛剛應該沒發現我看到他了吧？應該沒發現吧？

若我發現附近有靈體，通常我不僅不會刻意去看，反而會裝做看不見，因為聽說如果被鬼發現我看得到他，就會被跟……目前我唯一的經驗就是白定威那傢伙。說不定就是因為我看到他、還一時不察跟他講話，所以他當時才纏著我不放。

現在，這孩子……應該沒發現我看到他了吧？雖然右手冰冰涼涼的感覺還在……

我鎮定地等到電梯開門，走進幾乎客滿的電梯裡。等待電梯下降時，角落坐在輪椅上吊著點滴的老爺爺和藹地微笑說了一句讓我背上發毛的話。

「你怎麼全身濕答答的呢？小朋友。」

「沒有小朋友啦，阿公。」站在旁邊的外傭說著帶口音的中文。對於老人對空氣說話，她好像習以為常。

「沒有小朋友喔……」老爺爺一副失望的語氣。

對，沒有小朋友、沒有小朋友……我在心裡默唸著，可是好像沒有用，我的右手依然是冰冷的。

我刻意不去看右邊，上了載滿下班下課的乘客的公車。車上這麼多人，讓我安心不少，雖然右手還是很冷。

但就在我剛感到安心時，一個不像男聲也不像女聲的恐怖聲音鑽入我的耳中。

——媽……媽……

我愣了愣，不知該說啼笑皆非還是欲哭無淚。

我不是你媽媽啊！

我依然假裝那個小男孩不存在，可是好像沒什麼用，就算我若無其事換用右手抓吊環，他也只是改成抓我的上衣衣襬，沒有離開的意思。

下車後我還特地跑去便利商店和超市這些熱鬧明亮的地方晃一晃，也沒用，這個幽靈小孩就這麼跟我回家了。

假裝沒看見就不會被跟這種說法根本是假的！

回家之後小男孩倒是放開我了，一個人安安份份地坐在沙發上，看著我在廚房泡茶。看起來是個蠻有教養的小孩。這麼小就死了，真令人唏噓。

我這才想到，這個小孩會在醫院，表示他之前是在醫院往生的吧？可是遺體應該已經安葬了，怎麼靈魂還在醫院裡晃？難道是父母離異，死亡時媽媽沒出現，所以一直在找媽媽？

既然我可以「聽」到他說的話——雖然鬼的話真的不好聽又難懂，我還是問問他家在哪裡好了，或許還可以請警方代為找一下他媽媽。

我拿了一杯紅茶和回來路上買的雞肉飯，在小男孩的對面坐下，看著他。

「好，我投降，我看得到你。」我半舉起雙手，「你家在哪裡？我帶你回去。」

小男孩沒有表情的臉上浮現一絲笑容，我的腦中出現一串話，是小孩的聲音，但那串話我幾乎聽不懂，只覺得裡面好像也出現了「媽媽」，還有「歐吉桑」之類的。當然也可能是我自己亂抓自以為聽得懂的字，因為那串話我真的聽不懂。

「媽媽？我不是你媽。」我皺起眉頭，向他確認我自以為的另一個詞，「歐吉桑？」

他緩緩點頭。

媽媽？歐吉桑？一定是我理解有誤，我又不是歐吉桑。

不過我發現另一件奇怪的事——剛剛「聽」到的聲音，和在公車上的那聲「媽媽」完全不一樣。公車上的聲音聽起來非男非女，緩慢又令人不舒服，剛剛的聲音卻像個普通小孩講話。

「剛才公車上對我說話的，是你嗎？」我一字一字慢慢問。

——不……是……

腦中響起那個讓人不舒服的聲音。小孩收起笑容看著我，嘴巴完全沒有動。

我撐著無力垂下的頭。

噢，太好了，原來還有另一個我看不見的傢伙跟著我。現在是怎樣？我是法醫，不是通靈人啊！早知道就不去看陳檢察官了！

先解決眼前這個小鬼好了。

「我不是你媽媽。你家人在哪裡？什麼時候死的？」我看著小男孩問道。

小男孩沒有看著我，而是看向我旁邊，害我也自然而然看過去，但我旁邊空無一物。

然後他的童稚聲音說了一串我聽不懂的話。鬼的話真的好難懂，該不會我只能聽得懂那種很可怕的聲音，而這個小孩還不會？上次江梓嫣說話的聲音也很可怕，而且湊不成句子。

——不……知……道……玩……

那個讓我起雞皮疙瘩的聲音又來攪亂。我不耐煩地轉頭對旁邊的空氣道：「我不是問你，安靜一點。」

小孩的話我聽不懂，聽得懂的也不知道在說什麼，我覺得心好累，決定先填飽肚子再說。

我拿起雞肉飯扒了一口，電視突然開了，是我平常看的新聞台。我沒有特別愛看的節目，頂多看看今天國內發生什麼事。

不知道是哪個鬼開了電視，也罷，我就順便看看好了。才剛這麼想，頻道切換到日本台，這個時間正播日劇。

我沒有特別愛看電視劇，因為看了這集或許看不到下一集，更何況現在是沒頭沒尾地突然轉到某集中段，我當然不想看，於是拿起遙控器轉回新聞台。

剛放下遙控器，畫面又跳回日本台。

「不要玩電視！」我生氣地對小孩道。

小孩張大雙眼一臉無辜地看我，好像不懂我生什麼氣。

可能不是他幹的。我對旁邊的空氣罵道：「不要亂轉電視！」

我轉回新聞台，吃了兩口飯後變成ＮＨＫ，看來那個不知名的鬼不喜歡台灣的新聞，可是日文我又聽不懂，索性轉到ＣＮＮ。國際新聞總行了吧！

但沒幾分鐘，畫面又被轉回ＮＨＫ。我一臉漠然地看著電視，心想我也太倒楣，被鬼跟就算了，鬼還跟我搶電視看！不看日文的節目不行嗎？

我忽然靈光一閃。該不會那個我看不到的鬼，是……

「佐藤先生？你是佐藤雄一先生嗎？」我叫出早上解剖的死者名字。

——是……

喔，很好，真相大白了。

「你有冤情嗎？」我問。不然他幹嘛跟著我？

——不……媽媽……

混蛋！我哪裡像你媽了？你比我還老耶！

「你搞錯了，我是解剖你的法醫。」我拿出手機，「我幫你問問你母親什麼時候會來。說不定已經來了。」

我打給張欣瑜，問了關於佐藤先生家人的事，得知這個案子已經結案了，佐藤雄一是意外身亡。根據在他家中找到的遺書，就算他不因為硬腦膜下出血而死，也打算喝個爛醉跳樓自殺，所以他才會在頂樓喝酒。

因為他活了四十年好不容易得來的初戀情人，前兩週車禍過世了。

「他的同事最近都陪他喝酒散心，就怕他想不開，沒想到昨晚送他回家之後，他還跑到頂樓打算自殺。」張欣瑜感嘆道：「他父母和妹妹已經趕來了，交流協會已經派人去接他們，應該待會兒就會先去殯儀館。」

為愛自殺或殺人的案例我看過很多，總是難以理解為何會愛對方到那種地步。佐藤雄一的家人一定很難過吧？隻身來台灣長期出差的兒子，最後客死異鄉。那些人為什麼不能多為家人想想？

也可能是這樣想的我太無情，畢竟我沒有寧死也要在一起的戀愛經驗。

讓人連命都可以不要的愛啊……

我放下手機，喝一口紅茶，不知為何想到陳檢察官，可是我對他沒有那樣的感情，應該說我對他……嗯……只是同事而已。

「佐藤先生，你家人現在已經來了，你還是快點回殯儀館比較好喔，免得來不及和他們回日本。」我一邊吃著飯，一邊對著聽不懂的NHK新聞台自言自語。

——不行……媽媽……

「想找媽媽就得回殯儀館去。」我想了想，「還是你不知道怎麼回去？」

——媽媽……

一個四十三歲的老男人一直對我喊媽媽實在好煩。我打算不理他，吃完飯之後再帶他回殯儀館一趟。

我不經意朝對面沙發瞄一眼，小男孩安安靜靜地坐在那裡看電視。

這個從醫院跟我回來的小孩又該怎麼辦啊？傷腦筋的我把吃完的紙盒拿到廚房沖水，思考著。那個小孩往生之後為什麼沒有跟著遺體一起走？家人應該會一路呼喚他才對吧？

雖然不知道小男孩是什麼時候過世的，說不定是最近，也說不定是好幾年前，無論如何我還是得去醫院問一問。

我看了看時鐘，已經很晚了，我看先去殯儀館，明天再去醫院好了，因為說不定小男孩往生的時間太久，查起來會很麻煩。

「真是，為什麼要跟著我啊……不是有女友嗎？」我叫了計程車之後，發著牢騷出門搭車。

殯儀館的禮儀廳只開放到下午，所以我到的時候一片空蕩蕩，警衛看到我有點驚訝，問道：「白法醫妳來幹嘛？驗屍不是明天早上嗎？」

「驗屍？」明早組長才會分配工作，所以我現在不知道有什麼屍體送來了，「又有什麼案件了嗎？」

「妳不是為了那個來的嗎？」警衛更莫名其妙了，「溺死的小男孩啊。」

「溺死的小男孩？」聽起來通常不會是需要驗屍的對象，我問道：「檢察官看過了嗎？

為什麼要驗？」

「檢察官看過了。」警衛現在覺得有點怪了，「妳不是來驗他的？」

「不是。」

我才剛回答，左手就被一團冷氣包圍，小男孩的雙手握住我的左手，抬頭看著我。

為了避免警衛認為我是怪人，我只看小孩一眼就刻意望向冰櫃的方向。

溺死的小男孩……跟這個小孩有關嗎？

「我是來等那個日本人的家屬，想向他們致意，如果他們對死因有疑問我也可以解說。聽說他們在路上了。」我想了一個還算正當的理由，然後問道：「小孩是從C醫院送來的？」

「這麼晚了，家屬不會來啦，應該會住一晚，早上才來。妳明天早上再來吧。」警衛道：「小孩是C醫院送來的沒錯，聽說撈起來的時候已經沒氣了。」

「張刑警說佐藤先生的家屬待會兒會來，我再打個電話確認一下。」

我轉身走向冰櫃的方向，小聲自語道：「佐藤雄一先生，你在這裡等你家人來帶你回日本，別再跟著我了。」

我撥手機給張欣瑜，耳裡一邊聽著來電答鈴，腦子裡又出現那個討厭的聲音。

——不行……媽媽……

「你只要在這裡等，你媽媽就會來了！」

我按捺不住不耐煩的情緒如此說的時候，剛好電話接通了，聽到後半段的張欣瑜問道：

「誰的媽媽？」

「沒事。」我搪塞過去，道：「佐藤先生的家人今晚會到殯儀館嗎？還是明天？」

下。

「他們想先看遺體，我會過去和他們會合……咦？」

她最後發出一個疑問聲後掛了電話，我在想她是不是遇上什麼事時，右肩被人拍了一下。

一回頭，就看到她驚訝的臉。

「白法醫，妳怎麼會在這裡？」

我嘆一口氣，「佐藤先生跟我回家了，我怕他回不了日本，只好趕緊再帶他過來找家人。」

她張大雙眼，連忙環顧四周，當然什麼都看不到。

「他跟妳回家幹嘛？」她小聲問：「他不是很愛往生的女友，還要為了她自殺？怎麼還糾纏妳？」

「誰知道。」

——不是！

才剛說完，兩個字像打雷一般重重劈進我的腦裡，我不禁彎腰摀住雙耳。

「怎麼了？頭痛嗎？」張欣瑜擔心地扶著我。

「不是……好像他在抗議，很生氣地說『不是』。」我的大腦內部隱隱痛起來。

「那他是怎樣？」

「管他。我只是要叫他跟家人回去，別留在台灣當孤魂野鬼。」

去停車的另一名男警過來時，交流協會的人也到了，面容哀傷的老夫妻與女子跟在後面，應該就是家屬。

我們彼此鞠躬自我介紹，瘦小的老太太雙手握住我的右手，低頭哽咽起來。她說的一連串日語裡，我只聽得懂「謝謝」和「醫生」。

交流協會的人幫忙翻譯我們的談話，聽著一句又一句不懂的語言，我好像有種似曾相識的感覺。

看過遺體後，頭髮斑白的老先生強忍哀痛，母女兩人泣不成聲。他們決定明天火化佐藤雄一的遺體，帶回日本再舉行葬禮。

——不行！

強硬的聲音在我腦中響起。難道佐藤雄一想留在心愛女友所在的台灣嗎？可是那不是我管得著的。

目送家屬離去，張欣瑜道：「我們送妳回家吧，這麼晚了，妳搭車也不方便。」

「不好意思。謝謝。」我由衷道謝。

我一直看不到佐藤雄一，不確定他是否乖乖留在殯儀館，或者跟著家人去旅館，只知道那個冰涼涼的小男孩還在我旁邊。看來明天早上我得請楊朝安給我那個溺水小孩的案子了。

搭便車回到公寓樓下，臉皮薄的我很不好意思地向他們道謝，在張欣瑜的催促下走進大門，聽著偵防車離去的引擎聲走向電梯。

小男孩安安靜靜地跟著我上樓回家，沒有打算離開的樣子，我也拿他沒轍，心裡有些希望他是那個溺斃的小孩，那樣的話或許可以找到家屬，讓他魂魄回家。

又跑一趟殯儀館，時間已經晚了，為了避免腦傷惡化，我還是早點睡得好。

洗完澡走到客廳，小男孩依然安靜地坐在沙發上，模樣相當拘謹。

「放輕鬆，這裡只有我一個人。」我在他對面坐下，「你叫什麼名字？」

他張著疑惑的雙眼注視我，然後往我左邊看一眼，好像明白了什麼似地說了幾個字。

我無力地扶額。我沒有一個字聽得懂。

想來也不意外，我連陰陽眼都是半調子，聽不懂鬼魂的話也是當然的，說不定江梓嫣和佐藤雄一都是費了九牛二虎之力才讓我聽到那些不成句子的隻字片語。

我和小男孩無語對看的時候，電視又開了。又是日本台。

哎，不會吧？

「佐藤先生，你還在？」我對著空氣試探問道。

我沒聽到之前的聲音，倒是小男孩很用力地對我點了兩次頭。

「他在？」我驚訝地問小男孩：「在哪裡？」

小男孩又往我左邊看一眼，然後指著空無一物的那邊。

我雙手捂臉倒向沙發。夠了喔，那傢伙不跟家人走，跟我幹嘛？我垂下雙手瞪著天花板，「你為什麼不跟家人走？」

小男孩又望向空蕩蕩的那邊，對我說一句話。當然，我還是聽不懂。

「佐藤先生，我聽不懂這孩子的話。你有什麼事就講啊！」我不耐煩了，「話先說在前面，我沒辦法幫你查案，你如果對調查結果不滿，請去找警方，謝謝。」

小男孩怯生生地抿著嘴唇，無辜的眼神看著我。

「我不是生你的氣。」我無奈嘆一聲，走回臥室。

我站在一個蠻大的房間裡，牆上掛著一些器具，室內充滿不鏽鋼的器材，像是櫃子、沖洗台和一個檯子。

幾個人站在不鏽鋼檯子邊，有一個較矮小的站得稍遠一些，他們穿戴得像是正在進行手術的外科醫生，整個人只有一雙眼睛露出來，其他部分都被手術衣、手術帽、口罩、手套等等包得密不透風。

檯子上躺著一個人。我只看到腳，但那雙腳灰白得讓我直覺認為那不是人，至少不是活人。

「查出死因了嗎？」站得較遠的人問。聽聲音是個女的。

「還沒。」回話的人似乎也是女的，她手上的手套沾滿了血。

我靠過去看。不鏽鋼檯子上躺著一個男人，身體正面被剛才回話的女人切開，器官一一被取出來檢查。

很意外地，我並不覺得害怕，只覺得那個男人好眼熟。

……啊，不就是我嗎？原來我已經死了啊，沒想到跳樓還能保留這麼完整的屍體，這樣父母看到也不會太難過吧！

我是佐藤雄一，在四十三歲這年決定結束自己的生命，追隨已經逝去的女友萱萱。

她。

看著自己蒼白的屍身，我並不後悔。不過，我要什麼時候才能見到萱萱呢？我好想念

女子拿起一個像小電鋸的東西切開我的頭骨，拿出大腦。

「硬腦膜下出血，產生大腦鐮下腦疝，這就是死因了。」她說。

什麼？原來我不是跳樓死的嗎？

接著有個好像助手的人秤內臟重量、另一個人為我打開的頭顱拍照時，三個女人——對，還有一個也是女的——開始討論我到底是怎麼死的。這樣說來我也不太清楚，我最後的記憶只有哭著喝酒而已。

然後……好像……是不是跌了一跤？我也不太記得了。

我在那個應該是醫生的女人旁邊聽她們講話，後來嬌小的女人和她偷偷講起一個男人的事，那個男人好像喜歡醫生。

這種話題我也不免多偷聽一會兒，身為單身四十年、被女人拒絕好幾次的男人，我很明白追女人的困難，在心裡默默為那個好像正在住院的男人加油打氣。

但是女醫生卻說出這樣的話。

「我們真的沒什麼啦，只是工作上會碰面而已。」

她否認了兩人的關係。這讓我有點生氣。男方一定付出很多努力吧？妳為什麼不能先試著接受看看，而是這麼快就否決了呢？而且對方還在住院耶！連探病都不去嗎？太絕情了吧！

因為同樣身為男人的憤慨，我壞心眼地想跟著這個女醫生，晚上嚇嚇她，或許可以讓她回心轉意，認為有男人陪是一件好事！

不過，晚上她還是去了醫院，探望那個明天就要出院的男人。看他們交談的模樣，確實關係還不錯啊，白天的時候，醫生應該只是害羞才否認吧？我實在太心急了妄下斷語，沒辦法，我對於「被女人拒絕」這件事有點心理創傷。

我正打算老老實實回到停放我屍身的地方，卻在醫院的走廊上看到一個小孩。

那不是一般的小男孩，因為他不是活人。他全身濕濕的，可憐兮兮地逢人就問：「有看到我媽媽嗎？」

然而，當然沒有人搭理他，因為大家都看不見他。

就連醫院裡的遊魂也沒理會他，不過我想那可能是因為……他說的不是中文，是日語。這孩子是日本人。

「怎麼了？媽媽不見了嗎？」我過去問他。

大概終於有人和他說話，他急得哭了。

「媽媽不見了。我醒來，就在這裡……媽媽不見了……」

「乖，男孩子要勇敢，不哭喔。」雖然死前還大哭得一把眼淚一把鼻涕的我好像沒資格說這種話。我蹲下來撫摸他濕漉漉的頭，「你叫什麼名字？」

「Hasegawa Tsubasa。」

◆

我猛然睜開眼睛，一時之間搞不清楚自己是誰、身在何處。躺在床上發了幾分鐘的呆，才想起我是白宜臻，我躺在自己的床上，剛才那只是一場夢。

好真實的夢啊……雖然覺得很真實，可是具體內容正迅速從腦中消失，像拍上岸之後又快速往回退的海浪。總覺得是個蠻重要的夢，所以我努力回想，希望能抓住一點痕跡。

但是徒勞無功，印象最深的只有最後那個「Hasegawa Tsubasa」。那是什麼呢？

從這個線索往回想，我想起那是夢中男孩的名字。男孩是日本人。那個男孩是……

我從床上跳起來，跑到客廳，仍是一副淋雨未乾模樣的小男孩還坐在沙發上，轉頭看我。

「你是Hasegawa Tsubasa？」我半信半疑地問。

小男孩立時張大眼睛站起來，我的腦中傳來一串興奮的童音，可是我除了一個好像是「姊姊」的字之外，什麼都聽不懂。

還知道叫姊姊，這小孩真有家教。

「那個……歐吉桑呢？」我想找佐藤充當翻譯，可是我不知道「佐藤」該怎麼講。

我亂指了身邊的空氣，一直問他「歐吉桑呢？」小男孩好像終於懂我的意思。

「ki e ta。」

可是他的回答我聽不懂。

不過知道他是日本人就好辦。我馬上拿手機出來，打開Google的翻譯功能，想知道那三個音節是什麼意思。

可是翻譯出來的中文讓我丈二金剛摸不著腦袋。

「我聽說」——這是上面給的答案。聽說？聽說什麼啊？

我艱辛地找到日文假名羅馬拼音表，對照著複製了那三個音的假名，總算得到一個還算正常的答案。

「它消失了」。

佐藤先生消失了？啊，我想起來了，他想去找女友，所以托夢給我之後就跑了嗎？

「Sato……」我看著手機唸出翻譯成英文的佐藤，「ki e ta？」

小男孩大大地點了兩下頭。

唯一的口譯跑了，我該拿這個孩子怎麼辦啊？

我在手機裡打了「你媽媽在哪裡」，翻譯之後用語音播放出來，他很驚奇地看著我的手機，然後落寞地搖頭。

看來佐藤昨晚是拼命想讓我知道這小孩在找媽媽，而不是要找他自己的媽媽。我再次體認到，鬼魂的話真難懂。

但我只能對小孩聳肩攤手，我也不知道他媽媽在哪裡啊。然而他是日本人，如果家長有報案，應該很容易找才對。

不過……如果他是昨晚警衛提到的溺斃小孩……

我看著神情黯然的小男孩。

C醫院不靠海，附近也沒有河，聽警衛說「撈起來」，表示小孩溺斃在公共場所而非家中，看他的穿著不像游泳池，可能是公園水池之類的地方。通常這樣四、五歲大的孩子身邊都會跟著大人，但是這孩子卻找不到媽媽，表示……他是無名屍，可能是被陌生人帶過去蓄意殺害或棄屍，難怪要驗屍。

我嘆口氣，想握住他的手卻抓不著，只感到冰冰涼涼的。

「別擔心，姊姊會請人幫你找媽媽。」

我講完之後拿起電話旁的便條紙和筆，想寫下夢中男孩的姓名，可是不管怎麼想都記不起來了。都怪那個名字實在太長了。

一早到了辦公室，我看到才剛開電腦的組長，連忙走過去問道：「昨天是不是C醫院有個小孩送到殯儀館？」

楊朝安不明就裡地看著我，反問道：「妳怎麼知道？」

我沒回答他，直說道：「我去驗那個小孩。」

「喔，可以啊。」他翻了翻公事包裡的文件，拿出兩個檔案夾給我，「那這兩個今天交給妳了。」

我回到位子翻開檔案夾，一個是死在護理之家的老人，要檢查護理之家是否有疏失；另一個就是C醫院的溺斃小孩。

看到屍體照片時，我比想像中的還鎮定。死者果然就是現在正站在我旁邊的這個小男孩。

既然確定了，我馬上撥手機給張欣瑜，畢竟有些細節很難解釋，跟她說比較好溝通，不會被當成神經病。

「C醫院昨天有溺死的小孩喔？沒有家屬認領？」她很驚訝。

「嗯，是日本人。妳能不能查一查有沒有失蹤的日本小孩？」

「從屍體就能看出是日本人嗎？」她聽起來更驚訝了。

「不是，我還沒驗……」我壓低聲音，「昨天晚上好像是那個佐藤雄一托夢給我，他在C醫院遇到這個小孩，是日本人。」

「還托夢喔？那小孩叫什麼名字？」

「……我忘了。名字太長，又是日文……」

「請他再講一次？」

「他不見了，大概跑去找女友了。」

「喔，好……我看看能不能請那邊的派出所查查，是否有日籍的失蹤兒童。」

「謝謝，麻煩妳了。」

「對了。」在我掛電話之前，張欣瑜追加問題：「小孩也跟著妳嗎？」

「嗯，對……」說到這個我不自覺嘆氣，「不知道佐藤跟他說了什麼，他一直跟著我，好像很期待我幫他找媽媽。可是很難溝通，他不會說中文。」

「不會說中文……」她好像在寫筆記，「好，我想辦法找找看。」

講完電話後，我把該發的文件發一發、該印的印一印，檢查電子郵件和要送出去的文件，光這些事就花了一個多小時。那個小男孩一直靜靜地站在窗邊往外看，沒有打擾我，我偶爾瞥見那瘦小的半透明背影，內心無奈又難過。

這麼乖的孩子，父母一定急著找他吧？我得盡快把他還給家人，儘管只剩遺體。

收拾了包包往外走時，我想到可以在手機上查日文的名字怎麼念，可是只查到寫做「名前」，唸法完全不知，於是給小男孩看手機，並用英文輔助道：「Your name?」

他對我眨了眨眼，慢慢說了好幾個音節，我趕緊拿紙筆寫下來：HA SE GA WA TSU BA SA。

我又在手機螢幕上的翻譯格子裡寫「我會找到你媽媽」再翻成日文給他看，這句應該沒有翻錯，因為我看到他的小臉上露出淺淺的微笑。

我在計程車上想查小男孩的名字，把那串拼音輸入搜尋引擎，我得到一個叫「長谷川翼」的名字，還是個運動選手。或許是父母對小孩寄予厚望，所以取了這樣的名字吧。

雖然我的家人都蠻爛的，但我認為世界上愛孩子的父母應該還是佔了大多數；愛父母的孩子更是不少，甚至很多不被愛的孩子仍然愛著父母。

今天這兩件案子，一個是老人，一個是小孩，剛好是對比。

老人之家的案子，是機構的護理師說老太太有高血壓，昨天晚上忽然心律不整，急救後送醫仍然回天乏術，醫院方面也表示老太太有長年高血壓病史，應是死於高血壓性心臟病。

可是在老人之家給的記錄上，老太太的血壓看來控制得不錯，所以孩子們懷疑有人為疏失，要求解剖過世的母親，他們想知道母親死亡的真相。

另一件案子，根據警方給的現場照片與資料，身高一百零九公分的長谷川小弟弟，溺死在深度頂多只有五十到六十公分的公園小水潭裡，怎麼看都不像意外；而且昨天早上晨跑的民眾報警之後就送到C醫院等家屬來認，一直等到晚上都沒有人去報案兒童失蹤，目前協尋兒童也沒有符合特徵的，才送到殯儀館。

如果找到長谷川小弟弟的父母，他們應該也會想知道孩子死亡的真相吧。孩子溺死在六十公分深的水潭，沒有父母會接受的。

檢方排了先驗老太太，畢竟人家有家屬會催，長谷川小弟弟沒有。

下刀前我先抽了老太太的血，老人家病痛多，吃的藥也雜，不能排除用藥錯誤致死的可能。

接著進行慣例的解剖。手術刀剛插進老太太的皮膚時，長谷川小弟弟從解剖檯的另一邊露出頭來，張大眼睛看著我手中的手術刀在老太太皮膚上劃出一道斜線；我被預期之外的小觀眾嚇得手震了一下，差點切歪。

這裡兒童不宜，十八歲以下禁止進入！不對，非相關人員本來就禁止進入！可是我又不能叫他出去，不只是怕被旁人當神經病，重點是我不會出去的日語。

我故意咳了幾聲，長谷川小弟弟的一雙小眼睛往上看我，我趁機用表情加小幅度擺頭要他離開。

「白法醫，妳怎麼了？」徐檢察官問道：「脖子不舒服？」

「嗯……」我裝模作樣地將頸子左右彎一彎，「常常得低著頭，脖子難免僵硬。」

長谷川小弟弟好像明白我的想法，悄悄移動到解剖室的牆邊去。是個很會看臉色的小孩。

我深吸一口室內的負壓冷氣，切開皮膚後觀察肋骨與胸骨，再移開。老太太的骨質相當脆，肋骨不太費力就剪斷了，有一定程度的骨質疏鬆。

切開圍心膜，露出稍微肥厚的心臟。這是高血壓性心臟病的特徵，不過老太太的心臟也只比一般平均重量多了一百克，不算嚴重，不會是死因；冠狀動脈粥狀硬化也算輕微，這方面的死因應該也可排除。

身體檢查完輪到腦部，這次我鋸得更小心，以免脆弱的骨頭碎裂使大腦損傷。腦部血管沒有破裂，顱內沒有出血，沒有腦溢血跡象。

我把結果告訴徐檢察官，檢座問道：「總之不是心臟病？」

「可能性很低。」我說得保守，畢竟世界上任何事都有意外，「等驗血報告看看，或許是藥物的問題。」

「可是最近沒有換藥，這些降血壓和心臟病的藥她都吃很久了。」

「還是得等報告出來再說。如果一切正常，那麼應該就可以歸因於高血壓性心臟病引發心律不整，心臟衰竭致死。」

我想目前家屬應該不會接受這樣的說法，不過事實就是如此。而家屬如我所想的，果然個個繃著臉，看上去就是不接受。

我實在不會處理這種場面，於是拿還有屍體要驗當藉口開溜了。一般人對檢察官和警方會比較有顧忌，不敢說得太過份，對我們這些法醫就不一樣了，我可不想留著當眾矢之的。

我回到解剖室時，長谷川小弟弟已經站在解剖檯旁，凝視著不鏽鋼解剖檯上的自己，檢警相關人員也到齊，所以馬上進行驗屍工作。

我刻意站在長谷川小弟弟的位置上，想擋住他的視線，但沒用。我下一秒就看到他出現在解剖台前方水槽上，坐著俯視檯子上的自己。看來他打定主意要看到底。

我小心翻動這副僵硬的身軀，察看外觀傷痕。報告上寫屍體被發現時幾乎全身僵硬，判斷已死亡十到十二小時，現在屍僵開始緩解，不過只限於小肌肉的部分，四肢和軀體還是蠻硬的。

蒼白的皮膚上連瘀血都沒有，表示沒有人抓住他、或是綑綁他，迫使他浸入水裡。手也很乾淨。不過這裡乾淨就不太尋常了。

「手本來就這麼乾淨嗎？」我輕輕抬起細小的手指仔細看。指甲裡和指緣縫隙幾乎沒有髒污。

「對。太乾淨了，對吧？」身材粗壯的莊檢察官自顧自地點頭，「不管是意外還是被害，溺水一定會掙扎，那個池子那麼淺，下面都是爛泥和水藻，手上怎麼可能不卡一些？」

「而且沒有被束縛的痕跡，可能是下藥。」我一邊說著，從屍體頸部下方抽了一管血。

「死亡時間推測是晚上六點到八點。」莊檢察官道：「那段時間正涼，很多民眾帶小孩在公園運動或散步，如果抱著一個小孩，別人只會以為孩子睡著了，不會讓人起疑。」

例行解剖胸口，分開結締組織與肋骨，就看到肺泡吸滿水的鼓脹肺葉，連肋骨都陷進去。

「果然是溺水。」經驗老道的莊檢察官看了也道。

我從肺中抽出一管水待驗，溺斃的現場不見得是在公園，還是驗驗看比較保險。

移出心肺之後，我拉出氣管切開檢查，沒有出血。有時生前溺水會因為在水中掙扎呼吸過於用力，導致氣管出血。這孩子或許是很平靜地溺死的，也加重了有人事先餵他吃藥的可能性。

他的胃也像水球一般充滿了水，我也抽了一管待驗。這孩子的死因是溺水，已經無庸置疑，現在待解答的問題是：公園是否第一現場？以及到底是誰把他帶過去？

還有，他的父母呢？

「還是沒有人報案有失蹤兒童嗎？」我問莊檢察官。

他搖頭，接著道：「我聽說××分局有要派出所找那附近的日籍人士，妳認為這個小孩是日本人？」

我朝水槽的方向看一眼，長谷川小弟弟神情漠然地看著解剖檯。

「嗯……因為……我覺得他長得像日本人。日本、韓國、中國、台灣人的長相，多少有點不一樣。」我隨口瞎掰，其實我也很難分得出來。

莊檢察官露出一副不予置評的表情，「可是如果是日本人，孩子失蹤了應該會立刻報案吧？台灣家庭如果是失能家庭，還有可能不會注意孩子行蹤。」

「會不會……中文不好，不知道怎麼報案？」

「那他們應該會找交流協會幫忙。」

我也思考著。這樣說來也是，可是直到現在都沒有人報案，又是怎麼回事？難道，兇手是……他的父母？

我輕輕搖頭，否決這個想法。

應該不會吧？可是又沒有人報案，難不成……我心裡祈禱，希望別出現有日籍男女遇害的消息。

李育德小心地把胃的內容物倒在細篩子上，把水和過於細小的渣濾掉後放在不鏽鋼淺盤裡。

我用小鑷子撥開那些形狀大致完好的食物殘渣，「看來是死前不久才吃的，還沒開始消化。」

「這咖啡色的是什麼？」莊檢察官湊過來看。

他說的是很多個破碎的咖啡色物體，有些幾乎保留完整形狀，因此可得知原本應是圓球形，還有點透明；我用小鑷子戳一戳，雖然泡水泡了那麼久已經不太有彈性，但這東西實在令人熟悉。

「珍珠粉圓？」我詢問其他人的意見。

「很像耶。」拿著相機的鑑識員也道。

「這黃色和紫色的……」莊檢察官指著另一些小碎塊，「該不會是芋圓？」

我也用小鑷子戳戳看，「有可能，觸感也是軟軟的。」

除了這些碎塊，沒有看到其他明顯可辨識的物體，只有些零散的灰白色泥狀團塊，可能是麵包之類的食物殘渣摻了水中的雜質。

「死之前吃過粉圓、芋圓和地瓜圓嗎？」莊檢察官思考著，「兇手還給他吃點心啊？」

「會是剉冰嗎？」一旁的刑警詹崇儒插嘴。

「剉冰大多是四樣料吧？」鑑識員道。

「說不定第四樣是布丁，已經整個碎了、溶了。」

「也可能吃豆花，加三種料。」鑑識員跟詹崇儒聊起來。

「成年人殺這麼小的小孩，通常不會很仁慈，小孩再怎麼掙扎也敵不過大人，直接掐死、淹死就好了。」莊檢察官搖頭，「下藥已經很怪了，還給他吃點心？我想兇手是這小孩認識的人，可能殺死他還會讓兇手有罪惡感，所以讓他死前保持快樂，死得也不痛苦。」

「熟人嗎？」詹崇儒邊想邊點頭，「那還是得先知道這小孩的身份才行，知道身份就可以過濾了。」

我提議道：「可以到公園附近有賣冰或豆花的店問問看，那天傍晚有沒有帶著這個小孩的人去買。」

「是可以試試看，不過……」詹崇儒不以為然，「第一，既然那時段很多大人帶小孩去公園，一定也有很多大人帶小孩去買；第二，兇手也有可能叫孩子在外面等，他自己進去買，所以那樣問應該不會有結果。」

可是如果是不會講中文的日本人，應該問得出來吧？這話我沒有說，因為從剛才檢座的反應，我想他們不太認為這孩子是日本人。

莊檢察官嘆口氣，「試試看吧，順便問問那裡的幼兒園有沒有學生無故缺課。」

做完善後清理，我脫下全身的防護裝備走出解剖室，瞄一眼默默跟在我後面的小影子，嘆一口氣。現在除了張欣瑜，沒人相信我說這孩子是日本人，這樣可能永遠查不到他的身份，也找不到兇手。

我正要走向殯儀館的檢察官辦公室，請檢座順便朝小孩是日本人的方向偵查，才走出相驗中心就遇到佐藤雄一的家屬，旁邊跟著一個年輕女孩。

三名家屬向我鞠躬，我也趕緊鞠躬回禮，然後佐藤媽媽對我說一些話，旁邊的年輕女孩也點頭道：「我是口譯，敝姓林。佐藤太太謝謝醫生關照雄一先生，他死後還給醫生添了不少麻煩，非常抱歉。」

的確是不少麻煩。不過我當然還是很客套地回道：「不會，哪裡。」

「昨晚……」林小姐有點疑惑也有點訝異地聽著佐藤爸爸說話，道：「他們……夢到雄一先生，說他想和女友合葬，所以……今天他們會去拜訪那位小姐的家人。遺體今天會火化，但是應該就不帶回日本了。

「雖然他終於遇到相愛的女孩，真是太好了，可是。」

佐藤爸爸哽咽了說不出話，林小姐也停下來等他整理情緒。一會兒後，佐藤爸爸吸一下鼻子，林小姐繼續翻譯道：「如果知道結局是這樣，就不會一直叫他結婚了。單身一輩子也可以，好希望他能回家。」

佐藤媽媽則是抓著老伴的手，一邊拭淚一邊說話。那些話林小姐沒有翻譯給我聽，想必是勸丈夫想開一點之類的。

我不知該說什麼才好，只能像個木頭一樣杵著。真好，那麼老了還被父母愛著，真讓人羨慕；又想到，看到父母哭得這麼傷心，不知道佐藤雄一會不會後悔？

最後他們又向我鞠躬說抱歉，雄一給我帶來麻煩實在很對不起，然後就離開了。

我看一眼右邊的長谷川小弟弟，原本站著的他，現在抱著膝蓋蹲下去，頭埋在環抱膝蓋的雙臂中。

剛才的情景，大概讓他很難過吧。

我轉身要走向檢察官辦公室，李育德問我：「妳不回去嗎？先一起去吃個午餐？」

「我有事想和檢座商量一下，你先回去。」

我跑到檢察官辦公室時，還有一位檢察官和家屬在談話，莊檢察官和書記官已經收拾完，看到我進去，有些訝異地問道：「白法醫，還有什麼事嗎？」

真不想在其他人面前說出很不科學的話，我鼓起勇氣小聲道：「請問……剛才的小孩，會朝他是日本人的方向去查嗎？」

莊檢察官挑眉，「妳為什麼那麼認定他是日本人？」

我支支吾吾地，最後實在想不出合理的理由，只好含糊道：「他好像托夢給我，說他叫Hasegawa Tsubasa。」

莊檢察官和書記官都怔怔地看我。

「托夢？」莊檢察官好像不知該不該笑，「那他講中文嗎？」

「不是，他說的話我都聽不懂。」我認真道：「我後來查了一下，好像是姓長谷川，名字是翼，翅膀那個翼。能不能請檢座查一下戶政或入境資料，看看國內有沒有叫這個名字的小孩？」

「妳的理由是托夢？」莊檢察官一臉不相信，「是妳想太多吧？」

「我今天早上才第一次看到他的檔案照片，但我昨晚就夢到了。」我語氣冷靜，但尷尬讓我的臉好熱。

莊檢察官好像無奈地嘆氣，「好吧，我有空查查。」

「謝謝檢座。麻煩檢座了。」

雖然他這麼說，可是我看他還是不太相信這種托夢之說。那可是我鼓足勇氣、拋開臉皮才講出來的耶……還好另一邊的檢察官和家屬好像沒聽到，否則實在很丟臉。

莊檢察官和書記官上了公務車後，我也打電話叫車離開殯儀館。路程中回想剛才和檢座講的那些話，希望不會讓他們以後對我的專業度打折。所以我才不想在工作場合提起怪力亂神的嘛！

但話說回來，我第一次見到張欣瑜的時候，卻毫不猶豫就跟她說我看到白定威了，或許是她散發出令人信任的安心感，讓我覺得她一定會相信我。也還好她真的相信我。

我無力地嘆氣，本來想去吃個遲來的午餐，不過轉念改為買個三明治果腹，我想快點把事情做完，晚上準時下班，到那個公園去看看。

晚上我到長谷川小弟弟被發現的公園時，已經七點多了，差不多是他的推估死亡時間。不知道是晚上開始變涼了，還是長谷川小弟弟一直跟在我身邊的關係，下車後我冷得抖了一下，後悔沒有把放在辦公室的醫師袍帶來。不過穿那個也太顯眼了。

我看了跟我下車的長谷川小弟弟，如果是在脅迫之下被帶過來，說不定會殘留害怕的記憶，但我看他好像對這邊的景色沒有特別感覺，他的表情和白天一樣漠然。

我用手機翻譯了「你記得這裡嗎」並播放語音給他聽，他搖搖頭，對我說一句像問句的話，我還是聽不懂。

我又用手機翻譯了「在哪裡吃粉圓」這句給他聽，他歪著頭，這次露出茫然的表情說一句話，我當然不懂，不過憑語氣，我猜想那是問句。可能他不知道他吃的是粉圓，或者不知道是哪家店吧？我也沒對五歲小孩的記憶抱太多期望。

在尋找冰品店之前，我想要找個地方吃晚餐，此時左肩突然被人拍了一下，緊接著是熟悉的聲音。

「白法醫？妳怎麼在這裡？」

聽聲音我就知道是張欣瑜。該驚訝的是我吧？「妳才是，為什麼會在這裡啊？」

「溜班。」她俏皮地笑了笑，「不是啦，因為總覺得派出所不把我說的當一回事，就是那個溺斃的孩子，我都搬出妳的名號，說法醫認為應該是日本人了，可是他們好像沒有認真看待，所以我想自己過來問問附近有沒有人知道。」

「他不見得住在這附近吧？」

「我覺得是耶，妳有去看過陳屍地點嗎？」我對這個問題搖頭後，她接著道：「那裡蠻偏僻的，燈也壞了，聽說常有不良份子在那裡，所以平常很少人過去，是很適合殺人棄屍的隱密地點。」

「所以要事先去看過，才會知道那裡，是嗎？」我明白她的思維了，「那有發現嗎？」

「我才剛繞公園走一圈，四處看看，還沒開始問。」她雙臂抱胸，微嘟起嘴唇，「而且也不知道從哪裡問起。」

「長谷川小弟弟的胃裡——」

我正要告訴她胃裡的食物殘渣，她搶先打斷我的話，「長谷川？妳知道他的名字？」

「小弟弟告訴我的，他說名字是Ha Se Ga Wa Tsu Ba Sa，我查了好像是叫長谷川翼。」

「有名字就好辦啊！請檢座下令去查戶政資料！」她興奮地說完，收起興奮的表情，「不過，要怎麼說妳是怎麼知道的呢？」

「我跟檢座說是小弟弟托夢告訴我名字……」我扶著額頭，「啊……想起來還是丟臉死了。他一點都不相信。」

「哪個檢察官？」她好奇問道。

「莊檢。我請他查戶政和入境資料，可是他看起來就是不想理我。」

張欣瑜理解地點頭，「這也難怪，因為沒有證據。如果聽妳的話去查了卻是白忙一場，他會被大家埋怨加嘲諷。」

「所以我只好自己來試試。」我攤了攤手。

「怎麼試？妳有頭緒嗎？」

我告訴她長谷川小弟弟胃裡有還沒開始消化的粉圓，和疑似芋圓與地瓜圓的物體，她聽了也覺得奇怪，「殺死他之前還給他吃點心喔？而且小弟弟還吃得下去，看起來和兇手應該關係不錯。」

「莊檢也說要朝熟人做案的方向偵辦，可是得先查出小弟弟的身份。」

張欣瑜思考一下，苦笑道：「不然我們先找個地方吃晚餐，邊吃邊想待會兒該從哪裡開始好了。我中午沒吃，肚子好餓。」

我們找一家小吃店隨便點了滷肉飯和湯麵，我和她聊到佐藤雄一跟家人說要和女友合葬，扒了一大口飯的張欣瑜鼓著雙頰咀嚼後，感慨道：「這樣的結果說不定對他們也挺好的。」

「怎麼說？」

「佐藤雄一那麼死心眼……說好聽是專情，但是愛到可以連命都不要，萬一哪天女生想分手怎麼辦？他會不會做出兩敗俱傷的事？」

兩人相愛的時候，那種執著似乎是好的；但萬一對方不愛了呢？這真是個好問題。

「好像也是。」我苦笑。

「不過我好像想法太負面了。」她不好意思地吐出粉紅色的舌尖，「說不定他們兩個如果都活著，可以相愛到老，就不會有那種問題了。」

「愛情是一場賭博，雙方都得賭對方會不會愛自己一輩子，想想還真累。」我喝了幾口湯，身體比較不冷了，「對了，我一直在想，殺了那個小孩對兇手有什麼好處？兇手的動機到底是什麼？」

「綁架？熟人綁架怕被認出來，所以滅口。」張欣瑜猜測。

「可是沒有人報案。」我提醒她。

「對喔，這是個疑點。為什麼沒有人報案？」她叼著竹筷尖端思考。她習慣做出這個動作，我覺得很可愛。

她壓低聲音：「會不會……兇手就是他爸媽？」

我看了坐在旁邊安靜地看著我們兩人的小幽靈。他應該聽不懂我們的對話吧？

我向張欣瑜問道：「可是都養到這麼大了才殺？」

「可能最近發生什麼事，沒錢了，養不下去了。」她想了想又推翻自己的猜測，「不過通常那種的好像都是父母帶著小孩自殺，很少聽過只殺小孩的。」

「而且住在外國的日本人，關係應該很緊密，如果父母也在某處自殺了……整家人都不見了，應該會有朋友報案吧？」這是我個人的猜想。

「對了，外國人！」張欣瑜似乎從我的話中發現重點，「那小孩是外國人，沒有人主動提供資訊的話，我們永遠查不到他的身份，所以兇手是刻意帶他來台灣，主要目的就是為了殺他。」

「太大費周章了吧？」聽起來好像有道理，可是又不太有道理，「動機是？」

「不知道。」她有些消沉，繼續吃飯。

最後我們決定先去問問這一帶有賣粉圓與芋圓的冰品店，如果長谷川小弟弟最後的點心真的是在這附近買的，店家也有監視器的話，就能知道兇手的樣貌。

這是一個很大的公園，走一圈大概要花上半小時，我和張欣瑜到處找剉冰店和豆花店，詢問之後都沒有看過日本人上門消費。

我們兩人走了一個多小時，沮喪又無奈地在一家豆花攤休息。我一邊拿湯匙切碎豆花，一邊喃喃自語：「難道兇手不是日本人嗎？」

「因為是台灣人，比較熟悉這裡，所以帶回來殺嗎？」張欣瑜也想不通，「可是如果小孩完全不會中文，父母之一是台灣人的可能性就很小……不是父母的話，怎麼可能帶小孩來台灣？如果父母也在台灣，小孩不見了也不可能不報警……」

不會說中文……我想了想，向著右邊的長谷川小弟弟低頭小聲用台語問道：「會曉講台語無？」

他又一臉茫然看著我，我在手機裡打字翻成日文給他看，他搖頭。

張欣瑜看著我的舉動，愣愣地問道：「妳在幹嘛？」

「我想問他會不會講台語。好像不會。」

「他在喔？那個小孩？」她大吃一驚。

「一直都在，自從我去看過陳檢之後，就一直跟著我。」我理所當然地回答後，看著她驚愕的表情，笑道：「他很乖，不會做什麼啦。」

張欣瑜搓一搓左手臂，「可是……有鬼就……總覺得有點可怕……」

「他真的是個很乖的孩子。」我吃一口粉圓豆花，嘆氣，「為什麼要殺他呢……」

「不會中文也不會台語，只會日語。」張欣瑜重新把注意力擺在線索上，「那父母應該都是日本人了，要嘛是外派來台灣，要嘛是住在日本。只是為什麼不報案呢？」

「會不會已經死了……不管是自殺或他殺。」我只做得出這個最壞的打算。

「可是不管是自殺或他殺，都沒道理把小孩和父母分開殺吧？」

我想了想，「也對。」

張欣瑜一手撐著下巴，一手攪著碗裡的仙草豆花，目光巡視周遭的店，自言自語道：「到底還有哪裡有賣粉圓和芋圓啊……」她轉頭問我：「能問他記不記得在哪裡吃的嗎？」

「問過了，他回我一句好像疑問的話，我聽不懂。」

「也是用手機翻譯嗎？」

我點頭。

「聽說那個翻譯有時候會亂翻，要不要把妳問過的話再翻回中文看看？」

我在手機輸入剛才的「在哪裡吃粉圓」，再把軟體翻譯的日文翻回中文，出現的是「吃粉紅色圓的地方」。

「粉紅色圓……還真的是亂翻。」我傻眼。

「如果只寫粉圓呢？」

我又用交叉翻譯，結果粉圓變成「圓形粉末」。

「根本不行啊……」我頭痛了。之前該不會常常是雞同鴨講？佐藤雄一你給我回來當翻譯啦！

「直接用搜尋會不會好一點？」張欣瑜建議。

「那樣太麻煩了。」我乾脆用英翻日，至少我知道粉圓的英文是什麼。

我把英文的「你記得在哪裡買過粉圓」翻成日文之後，長谷川小弟弟竟然點頭了！英文萬歲！

「他知道！」我又寫了「帶我去」給他看，「他可以帶我們過去！」

「真的？」張欣瑜趕緊端起碗，唏哩呼嚕地把剩下的仙草豆花喝完，「那就走吧！」

小小的半透明身影穿梭在騎樓的路人之中，我拉著張欣瑜的手，努力盯著那瘦小的背影以免跟丟。

最後，我們來到一家飲料店前，店門口上方的布條寫著「小芋圓奶茶」幾個大字，搭配一個杯口堆滿黃色和紫色小方形的奶茶照片。

「居然是……小芋圓奶茶？」張欣瑜也很意外。

我看了店門口旁邊貼的排行榜，「有綜合圓奶茶，該不會就是芋圓、地瓜圓加珍珠？」

「剛好三種都有。問問看。」張欣瑜說著就走向櫃台。

那天的晚班店員現在不在店裡，張欣瑜出示證件，說想調店門口的監視畫面，店員只好打電話給店長，並請我們等一下。

我們坐在旁邊讓客人等候的長椅上，我問道：「看到兇手之後，接下來要怎麼找？」

「可以去調各路口的監視器，追蹤兇手是從哪裡來的。」張欣瑜充滿信心，「一定找得出來！」

店員好像擔心遇上騙子，因為在店長來之前，這裡的派出所員警先到了。我們起初還不知道他們是來找我們的，直到一臉狐疑的年輕員警對我們問道：「就是妳們要看監視器嗎？」

張欣瑜再度拿出證件，我也拿出法醫證。兩名員警仔細看了我們的證件，其中一人回到巡邏車上，大概是要查真偽吧。眼前的員警半信半疑道：「現在法醫也外出查案了？」

「白法醫提供解剖發現的線索，所以我們才會找來這裡。死者胃裡有疑似粉圓、芋圓和地瓜圓的殘渣。」張欣瑜道。

「那些東西很多地方都有賣。」員警不以為然。

「所以我們也找了很多家店，不信你去問。」張欣瑜隨便指向外面。

另一人回來把證件還給我們，兩人交頭接耳說了些話，做出結論。

「好吧……那我們陪妳們一起等店長來，看監視器畫面。」
監視器是從店內斜著往外照，櫃台內部和客人都看得一清二楚，而且重點是影像很清楚，因為店長說被偷過兩次，但影像不清楚抓不到人，所以換了好一點的。
推估死亡時間是前天晚上六點到八點，我們從前天下午四點開始看，到了五點十二分時我大喊一聲「停」，店長連忙按下暫停。
我在畫面上看到長谷川小弟弟，和一名女子手牽手走過來。
「就是他，就是那個……小弟弟。」我指著電腦畫面，差點說出長谷川三個字。
「妳確定？」員警看我，張欣瑜也看我，因為我是在場唯一見到長谷川小弟弟的人。
「沒錯，就是他。」我看他看了一整天，不會認錯。
店長繼續播放，看著畫面道：「他們只買一杯。」
「應該就是綜合圓奶茶。」張欣瑜道：「我想把有這個女人的畫面印出來，可以嗎？」
店長點頭，用滑鼠操作印表機。
此時，靜靜地站在角落的長谷川小弟弟悄悄發出一個聲音。
——媽媽。
我沒有問長谷川小弟弟那個女人是不是他媽媽，但是聽到那個聲音，我覺得八九不離十。
他媽媽殺了他，所以沒有人報案，兇手不會自己報案。
張欣瑜與沖沖地拿了店長印給她的畫面和拷貝的檔案，接著似乎看到我臉色不太好，問道：「怎麼了？」

我搖搖頭，「待會兒再說。」

我們慢慢走在前往張欣瑜停車位置的路上，她大概在等我開口，所以也都沒有說話。

我嘆了口氣，道：「那個女人……可能是他媽。」

張欣瑜睜大雙眼，「妳見過她？」

「沒有。是剛才那個弟弟，好像對著螢幕叫了一聲媽媽。」我悶悶地喃喃道：「他媽媽……殺了他嗎？」

張欣瑜一時說不出話，然後才道：「不一定啦……或許只是……買飲料的是他媽，殺他的不是。」

「如果他媽媽不是兇手，那就是共犯；再不然、就是……」

我沒把最後的話說出來。如果不是兇手、不是共犯，就是和長谷川弟弟一樣被殺了，只是屍體不知道被藏在哪裡。

不管是哪一種，都不是好結果。

「先別想太多，至少我們有一個線索，有一個目標了。」張欣瑜握住我的手，像是要安慰我一般地微笑道：「這附近很多監視器，不管兇手是誰，一定都找得到！這都多虧有妳喔，白法醫。」

我勉強擠出一個笑容，「如果能在事情發生之前就先知道的話，就更好了。」但是等我知道的時候，被害人都已經是屍體了。

「至少事情可以水落石出，至少小弟弟不會變成無名屍，至少我們可以抓到兇手。」她握住我的手稍微加強力道，「至少，我們盡力了。」

張欣瑜的手掌好溫暖。我有種渴望和她擁抱的衝動。看到小孩的屍體總是讓我沮喪，即使當了這麼多年法醫，我還是無法習慣。

我們走到張欣瑜的機車旁，她在戴上安全帽之前注視著我，然後給我一個大大的擁抱。與人相擁實在很舒服、很溫暖，我不禁也緊抱著她，同時閉上眼睛，以免內心太激動了哭出來。

「別想太多。」她輕拍我的背，在我耳邊柔聲道：「妳已經盡力了，還很努力想辦法和他溝通呢。妳已經做了所有能做的事了，剩下的，交給我吧！」

我靠著她的肩膀，只輕輕回應一聲：「嗯。」

第二天下午我收到化驗報告。老人之家猝逝的老太太服用過量的降血壓藥，幾乎是平常份量的五倍，所以是死於血壓過低。後續怎麼起訴，就看檢察官了。

長谷川小弟弟的血液與胃裡的水都有安眠藥的成份，濃度頗高，小孩不可能自己服用這麼多安眠藥，顯然這是兇殺命案不是意外。

我很在意長谷川這案子之後的發展，但是在化驗報告出來之後，警方才開始列案偵查，張欣瑜也才終於能調路口監視器來看。

「兇手就是他媽啊！真是他媽的！」張欣瑜在電話中氣憤道：「第二天她就自己一個人

回日本了，廉航的乘客名單上有她！這冷血的女人，居然故意把兒子帶到國外殺掉！」

「回去了？」長谷川小弟弟是被自己媽媽殺死的，雖然猜想過，但實際聽到還是令我震驚，「那、那後續……怎麼辦？」

「刑事局會和日本警方合作，或是直接把案子轉過去吧？那方面我就不熟了。」

接下來的案情，媒體倒是比台灣警方還清楚。長谷川小弟弟的名字雖然讀作Tsu Ba Sa，但不是翼，是翔，長谷川翔。他媽媽長谷川里美幾年前不顧家人反對，和男人私奔，但生下孩子之後男人就跑了。單親媽媽在日本生活很辛苦，她撐不下去，但不管是想回老家還是想再找男人依靠，帶著一個小孩都是累贅，所以她存了錢，計畫帶兒子到台灣玩一趟，讓他帶著愉快的心情步上死亡之路。

里美一廂情願以為當年私奔讓老家父母氣炸了，一定不會接受私生子，可是她錯了。據說老家的父母知情之後很心疼那個未曾謀面的外孫，說要帶長谷川翔的遺骨回去安葬。

長谷川老夫婦來領外孫遺體時，我也帶著小弟弟的靈魂去殯儀館迎接他們。

「他們是你的外祖父母，和他們走吧」我透過翻譯軟體這麼告訴他。

他仰起小臉，不明白地看著我。

——媽媽？

我好像聽到他這麼問，於是我又指了指手機上的翻譯，要他跟老夫婦走。

聽話的長谷川小弟弟還是走過去，站在老夫婦中間，一直看著我。

我用不起眼的手勢向他悄悄揮手，轉身走向殯儀館大門。然而在人來車往的大門口，我看到了張欣瑜，她似乎在那裡等著某人。

她看到我之後就走過來。她等的某人，好像是我。

「怎麼，又溜班？」我打起精神打趣道。

「哪有溜班，我才不做薪水小偷。」她若無其事走在我旁邊，「我怕妳心情不好影響腦傷，要是昏倒就糟糕了，所以特地來接妳。法醫很少，很珍貴的，要好好保護才行。」

「得了吧，我才沒那麼脆弱。」我回嘴道：「想溜班還找藉口。」

「好啦，對啦，我溜班啦。」她微抬起頭嘆一聲，「遇上這種命案，心情就會很差。」

「每一件命案，心情都很差。」我無精打采地說。

她點頭同意，「對，每一件都是。每一件。」

我看著她無奈的側臉，主動握住她的手。她微微訝異地看我，接著笑起來，也握住我的手。

自從那個跟蹤我的變態殺人狂落網之後，我就常跑地檢署和地院作證，壓縮我原本就不多的上班時間，我好希望一天能有四十八小時。

這天我又來到地方法院，但不是為了那個跟蹤狂，而是之前在老人之家因為服藥過量致死的蕭老太太。每次收到出庭通知的時候我都想翻白眼，血液的毒物化驗結果很明顯，蕭老太太當晚服用超過平常劑量的六到七倍，白紙黑字的鐵證擺在眼前，我去也只是把資料口述一遍而已。浪費時間。

檢察官以業務過失致死起訴老人之家與護理人員，被告律師一直問我關於老太太的心臟與冠狀動脈狀況，我照實回答，左心室確實比一般人肥厚、冠狀動脈也有些微硬化，但不嚴重，不至於死。

最明顯的死因就是血液中濃度超高的普萘洛爾啊！問這些有的沒的幹嘛？

「妳如何能斷言那些症狀不會導致蕭姝妹女士死亡？」律師問。

「依照我的醫學知識與經驗——」

「妳經手的『病患』應該都死了吧？沒有醫治過活人，怎麼能說有經驗？」

所以我才討厭這些法律人。我忍住翻白眼的衝動，冷靜道：「律師，你知道我唸過醫學院吧？你知道醫學院要實習才能畢業吧？再不然，你若信不過我，我相信各大醫院都有非常優秀的心臟科專家，你可以去請教他們，相信一定可以得到你不想要的答案。」

我的最後一句話惹法官笑了笑。檢察官只簡單問我血液毒物化驗報告的內容，以及那樣的濃度下蕭老太太是否可存活、可存活多久、會出現哪些症狀。

「二十到三十分鐘內會出現頭痛、頭暈、噁心、血壓降低、呼吸短促與抑制的症狀。」

「及時急救是否有挽回的可能性？」

「是有可能。」

「所以可從這點判斷院方有疏失嗎？」

這不是我的業務範圍。聽說老太太可能是偷存藥再一次大量服用，圖謀自殺，如果她實際上很痛苦卻裝作沒事，護理人員也不會發現。但在我開口前，被告律師提出異議，法官同意，所以我不用回答這個問題。

之後沒我的事，我也沒空聽接下來的內容，匆匆離開法庭後，我在走廊上看到拄著枴杖的熟悉人影。

正在和人談話的陳國政檢察官也看到我，笑著用空出的右手向我打招呼，然後一拐一跳地朝我走來。

「陳檢，好久不見。」我客套地問候，「腳還好嗎？今天怎麼會來？」

「來為那件案子出庭。」他微皺眉心苦笑，「難得上證人席，視野還真不一樣。」

他說的「那件案子」，應該就是我想的那件吧——他的跟蹤狂表弟因為吃醋差點撞死他。

「那件事真的對妳很抱歉，沒想到會是我表弟。」他嘆氣。

「不是你的錯，你也差點沒命。」我安慰他。

「是啊，我有好好感謝那位路過的大學生，要不是他大叫，捷輝說他本來想輾過我，確定我真的死了。」他轉換話題，「妳今天也來作證？」

我點頭，「一個老太太用藥過量致死的案子。」

「不是應該都會檢附報告嗎？還勞白法醫親自跑一趟。」

「可能我本人比較有說服力吧？」我開玩笑道。

「當然，妳冷靜又專業，不聽白法醫言，吃虧在眼前。」陳檢察官笑了兩聲，道：「對了，我聽說那件日本小孩的案子，妳建議莊檢朝日本人的方向偵辦，結果真的是。妳真是太厲害了，還好我當初也聽妳的話。」

「當初？」我不記得我有給過他什麼建議。

「那個女浮屍，妳堅持要解剖不是嗎？沒想到之後突然找到兇手，幸好妳有驗。」

喔，那個他本來想隨便用溺斃敷衍過去的浮屍啊。我正色道：「那是一定要的。」

他嘆一口氣，「要不是被業績和時間追著跑，我也不想便宜行事。要是時間能多一點就好了。」

看他自揭瘡疤，好像很歉疚，我道：「不過，好像兇手也不知道她的身份，所以你也說對了，她目前還是殯儀館裡的無名屍。」

「都中午了，我請妳吃個便飯再走吧？」

我看一眼他屈起無法施力的右腿，「你還是早點回家休息比較好。」

「成天待在屋裡快悶死了，今天難得放風，我還想多呼吸一點自由的空氣。」他不死心繼續問道：「吃個飯花不了太多時間，這附近也只有小吃店。」

「陳檢你這樣子去小吃店更不方便，還是回去吧。」

我看他無奈的笑容中摻雜了失望，心裡忽然有些不忍，只不過吃個飯，我還三推四托的，好像自己是什麼高嶺之花似地。

「不然，陳檢你康復回去上班那天，我請你吃飯，慶祝一下。」我用極自然的語氣道。

他雙眼一亮，「真的？」

我點點頭。這次的點頭就有點不太自然了，我不習慣約男人啊，而且還是擺明了想追我的男人。

我陪著開心的陳檢察官慢慢走出去，向他道別後走向機車停車場，心想到時還是多找幾個人一起撐場面好了，免得兩個人沒話題很尷尬。反正我也沒說是兩人單獨吃飯嘛……

十指飛快地在鍵盤上打字，我趕著把這個報告寫完，至少要到一個段落，不過這畢竟不是純打字的工作，打完一段之後我還是不免停下來看看用字有沒有錯誤。解剖報告是要給律師、檢察官和法官看的，每個細節甚至是詞語都得精準才行，不然我又得出庭，而且會被原告被告代理人其中之一或雙方——在證人席上釘到死。

斟酌字句時，我瞄一眼螢幕右下角的時間。唉唉，本來還想提早出發的，卻拖到只差一分鐘就到約定時間，只好先撥電話給張欣瑜。

手機一接通，我們兩人不約而同說道。

「張刑警，抱歉……」

「白法醫，不好意思！」

聽她那麼說，我好奇地發問。

「怎麼了？」

「怎麼了？」

結果我們兩人的聲音又重疊了。我們愣一下，不由得笑起來。

「妳先說。」

「妳先講。」

啊，這樣下去這通電話講不完了。那就我先說吧。

「我大概——」

「我可能——」

話語再度重疊後，我們沉默了一下。

好，我決定不先出聲，要出其不意說完整句話。

「我大概會遲到二十分鐘。」

「我可能會晚到個半小時吧。」

同時搶著講完後，這默契強到我們兩個忍不住大笑。今天一起來加班的張延昌和李育德還從隔板上方看我。

「等一下，我們來猜拳，贏的先講。」張欣瑜提議。

我附和：「好啊。」

「剪刀、石頭、布！」

「剪刀、石頭、布！」

唸的時候我上下搖晃空出的左手，唸到「布」的時候出了剪刀。

「妳出什麼？」

「妳出什麼？」

唉，我們兩個今天是怎麼回事？

「剪刀。」我看著左手伸出的食指和中指。

「石頭。我贏了！」張欣瑜的聲音很開心，好像贏了什麼大不了的事，「我臨時有事，應該會晚個半小時到。」

「我事情也有點多，那我也半小時後到好了。」我看一眼螢幕的小時鐘，「先到的人先進去等。」

「好。掰。」

我放下手機，再度面對電腦螢幕。張延昌隨口問道：「和人有約啊？」

「嗯，想說出來加班嘛，中午約張欣瑜偵查佐一起吃飯。」

「妳們交情好像很好。」

「都是單身女子，比較沒隔閡囉。」

張延昌佯裝可憐說道：「什麼？同事那麼久，和我還有隔閡喔？」

李育德也像發牢騷似地嘆道：「不過這行的女生真的少，連安琪也要走了……我的春天在哪裡啊……」

「就算安琪繼續待，也不可能理你。」我實話實說。陳安琪來了兩年多，就只是純粹來上班，幾乎沒多說過閒聊話。

「要不要跟護理師聯誼？還是檢察官、書記官、法官也行，我可以幫你介紹。」張延昌一副可靠的老大哥模樣。

「護理師好了，還麻煩張大法醫師介紹一下。」李育德向張延昌雙手合十拜託道：「官字輩的我擔當不起。」

「張大法醫師聽起來好像大法師。」張延昌好像挺嫌棄那個尊稱。

我不加入他們的閒聊趕緊寫我的報告，約定時間已經延後半小時，可不能再遲到了。

我就想嘛，偵查隊的事情有可能只花半小時嗎？果然又過了半小時才看到張欣瑜的身影出現在咖啡廳門口。

她一邊走進來一邊探頭張望，看到我之後跑了過來。

「唉。」人還沒坐下就先嘆氣，然後她苦笑，「不好意思，讓妳久等了。」

「沒關係，反正今天我是去加班的，午休多長都沒人管。」

「你們也好忙喔。」

「人少事多。」我也苦笑起來，「助理又要離職……就是另一個女生，妳看過的，陳安琪。她說驗屍的工作很沒成就感，想去一般的醫院。」

「辛苦了。我也聽說法醫很難找。」張欣瑜右手斜斜地拄著臉頰，「我們也是人少事多。偵查佐好像比較好調職，所以不少人考上來都是為了想調走，不是調回老家就是調回鄉下。城市的分局不好待啊，雜事多、危險多、績效壓力又大，剛剛就是被叫去罵，怎麼今年賭博查緝的件數變少了……變少不好嗎？就沒有賭場可以查啊，莫名其妙。」

「實際上來說是挺不錯的，我也希望我的『業績』別那麼好。」

她看著我笑了笑。我們兩人的工作都是業績愈差愈好，表示大家都奉公守法，愛惜生命。

我們都去櫃台點餐後，張欣瑜道：「妳聽說陳國政檢座要銷假上班了嗎？檢察官也是很吃緊，之前聽說他請四個月，結果才過三個月就得回去了。」

提到陳檢察官，我才猛然想起上次和陳檢察官說好的事——兩個多月前，我去地方法院為了在老人之家往生的老太太作證時，在法院走廊上巧遇以證人身份為跟蹤狂案子作證的陳國政。當時他又約我吃午餐，但我看他還瘸著右腿拄拐杖，於是跟他約好，等他回去上班就請他吃飯，當做慶祝他康復。

後來我當然是完全忘記這回事。工作忙死了，大腦哪有空間記這種事。

要和陳檢察官吃飯啊……該找誰作陪呢？煩惱中的我望向眼前的張欣瑜，她挑起秀氣的眉毛，彷彿要我有話儘管說。

「那個……張刑警……」

我剛支支吾吾地開口，她就搶先道：「對了，妳別老叫我張刑警，聽起來好生疏，叫我欣瑜吧。」然後她有點不好意思地笑著，「我可以叫妳宜臻嗎？」

「可以啊。」我點頭，這沒什麼大不了的。

「宜臻。」她綻開笑容，洋溢著年輕的可愛朝氣，「有什麼事，說吧！」

「那個啊……我之前和陳國政檢察官說好，他回去上班之後我要請他吃飯，當做慶祝他順利歸來。妳要不要一起來？」我終於說完了。

她呆了一下，那沒有防備的表情實在不像個偵查佐。

「是誰提出的？陳檢嗎？」她問。

「都有。」雖然主要是我提議的，但也是因為一開始他又約我吃飯。

張欣瑜露出為難的表情思考著，「可是……他不是想追妳嗎？我去了不就是個超閃亮電燈泡？」

「不不不，沒那回事！」我連忙澄清，「我只是單純請他吃飯，又怕場面太冷，我不知道要跟他聊什麼。」

「要是我們兩個自顧自的聊起來，把他晾在旁邊，不是更尷尬嗎？」她還是笑得很為難。

「也是……」她這樣說，我也不好意思再對她死纏爛打。

「不然妳找其他檢察官去好了。」

「我跟檢察官只會聊案子，那不是飯桌上的話題吧？」說來說去就是我不該一時想不開起了頭，現在騎虎難下了。

「沒關係，陳檢還沒正式回去，妳還可以問問妳們所裡其他人有沒有空。」她建議。

這時餐點送上來，我們兩個默默地兩三口就把沙拉和飯吃完，沒辦法，平常太忙了，習慣五分鐘之內解決食物，看在別人眼裡可能以為我們肚子餓到不顧形象吧？也因此我們才約在咖啡廳，至少吃完飯還可以靠附餐飲料坐久一點。

不過有時候這種顧慮也沒有意義，例如現在。

才剛吃完飯，張欣瑜的手機就響了。上班時間手機響，總不會是好事，她無奈地皺起眉心，拿出手機接聽，「喂。我是。」

我聽到她覆述了一個國中的名字和地址，回答「我馬上到」，然後收起手機。

不等她開口，我就道：「沒關係，妳去忙吧。今天本來就是妳的上班日，還麻煩妳抽空出來吃飯。」

「不會啦，幹嘛那樣講，一個人吃飯也很無聊。」她像是想到什麼，問我道：「宜臻，妳要不要順便來一下？剛才檢座說地檢署的法醫和檢驗員現在都分身乏術，沒辦法馬上過來。」

「命案喔？」我問。

她點頭，「有個國中女生，在學校上吊了。」

我和張欣瑜用一分鐘喝完附餐飲料，各自騎車回到附近的××分局。一名穿淺藍條紋襯衫的年輕男子站在銀色偵防車的車頭旁抽煙，看到我們過來便從褲子口袋裡拿出一個名片大小的扁型金屬盒，把剩下的煙捻熄在盒裡收起來。

那名男子是刑警林曜維，之前網路新聞中，酒駕駕駛抱著他大哭的影片實在太好笑，讓我對他印象深刻。

「妳看，我買了一個隨身煙灰缸喔！」林曜維獻寶似地晃著手中的銀白金屬盒。

張欣瑜只看了一眼，「喔。」

我覺得默默收起盒子的林刑警，看起來好像沒得到期待獎勵的大狗狗，讓人有點想摸摸他的頭。不過下一秒他又恢復笑臉。

「沒想到這麼剛好，欣瑜正在和白法醫吃飯，這樣就不用花時間等地檢署的法醫來看了。」林曜維爽朗笑道。

「嗯，是啊，真巧。」張欣瑜回得一點幹勁都沒有，打開偵防車的後門請我上車，然後自己坐進副駕駛座。

剛被罵一頓，然後才吃完飯、椅子都還沒坐熱就被叫走，也難怪她心情不好。原本我是這樣認為，不過和我想的好像不一樣。

張欣瑜嘆口氣，道：「在學校自殺，八成是被霸凌吧？可是這種事不會有人承認，希望有同學還有點良心，可以出面指證。」

正值青春年華的少女在學校上吊，確實是事出必有因。

「這種案子確實比較麻煩。」林曜維也有些無奈地點頭，「除非真的有犯法，不然就算知道霸凌的人是誰也很難定罪。」

「最後還是只能看著那些屁孩擺出一副『不關我的事』的樣子。畢竟不和被害人講話又不犯法，常常不小心把拖把的水甩到人家身上、打翻便當盒也不犯法。」張欣瑜說著又嘆氣，「啊，約會被打斷就很幹了，現在心情更差。」

「約會？」林曜維的語氣很吃驚，「跟誰？」

張欣瑜理所當然指向後座的我，「白法醫啊。」

「喔、喔……」林曜維恍然大悟，然後不好意思地笑了幾聲。

說到霸凌，不知道我自身到底散發出什麼樣的氣場，記得以前我從國小到高中都沒朋友，連分組都沒人要找我，老師指派安插之後常常受到組員嫌棄、報告都丟給我做……後來想過，我以前應該是被排擠了吧？但當時沒有放在心上就是了，因為我在家裡被排擠得更糟，讓我有「我沒有優點」、「別人討厭我是應該的」、「我本來就該做所有的事」這些負面想法。和家人相比之下，同學的默默排擠還算挺溫和的。

我沒去死的原因，大概是我一心想找機會狠狠打擊家人，我死了並不會打擊到他們，我要好好活著才能為自己出一口氣。

但我不會因此責難自殺者，我只會疼惜那些在痛苦中逝去的生命，惋惜著若有人能在那種苦海中拉他們一把就好了……

我們到學校時，因為國三學生在週六還得來半天自習，所以有不少學生聚在一起驚恐地竊竊私語。

黃色警戒線外站著一位身高只比我高一些、身材中等的中年人，員警向我們介紹那人是訓導主任。難怪這裡沒有學生圍觀，大概是因為他在這裡把想看熱鬧的學生都趕走了。

檢察官還沒來，張欣瑜叫林曜維去問主任關於上吊學生的事，她則跟我去看死者。

頭髮長度過肩的女學生屍體已經被放置在鋪了塑膠布的地上，上吊用的繩子也放在一旁。臉色蒼白的女孩穿著繡有校名與校徽的深藍色運動服外套，下半身是顏色一致的深藍色運動褲。露出外套袖口的雙手呈現與臉部不同的鐵青色，那是上吊者的屍斑位置。

我戴上口罩和手套，還沒蹲下細看，就發現有點不對勁。

女孩下半部的臉，從鼻子到下巴，還包含臉頰，都有輕微瘀血，鼻孔也殘留一些血跡，我想掀開她的眼皮，但眼皮僵硬了，我暫時先不強行掀開，不過雙頰與上下眼皮有點狀出血，這是典型的外力窒息死亡產生的現象，一般不會出現在上吊死亡。

四肢與軀體也呈現僵硬狀態，我小心抬起她的左手，稍微拉高袖子，想看看是否有遭到拘束的痕跡，但屍斑的顏色可能掩蓋淤血痕跡，這部分目前暫時無法判斷。

我按一下她的手，屍斑沒有消失，初步估計死亡超過十二小時。我彎腰仔細看她的指甲，幾個指甲尖端有一些褐色髒污，然而她的頸部沒有抓痕，所以不是她在窒息痛苦中掙扎抓傷自己所留下的。

這些外表的徵象，都讓我覺得這女孩的死因不單純。

上吊的繩索是童軍繩，我聽旁邊鑑識員與張欣瑜的對話，得知繩子是掛在一根樹枝上，再綁在樹幹上，所以最初判斷是女學生自己把綁好繩圈的繩子扔過樹枝，將末端綁在樹幹上。

「沒看到墊腳的東西啊？」張欣瑜問。

「她可以踩著那邊的石頭再跳下來。」

我轉頭看鑑識員指的地方，那裡有五個高高低低的柱狀石頭圍成一圈，高的大約到我的膝蓋，矮的大約少十公分，從上方打磨得光滑的平面看來，用途可能是椅子。離樹最近的一個石椅，目測距離至少超過一公尺。

「繩索長度夠嗎？」張欣瑜問：「會不會跳下來剛好腳著地？那石頭很矮，又那麼遠。」

「先不說那個，那還得再測量計算。」鑑識員拿起童軍繩，「這些磨擦痕跡就夠可疑了。」

我也湊過去看。白色的童軍繩上面，有一段很長的磨擦髒污，甚至磨斷了一些編繩子的線。

「樹枝上也有磨擦痕跡嗎？」張欣瑜面色凝重地看著繩子的磨擦痕。

「剛剛有請一位老師去拿梯子……啊，來了來了。」

隨著鑑識員的話，我和張欣瑜一起回頭，一名膚色偏深、穿著貼身T恤加格紋襯衫的男子扛著一個長鋁梯過來。鑑識員架好梯子確定穩固後，便爬上去檢查樹枝。

我的目光隨著老師與鑑識員的動作望向樹幹，卻沒有和張欣瑜一起抬頭看往上爬的鑑識員，而是停在樹幹後方。

在樹後與圍牆間的陰影處，我看到了一名女學生，有一頭過肩的長髮，穿著這所學校的體育服外套與褲子。

雖然我不認識這所學校的任何一個學生，但那張臉我不可能不認得，因為我剛剛才仔細看過，就是躺在我身旁地上的死者。

我認出那張臉之後趕緊別開視線，正好張欣瑜轉頭問我：「妳認為是自殺嗎？」

「不太像。」我搖頭，「我懷疑是有人摀住她的口鼻悶死她，妳看她臉下半部的瘀血，而且有窒息死的跡象。」

我忽然覺得背後涼涼的。雖然已經是初冬了，不過今天氣溫應該不算冷才對。

——妳……看……到……了……

一個令人毛骨悚然的緩慢女聲穿入我的腦中。我渾身抖了抖，裝作不知道，和張欣瑜一起蹲下檢視死者。

「上吊不是窒息死亡嗎？」張欣瑜問我。

「通常上吊的死因是血液受到阻隔無法回流，而不是上呼吸道受到壓迫，而且因為血液會流到臉部，她整張臉應該會比現在的樣子還腫脹，偏紫紅色。」

我在解釋的時候，眼角餘光瞄到一雙半透明的深藍色褲管與白布鞋出現在我的左邊。

我馬上把注意力再放回屍體上。心裡什麼都不去想。

——妳……看……到……我……

我持續忽略那個聲音，指出死者臉部下方的不自然瘀血。

「真的耶。」張欣瑜指向死者左臉，「尤其左邊，好像隱約有手指的形狀。」

「嗯……待會兒送去相驗中心，就可以更明確知道是上吊死的，還是上吊之前就死了。」

——不……是自殺……

那個聲音一直不斷在腦子裡妨礙我的思考。

好啦我知道妳不是自殺的，狀況很明顯，會還妳一個公道的。我在心裡喃喃道。

——是……自殺……是自殺……

她說是自殺？我聽錯了嗎？我呆了呆，忍住抬頭看那個女孩鬼魂的衝動。

剛才應該是我聽錯了，嗯，一定是的，畢竟那也不是真的用「聽」到的，而且字句那麼破碎。肯定是我誤解了。

「樹枝上有一條磨擦痕，都磨出凹槽了。」鑑識員拍完照片從鋁梯下來，「可能不是自殺。」

「你們的意思是……」搬梯子來的老師發怔看著我們。

「她可能是被人悶死，再吊上去，假裝上吊自殺。」張欣瑜回頭望向在封鎖線外和訓導主任談話的林刑警，「不知道曜維有沒有問到什麼。」

——不！

強烈的「聲音」讓我頭痛。我不由得脫下手套按住額頭。

——是……自……殺！

「宜臻，怎麼了？頭痛嗎？」張欣瑜好像看出我臉色不太好，扶住我的肩膀讓我可以稍微靠著她。

「沒事，大概蹲太久，姿勢性低血壓。」我勉強笑了笑，不好意思地離開她身上，問道：「檢察官什麼時候才來？」

「不知道，再等一下吧。」

我只想快點驗屍，確定是他殺，接下來就是檢警趕快揪出兇手，還給女學生和家屬一個真相。

被偽裝自殺的死者，通常應該都是如此希望的吧？可是她一直在我腦子裡嚷嚷自己是自殺……這到底是怎麼回事？

「宜臻，妳沒事吧？」張欣瑜稍微歪頭看我一下，「我去問林曜維一些事，妳不舒服的話就先到車上等。」

「沒關係，我在這裡等檢座。」腦子裡的聲音停了，我想那個女孩應該認為我聽不到，放棄了吧？於是微笑道：「妳去忙吧。」

我看著張欣瑜拉起封鎖帶彎腰鑽出去，背後忽然有手指點我兩下，我吃驚轉身，一名嬌小的女孩抬頭看我。我想她大概一百四十公分左右，也穿著體育服外套與長褲，長髮在後頸綁成一束。

她看起來很立體也不透明，還碰得到我，應該是活人，大概仗著身材嬌小的優勢偷溜進來。可是為什麼要刻意叫我？

「姊姊，妳是警察嗎？」她問。

「不是，我是法醫。」我想起後面地上還有屍體，連忙催她離開，「這裡不能進來。」

她沒理我，又問道：「妳看到她了嗎？」

我愣了愣，「看……什麼？」

「我看得到喔，妳也看到了嗎？就是那個三班的女生，死掉的那個。她說和妳講話好累，不想講了。」女孩眨了眨眼，仍注視我，「她說她是自殺的。」

我正經道：「不，她不是。」

「她是。她那麼說的。」

如果不是我剛剛才被那鬼叫聲煩過，我或許會認為這個女孩有刻意誤導我的嫌疑。

「妳認識她嗎？」我換個問題。

「不熟。」她不在乎地搖頭，「誰跟她好就會倒楣，而且我是五班的。」

「有人欺負她？」

「妳說呢？」她笑了笑，「我只是被她叫來傳話，她說她是自殺的。妳既然是法醫，不是該為死者發聲嗎？」

「妳知道有人霸凌她，還相信她是自殺的嗎？」我仍一臉嚴肅回答她：「我是為死亡的真相做見證，不是為死者說謊。」

她聳了聳肩，「好吧，反正我把話帶到了，妳要是不照做……怨靈的執念很恐怖喔。掰掰。」她說完就彎腰鑽進旁邊的灌木叢裡，小小的身子一下子就消失在陰暗處，留下呆站原地的我。

國中生都愛搞神祕，不過看樣子那女孩也有陰陽眼，而且功能比我的好，聽鬼說話比我聽得清楚；但不管死者說得多清楚，我還是照屍體呈現的證據辦事，而現在的初步證據就已經不像自殺了。

死者想掩護誰？兇手嗎？

我望著地上已經蓋上白布的死者思考時，張欣瑜回來了，不過多了三個男人走在她前方。我認得出最前面穿西裝的中年男子是黃偉華檢察官，書記官跟在他旁邊，另一名穿著像助選外套似的黑紅色外套的中年男子我就不認得了。

「那位是校長。」張欣瑜悄悄對我說。

我馬上向檢座簡報死者外觀疑點，鑑識員也大略陳述現場狀況。此時殯儀館的人適時出現運走屍體，我聽到校長頻頻低聲問檢察官「聽起來是校外人士做的吧」、「和學生沒有關係吧」，但檢座以「目前無法排除可能性」否定這兩個問題。

「殺死女同學再假裝自殺，本校學生怎麼可能——」

校長還想辯駁，黃檢察官則像開玩笑般地回道：「人有無限可能。」

既然顯然是他殺，黃檢察官想和第一發現者以及死者的同學談談。

發現者是翻牆進學校打球的國二男學生，他們懶得走到正門，常常從那裡翻牆進來，圍牆外側的中央偏下方有個凹洞，用鞋尖卡住後一施力就很容易攀上牆緣，不過要從校內爬出去就沒那麼容易，除非會爬樹。

至於死者的同學，因為假日自習課只有半天，所以除了十幾個留下來看熱鬧的學生之外都回家了。

學生不是嫌犯，這不是強制偵訊，不過大概震懾於「命案」和「檢察官」這頗具威嚴的頭銜，留下的學生都很配合，一一進入空教室內和檢座與刑警們談話。

我不能進入教室，又沒騎車來，得等偵防車載我，而且反正解剖也要檢座和刑警在場，橫豎都要等他們，索性站在走廊，看著圍成小團體的學生們一臉興奮又緊張地討論電視與電影中的訊問情節。

不知道這些小朋友腦子裡浮現的是什麼場景，幾個男女學生和檢座聊過之後，大失所望地嚷嚷檢察官只是個普通阿伯，問的問題也很無聊，一點都不好玩。

我漠然看著這些把我當隱形人的學生。班上死了一個同學——就算不是同班同學好了，有一個生活圈裡的人死了，他們卻完全不在意地嘻笑喧鬧著，只想體驗被檢察官問話是什麼感覺。

我很難不相信，兇手不在這群學生之中。

手機響了，那些吱吱喳喳的學生終於靜下來看著我，好像現在才發現有我這個人。我連忙掏出手機走到旁邊沒有學生的地方接聽。

「宜臻，妳吃飯也吃太久了。」是張延昌，他確認般地問道：「沒事吧？」

「吃到一半發現命案，所以我就跟來了。」我無奈地道。

「跟刑警吃飯就是有這個缺點。」他笑道：「什麼命案？要驗屍嗎？要阿德幫忙嗎？」

接著我聽到手機裡傳出李育德遙遠的哀號：「啊？今天還要驗屍？不能等星期一嗎？我還要整理切片。」

「沒關係，我一個人就可以。」我不想增加李育德的負擔，陳安琪離職之後有他忙的，可不能再把他嚇跑。

通話結束之後，我看到黃檢察官和兩名刑警走出教室，看來是問完了，我趕緊收起手機追上他們。

「有頭緒嗎？」我問張欣瑜。

張欣瑜和林曜維都搖頭。

「校長說警衛昨晚巡邏時發現死者楊佳怡的書包和袋子都留在座位上，不過他只以為是學生忘記帶走，沒想太多。表示昨天晚上晚自習的時候她可能就遇害了。」張欣瑜皺著眉心，不愉快全寫在臉上，「可是剛剛那些同學，沒有一個注意到她什麼時候離開，還有人說『她昨天有來嗎？』嘻嘻哈哈的，看了超不爽。」

黃檢察官也是繃著一張臉，聽說他在偵查庭上是很兇的，要他忍著不能罵那群小鬼真是難為他了。

回到偵防車上，張欣瑜告訴我楊佳怡雙親開小吃店，家境普通、成績普通，是個不引人注目的文靜女孩。

「有問過老師，她有被霸凌嗎？」我問。

「訓導主任說女生就是愛搞小圈圈，沒加入小圈圈就會比較孤單，那是很正常的，不算排擠。本校學生單純，沒有霸凌事件。」林曜維也一副不以為然的語氣，還特意強調最後一句。

「校外人士犯案的可能性呢？那裡既然有個地方容易翻進來……」我問道。

「可是要出去只能爬樹，或是走大門，但警衛說只有外送的店員來過，沒有別人進出。有請鑑識再檢查樹幹和圍牆上有沒有纖維可採。」張欣瑜說。

「兇手帶著童軍繩，所以是預謀犯案嗎？」林曜維像在自言自語。

「校外人士犯案的可能性很低啊……」張欣瑜也思考著，「如果是校外人士，就是隨機犯案，他要怎麼把楊佳怡拐到那種地方去？而且為什麼要殺她？」

「上廁所的時候被襲擊？」林曜維猜測。

「把一個活生生的國三女生從校舍拖到那裡，不太容易吧？被害人應該會掙扎、大叫。通常那種情況會打昏對方，可是她的頭看起來沒有外傷。」我說出疑問。

「我還是覺得，比較可能是……」張欣瑜的語氣很消沉，「班上有人趁她出去──可能是上廁所，或喝水──的時候，又趁機欺負她，這次卻不小心弄死了，所以乾脆就……」

摀住她的口鼻，不讓她叫出來，卻不小心悶死她了嗎？

被摀住口鼻的女生，通常是遭遇到什麼狀況……我不想再揣測下去了，反正待會兒楊佳怡的身體會告訴我，我的想法是不是對的。

楊佳怡的父母已經在家屬等待室，哭紅的雙眼仍不停流淚，他們在黃檢察官面前下跪，痛哭著要檢座為他們的女兒主持公道。

公道啊……我想到當事人堅持自己是自殺，還要有陰陽眼的同學來遊說我。是否真相揭露後，會傷害到誰？

我一路悄悄注意有沒有鬼魂，但就連進了解剖室，我都沒有看到楊佳怡，不知道她到哪裡去了，該不會是沒跟著身體一起過來吧？不過沒有可怕的聲音一直騷擾，對我來說也算是好事。

屍僵依然持續著，光是脫屍體的外套就困難重重，裡面的體育服我直接用剪的。剪開有深藍色短袖的白色體育服，死者穿著淺蘋果綠少女內衣的軀體顯露出來，也讓我們看到胸部的淡淡青紫色痕跡。

「屍斑嗎？」張欣瑜問。

「屍斑不會只出現在胸部，而且她是吊著的，血液都積在這裡。」我指著泛紫的前臂與手掌。

「那這是……」黃檢察官看著瘀血部位沉吟一下，抬眼看我，「揉捏？毆打？」

「看這零星分布的狀況，都有可能，而且挺用力的。」

我正要剪開死者的胸罩中央，忽然發覺胸罩的位置偏低。我稍微拉開罩杯看一下，「胸罩位置偏低，應該不是死者自己穿上的。」

解剖室內只有鑑識拍照的聲音，大家都沉默不語。

記錄完死者的身高體重與外觀，剪下她的指甲後，我做的第一件事不是Y字剖開，而是先檢查她的陰部。

陰道口有明顯撕裂傷，傷口呈紅色且有發炎反應，代表她在被性侵時還活著。

「性侵啊。」看過剛才胸部的瘀血，黃檢察官對這個發現不太驚訝。

楊佳怡遭到捂住口鼻、揉捏或擊打胸部、強暴，犯案人數至少有兩人。童軍繩可能一開始是用來綑綁她的，這想法讓我又回去仔細檢查她的手腕，但沒有擦傷，是否有瘀傷要等明天才看得出來。

我拿細梳子小心梳理還不茂盛的陰毛，說不定兇手的毛髮會混在其中；再拿幾根棉花棒謹慎採集陰道與周圍的體液，當場做固藍B測試，棉花棒大約一分鐘就變成鮮艷的紫色，代表檢體極可能是精液。

接著進行軀幹解剖，從器官看得出來這是一名健康的女孩。

「頸部沒有血腫，是死後才吊上去的。」我用鑷子拉開屍體的頸部皮膚檢視皮下出血狀況。

「這下可不是一般的霸凌而已了，是犯罪。」黃檢察官嘆口氣，「好。全班都要叫來再問一遍，包括昨晚的老師和警衛，順便調監視畫面。這次可不是親切阿伯的無聊閒談了。」

看來黃檢察官聽到當時那些學生在走廊上的戲謔話語了。希望因為畢業在即，會有人良心發現，勇於告發，不然青少年小團體的口風有時很緊的。

說到告發，我想起那個嬌小的女學生，姑且稱她「通靈少女」好了。不知道楊佳怡有沒有告訴她為何要堅持是自殺。

我邊想邊填寫死亡證明書，在勾選死因時，握筆的右手忽地碰到一個冰涼的東西，然後筆尖自然而然偏到「自殺」那一格。

我發覺不對勁之後，馬上把筆拉回來勾選「他殺」，再定睛一看，一隻半透明的手握住我的右手，企圖讓我的筆亂畫。

看那隻手腕後的深色袖子，我想是楊佳怡。我實在很想轉頭大罵：我沒有要玩筆仙，不要亂動我的筆！但我不想讓她知道我看得到，也不想讓在場其他人知道。

可是她為什麼能影響我的手？

腦中驀地出現通靈少女最後那句「怨靈的執念很恐怖喔」。因為楊佳怡心懷怨恨，所以有特別的力量嗎？

現在不是想那種事的時候。我用力握住中性筆甩一甩，張欣瑜問道：「筆斷水嗎？」

「嗯，對啊，有點不太好寫。」我乾笑幾聲，甩完之後再迅速填寫其他內容，已經管不了字好不好看了。

好不容易寫完，黃檢察官看著上面龍飛鳳舞的字跡皺起眉心，但也沒多說什麼。

向死者父母說明的時候實在煎熬，一聽到女兒被人姦殺，楊母更是哭天搶地，整個人無力地癱軟在椅子上，不斷哭喊：「為什麼啊……我的女兒啊……」。

「楊同學有提過她在學校的人際關係嗎？」黃檢察官問道。

攙扶妻子的楊父搖頭，「她本來就是個安靜的孩子，大概從小五開始，話更少了，但是看起來也好好的啊……她有空就會到店裡幫忙，從來不用我們操心，大家都說她好乖……好乖……」

說到這裡他也泣不成聲。我裝作不經意左右看看，但儘管父母哭成這樣，楊佳怡卻沒有出現。我看得到的死者魂魄通常會捨不得親人，哀傷地看著難過的親人，難道她對父母沒有一點留戀嗎？

可能這對父母沒有真的了解他們口中好乖的女兒。也不能怪他們，青春期的孩子本來就很會把祕密憋在心裡，只和好友交心。可是楊佳怡似乎在班上沒有朋友，從那個通靈少女的話中聽來，別的班級可能也沒有楊佳怡的朋友。

「誰跟她好就會倒楣。」

連別班有人要和她交朋友都會被盯上，把楊佳怡逼到這種地步……如果問那些小鬼「為什麼這麼做」，恐怕得到的會是「沒為什麼」、「好玩啊」這種讓人想掐死他們的答案。對那些人來說，霸凌是不用理由的。

「她有男朋友嗎？」黃檢察官問道。

楊父搖頭。黃檢察官又問：「那她有好朋友嗎？」

「小學的時候本來有一個，不過……好像國二之後就沒怎麼來往了。」楊父吸著鼻子回答。

黃檢察官詢問朋友的名字，用一定會盡快揪出兇手之類的陳腔濫調安慰兩人，之後回到殯儀館內的檢察官辦公室交代調查事項。

回到偵防車上，張欣瑜百般無奈地說：「學生都還只算是關係人……我覺得沒有人會來，再不然就是我們會被家長罵慘，登上新聞版面。」

「為什麼？」林曜維好奇問道。

「國三生耶，要準備考高中了，還偵訊？警察只會擾民！那種變態事情一定是校外人士幹的！」張欣瑜模仿想像中家長激動的樣子，然後恢復無奈語氣，「八成會這樣。」

「反正通知書寄出也要時間，我們可以趁這幾天先查清楚，有沒有校外人士或校內成年人犯案的可能性。」林曜維笑著安慰她。

「呃……我想請問一下。」我插話問道：「如果學生應訊，可以順便採男學生的口腔黏膜嗎？只是用棉花棒抹一抹口腔而已。」

「做什麼？」張欣瑜剛問完，我才要回答，她就自己想到了，「啊，妳是要和精液比對嗎？」

我點頭。林曜維猶豫道：「不確定行不行耶……如果有請律師，律師可能會叫他們不要做，畢竟只是關係人而已。」

「會請律師？」我很驚訝。

「家長不能陪著，但可以請律師陪。」林曜維解釋道：「律師都是能不做就不要做；如果只有學生自己一人，可能認為抹一下無所謂。」

「可是我猜有涉嫌的學生多半會請律師。」張欣瑜很不樂觀。

◆

回到分局的地下停車場，雖然重新粉刷過，走出車外還是能聞到似有若無的煙燻味。

張欣瑜抱歉道：「不好意思，妳有事要忙還把妳拖來。」

「遲早都要驗，而且新鮮的比冰過的好，更能正確掌握死者的狀況。」我笑道。

「新鮮的……」林曜維好像覺得這個形容詞很怪異，也笑了起來。

「今天謝謝妳了。那麼就——」

我抓住張欣瑜的手，「可以再佔用妳一些時間嗎？」

張欣瑜不明就裡地看著我，但沒有多問，而是回頭對林曜維道：「你先上去吧，我跟白法醫有事要講。」

「我不能聽嗎？」

「不行。」張欣瑜站到我旁邊，笑道：「這是women's talk。」

林曜維故意道：「哼，搞小圈圈。」然後笑著向我搖搖手，轉身走了。

我又看了一遍四周，要確定楊佳怡不在才能對張欣瑜說剛才的事。

張欣瑜看著我，問道：「宜臻，妳還好嗎？從剛才就有點怪怪的。」

我靠近她，小聲道：「我看到楊同學了。」

「鬼魂嗎？」她也跟著降低音量。

「當然，不然是活人嗎？」

好像也發覺自己說了蠢話，張欣瑜不好意思地噗嗤笑一聲，接著趕緊問道：「她有說什麼嗎？兇手是誰？」

我搖頭，「她一直說她是自殺。剛才還想弄我的筆去勾自殺那格。」

「為什麼？」她很驚訝。

「我也不知道。我本來以為是我弄錯她的意思，畢竟我的陰陽眼什麼的都只是半調子而已。」我苦笑一下，「可是她還找一個看得到的女孩子來跟我說，她堅持自己是自殺。」

「什麼？」張欣瑜更驚訝地張大雙眼，「她朋友嗎？」

「好像不是，那個女孩說是五班的，矮矮的大概這麼高而已，頭髮很長，綁在後面。」我比了一個大約到我胸口的高度。

「她會不會是共犯，假藉替死者傳話，想誤導妳？」張欣瑜的表情變得嚴肅。

我回想當時的情景，「看起來不太像，而且我也聽到楊同學說她是自殺。」

「那就是她想袒護某人，某個共犯。」張欣瑜在隨身小記事本上寫字，「妳說那個矮矮的女孩子是五班的嘛？有看到學號嗎？」

「沒注意。」

「等星期一，我看能不能找那女孩問話。」她寫完，收起記事本，「妳能問問楊同學為什麼堅持是自殺嗎？證據那麼明顯，不可能翻盤成自殺，她如果真的是想袒護某個共犯，說出來搞不好有商量的餘地。」

「可能觀落陰會更有效。」我無奈攤手，「我沒看到她了，大概她看我不理她，她也不理我。」

張欣瑜嘆口氣，抱胸靠著偵防車沉默一會兒，喃喃道：「真搞不懂青少年在想什麼。」

「雖然曾經是青少年，但我也不懂。」我點頭同意。若非當年我成績很好，有老師撐腰，說不定會更不好過，而我到現在還不知道被排擠的原因。

「欺負人到這種地步，一定要把那些人渣揪出來。」她勉強露出淡淡的笑容，雙手握住我的右手，「不好意思，今天的午餐砸了，心情也砸了。」

「又要年底了，妳也很忙。這件案子之後，再找一天悠閒地吃晚餐吧。」我笑道。

從停車場走回地面，分局前已經停了一排各家新聞台和報社的車，從分局正門的樓梯下，就能看到擠在裡面的記者與此起彼落的閃光燈。

這件加工自殺的姦殺案成為晚間新聞的頭條。副分局長說兇手身份未明，極可能不只一人，但校長卻擅自先說是校外人士所為，並取消三年級的晚自習，要學生別逗留校園。

記者不知是挖到消息還是自行揣測，問校長死者是否長期受到霸凌，校長當然否認；不過我深夜看的時候，某家新聞台有獨家消息，說是訪問到該校的別班學生，當事人畫面經過馬賽克與變聲處理，證實死者從二年級起受到集體霸凌，但這次的事情他不清楚。

我關了電視，讓自己陷入沙發裡。心情很悶，悶得不得了。

兇殺案大都讓人心情鬱悶，我很想說我習慣了，但我沒有，對破案的期待，是我稀釋這股鬱悶的方法。

然而這次的被害者卻好像不想揪出兇手；破案帶來的正義，只是我們這些局外人的一廂情願嗎？

這讓我更鬱悶了。

◆

我坐在一間教室裡。一排排整齊的方形課桌椅、講台與講桌，看起來像是國高中的教室。有多少年沒坐在這種木板椅上了呢……但我一點都不懷念那段時光。

不太記得求學時有過什麼快樂時光，只有拼命讀書的記憶而已；現在比當時好得多，有相處不錯的同事、偶爾不是很體貼的主管，還有張欣瑜這個朋友。

我走出教室。現在是晚上，學校裡一個人都沒有。我向左看著走廊，總覺得有熟悉感，再回頭看教室門上的牌子。

三年三班。

「妳為什麼不照做！」

一句生氣的話引我轉頭看向另一邊。一名眼熟的長髮女孩，穿著一身深藍色體育服站在我身旁一步的距離，怒目瞪著我。

我不由得退一步，怔怔地看著她。這張臉……啊，是楊佳怡。我在做夢。

「為什麼要寫他殺！」她氣到幾乎要哭了，大吼道：「我就說我是自殺了啊！聽不懂國語嗎！」

「妳身上的證據那麼明顯，就算妳讓我勾自殺，我也會丟掉重寫一張。」我冷靜地回答後問道：「妳為什麼不想揪出兇手？」

「都是妳害的！都是妳害的！」她並不回答我的問題，漲紅了臉尖聲叫著，撲過來掐住我的脖子。

脖子好痛、呼吸困難……即使知道自己在做夢，掐頸的痛苦依然如此真實。

如果在夢裡死了，應該不會怎麼樣吧？

想著這個問題時，我猛然睜開眼睛，映入眼中的是黑暗的房間，我正躺在床上，滿身大汗。

果然不會怎麼樣。夢畢竟只是夢。

我想坐起來，卻發現身體動不了，連頭也無法轉動，身體彷彿不是我的。

難道在夢裡死了，現實中會變成植物人嗎？

我還在驚訝這個發現時，黑暗的天花板上慢慢浮現出一個物體。是一張臉……還有身體。

哎，又是楊佳怡。

她跨坐在我身上，惡狠狠地看著我。老實說，她的表情確實令我害怕，好像恨不得殺了我。

「妳不要再插手了！」她說得咬牙切齒。

她的話聽得好清楚，這表示我還在做夢嗎？

「非自然死亡的屍體總是要驗的，我不驗也有別人驗。」我平靜地勸說：「妳想保護誰？說不定他的罪沒那麼重，又是未成年——」

「閉嘴！妳不懂！」她又掐住我的脖子，看來她真的很想殺我，「妳害了他！都是妳！都是妳！去死！」

幾近窒息之後我再度猛然醒來，大口喘著氣，迅速看一下周遭，我正躺在床上，手腳都能動，於是連忙坐起來。

終於離開夢中夢了。我撐著低垂的額頭深呼吸，等待急促的心跳穩定下來。

不經意地，眼角瞄到右邊站了一個黑影。屋裡出現第二個人，讓我驚嚇得往左邊彈。

定睛一看，是楊佳怡。這反倒令我鬆一口氣。我寧可看到鬼，也不要在家裡看到陌生人。

她像在夢裡一樣瞪我，仍是一副恨不得殺了我的表情。

——去……死……

緩慢的低沉語調出現在我腦中，非常有現實感，也讓我確定真的不是做夢了。

——為什麼……裝作……看不到……

我嘆一口長長的氣，無奈道：「看得到妳又如何？事證擺在眼前，檢察官都看過了，妳是他殺的事實已經無法扭轉。我不是警察，妳想保護誰？跟我說說看，好嗎？」

——妳……不懂……

「妳不說我怎麼會懂？」

她兇惡的表情忽然變得帶點悲傷。

——太……遲……了……

接著，她從我眼前消失了。

她的消失令我傻眼。為什麼有話不能好好說啊？什麼東西太遲了？如果她想袒護的人是共犯，從他加入的那一刻起就已經遲了，跟我有什麼關係？

「很多事情都可以找到其他解決方法，事情發展不見得像妳想的那麼糟。」我對著黑暗的空間說道。

我才說完，牆邊的衣帽架就碰的一聲倒下，衣櫥也發出幾聲大響，像是有人在踢它，又嚇我一跳。不如意就亂摔東西嗎？現在的小孩子真是……

半夜的小插曲害我第二天起得晚了，還好是星期日，今天打算做的只有再去檢視楊佳怡的屍體，看看手腳上的屍斑退掉之後，有沒有出現其他痕跡。

星期日許多人都晚起，早餐店現在正是人潮鼎沸的時段，我吃著饅頭夾蛋，放空腦袋望向播放新聞台的電視，忽然一則新聞讓我回神。

楊佳怡就讀的S國中，又有一名王姓女學生陳屍在學校旁邊的公園。

據記者所述，王姓女學生昨天傍晚出門後就沒有回家，天黑後家屬到處找人、撥打手機，最後是路人在公園聽到手機鈴聲一直響，才發現躺在長椅上的王姓女學生。發現時已斷氣多時。

「死者沒有外傷，疑似服藥自盡。是否與昨日遭姦殺的楊姓女學生有關，警方還在調查。」

早餐店裡的常客阿伯和阿姨大聲談論這兩件命案，篤定王姓女學生是良心不安自殺，然後延伸到耳聞的其他霸凌事件，以及校園毒品問題。我則是迅速解決早餐，快步走回家後打手機給張欣瑜。

「唉——」她嘆了好大一口氣，「死者就是楊同學的國小好友王雅芬，十班的。還沒問她話就死了，唉。」

昨晚楊佳怡說的「太遲了」，指的就是這個嗎？可是就算她是自殺，也難保王雅芬不會因為受到袖手旁觀的良心譴責而自殺。

而且，王雅芬真的是自殺嗎？

「有遺書嗎？」

「沒有，不過也不是所有自殺的人都會寫遺書。只是死因還不清楚，她父母說她平時沒異狀，不可能吸毒，抽血也沒驗出毒品成份。還在化驗血液中有沒有其他成份。」

「我要去再看看楊佳怡，妳和鑑識什麼時候有空，再告訴我。檢座方便的話也許可以順便解剖王雅芬，外表沒有傷口，有可能是內傷。」我補問一句，「妳認為是自殺嗎？」

「自殺也不是沒可能，或許她自責自己袖手旁觀，害死好朋友。問題出在藥物來源，還有……為什麼特地跑去公園，不在家裡自殺？在家裡還可以鎖門，在外面要是馬上有路人叫救護車，說不定就死不成了。」她自己說著說著，好像發現什麼似地，「對喔，說不定就是不想死，只想做個樣子？就像一些嚷嚷著要跳樓的人只是想引起注意而已，沒想到現在社會太冷漠，於是就死了。」

「這個風險也太大了。」我苦笑。

「國中生嘛，不懂事情嚴重性，弄假成真。這也並非不可能。我問問檢座的安排再跟妳說。」

黃檢察官很忙，叫張欣瑜和林曜維有發現再告訴他；負責王雅芬的林惠玟檢座下午有空，於是我和張欣瑜敲定午餐後再去殯儀館。

既然如此，當然也順便和她吃午餐，一起聊聊。

「昨天晚上楊佳怡來找我了。」小吃店老板娘把乾麵端上桌，我拿不鏽鋼筷攪拌。

我還沒接著說下去，張欣瑜就雙眼一亮，「她有說什麼嗎？」

「她想殺我，在夢裡掐死我兩次。」我苦笑，「氣我沒照她的意思寫自殺。」

「啊？」張欣瑜皺歪眉毛，整張臉寫滿疑問，「她有說為什麼要騙人是自殺嗎？」

我搖頭，「只說什麼『太遲了』，很難過的樣子。」

張欣瑜攪一攪肉羹湯飯，大吃一口，「太遲了……是說王雅芬嗎？」

「可是我覺得關連不大。如果她是自殺，王雅芬就不會尋死嗎？」

我說了之後，張欣瑜鼓著塞滿湯飯的雙頰蹙眉思考。她這模樣好像一隻貪心的倉鼠，真可愛。

「搞不懂。」她用不鏽鋼湯匙挖起一匙飯吹了吹，然後停下動作，「還是說，王雅芬不是自殺，是被殺的；楊佳怡知道有個人會為了她去展開報復，為了不讓那個人犯罪，所以希望妳判定她是自殺的。」

「如果是那樣……她來找我的時候是半夜，王雅芬已經死了，確實是『太遲了』。」我一邊想著，一邊唏哩呼嚕地一口把剩下的麵吃完，一轉眼碗裡只剩豆芽和小白菜了。

「妳也吃太快了吧？」張欣瑜看一下手錶，「兩分鐘而已，妳以為現在是快食王比賽嗎？」

「要不是湯飯太燙，妳以為妳就吃得比較慢嗎？」我回嘴。

她對我得意地哈哈笑幾聲，低頭裝作要大口扒飯的樣子，我忙道：「慢慢吃，燙傷就不好了。」

她攪拌著還在冒熱氣的湯飯，狀似懊惱，「早知道就不吃肉羹湯飯了。」

「這有什麼好比的啦。」我笑道：「贏了又沒有獎品。」

張欣瑜好強地噘嘴「哼」一聲，不過嘴角是笑著的，然後回歸主題，「不過那也得先證明王雅芬不是自殺。」

「國中生……如果是服藥自殺，卻不是用毒品，我想不出還有什麼可以用。」我左手撐著臉頰，把碗裡的菜集中挾起來，「一般處方感冒藥又吃不死。待會兒找找她身上有沒有針孔。」

「她好像有喝一瓶小寶特瓶的L牌巧克力奶茶，喝了半瓶多，就放在長椅旁邊的地上，那個也一併送去化驗了。」

「對了，她被發現的時候，是躺在長椅上？」我問道。

張欣瑜點頭，「發現的人說她好好地躺著，雙手還疊在腹部，看起來就像在睡覺。」

「有驗出安眠藥、鎮定劑嗎？」

她搖頭，「那個還不知道，初步只先檢驗毒品。可是她家人好像都沒服用過量就會致死的處方藥，也沒有安眠藥。」

「如果沒有吃安眠藥，可能靜靜地死掉嗎？」我在記憶庫裡搜尋印象中會致死的藥物。

「沒有那種東西嗎？」

「長期一點一點服用的話比較有可能，短時間見效的通常會很痛苦，會頭暈、抽搐、嘔吐、呼吸困難……之類的。可以看看胃裡有沒有藥物殘留。」

「那可以假定，是有人把她擺成那個姿勢的囉？」張欣瑜思考著。

「那只是假定，還是得證明。」

肉羹湯飯也在聊天之中見底了，我們正要起來，一個男聲伴隨著香煙的味道來到我們桌旁。

「啊？妳們吃完了喔？本來想一起吃的。」林曜維有點失望。

「你還是可以吃啊。請坐。」張欣瑜站起來讓出位子。

我看林曜維為難的表情，他應該是想和張欣瑜一起吃吧？

「吃快一點喔，免得耽誤林檢的時間。」張欣瑜叮嚀完，用眼神示意我一起走。

「妳好冷淡喔。」離開小吃店之後我揶揄她，「我看林刑警很想跟妳吃飯。」

張欣瑜一臉莫名其妙，「可是我吃完了啊，誰叫他那麼晚來。」

「妳不覺得，他好像喜歡妳？」我直截了當地問。

張欣瑜張著嘴巴，一臉看到瘋子的表情，「神經。怎麼可能。」

「看起來有點像。」我想到另一件事，「他為什麼要特地向妳報告買了煙盒？」

「那個啊，大概是上次他亂彈煙蒂被我唸了才買的。要是被人拍照檢舉就糟糕了，現在每個人的手機都能拍照耶。」她無奈地說。

我不禁莞爾。這樣也想要稱讚，年輕人真可愛。

「煙盒怎麼了？」張欣瑜反問我。

「沒、沒事。」我搖頭，「妳不喜歡他嗎？」

「……別鬧了。不要因為妳有陳檢，就亂點鴛鴦譜喔！」她反攻我一城。

沒想到她突然來這招，我連忙否認，「什麼什麼什麼、我跟陳檢什麼都沒有，別亂講！」

「妳臉紅了！」她淘氣地奸笑。

「這是生氣的臉紅！」

走回分局的腳步不知不覺變得輕快。每次和張欣瑜一起聊天、一起笑鬧，都讓我相當愉快，彷彿填補了以前孤獨的青春歲月。

走進分局，好像有重大發現的鑑識員跑出來嚷道：「欣瑜！寶特瓶上有指紋！」

「當然會有指紋啊。」她覺得鑑識員興奮得莫名其妙。

「不是，是『只有死者的指紋』，而且只有一組！」

我們兩個一愣，終於明白他興奮的原因。

一個寶特瓶，就算不論製造過程與填裝過程，至少在店裡上架、結帳的時候一定會碰到不同店員的手，不可能只有死者的指紋；人在挑選、裝袋、開瓶時也會碰到許多次，更不可能只有一組指紋。

很可能是死者死了之後，兇手把瓶子擦乾淨，再拿她的手去握住，製造指紋。

「根本可以確定是他殺了吧？」張欣瑜也精神大振。

坐在旁邊的資深刑警大哥搖頭，「想太多。寶特瓶上的指紋可以是死者自己擦的。」

「死者幹嘛擦指紋？」張欣瑜不服氣反問。

「誰知道？可能她有潔癖？人都死了，沒得問啦。」刑警大哥聳肩。

「也對。」鑑識員有些洩氣，「得先證明當時有第二人在場才行。」

「沒人看到嗎？監視器呢？」我問道。

「那個長椅幾乎被杜鵑花樹圍了一圈，蠻隱密的，春天開滿花的時候，聽說很多情侶喜歡去那裡卿卿我我。」張欣瑜洩氣地坐下，斜拄著臉頰，「路口監視器沒用啊，傍晚公園很多人來來去去，沒辦法鎖定特定嫌犯。」

「真不懂杜鵑花怎麼那麼多人愛，那有毒耶。」我半開玩笑道。

「有毒？很毒嗎？」一聽到「毒」，張欣瑜整個精神來了。

「聽說白色和黃色的比較毒，嚴重的話也會死。」我連忙澄清道：「可是再怎麼毒，光是坐在旁邊也不會中毒，不然每年春天不就死一堆人了。」

「說得也是，到處都有杜鵑花，白色的也不少見。」張欣瑜似乎自嘲自己的過度反應，乾笑幾聲。

「但是也可以當成一個方向。到處都有杜鵑花，也是唾手可得的毒物。」我想了想，「先不管是他殺還是自殺，也許可以驗看看死者體內有沒有生物鹼，或是……杜鵑我記得好像是四環二萜的毒素。」

「身邊常見的植物就可以毒死人，好可怕。白色杜鵑花的花語還是『愛的喜悅』咧，以前聽到的時候覺得好美好浪漫，我以後沒辦法面對杜鵑花了。」張欣瑜一副毛骨悚然的表情。

「沒那麼嚴重吧。」我笑道。

此時林曜維手上拿著一個快吃完的麵包回來，然後把剩下的全塞進嘴裡，手遮住嘴巴口齒不清地說道：「好了，走吧。」

在解剖室再次看到楊佳怡的遺體時，不用我指出來，大家都看到和昨天不同之處了。她的雙手手腕附近和雙腳的小腿下側，出現青紫色的痕跡。

張欣瑜彎腰近看那些條狀痕跡，「這是……手指嗎？」

「有人在她死前用力抓住她，像這樣。」屍僵也已經退了，我小心地從腳跟稍微托起屍體右腳，用左手在痕跡的位置比個樣子。

「所以手腕這個也是被人抓住的？」林曜維也用自己的手比對屍體手部的瘀青，「我以為童軍繩一開始就是用來綁她的。」

「我本來也以為是，但她身上沒有綁縛的痕跡。」我道：「看來可以採指紋了。」

「如果兇手一開始身上就有繩子，沒理由不用來固定掙扎的被害人，所以是後來才回去拿的，就為了偽裝上吊。可以問問班上誰會帶童軍繩，或是誰曾經回教室拿童軍繩。」張欣瑜雙臂抱胸，目光停留在死者的手腕。

「如果有人肯講就好了。」我覺得期望不大。

「或者是，約談學生的時候請他們喝飲料，就可以拿到指紋和唾液來比對。」林曜維提出好點子。

「萬一他們不喝呢？」張欣瑜吐槽。

「逼他們喝。」林曜維開玩笑回應，然後提出比較正經的備案，「再不然，戴個橡膠手套和他們握手，至少會有指紋。」

「會不會太刻意了？」我笑了笑，覺得這做法有點蠢。誰會沒事在平常戴著橡膠手套。

「如果有指紋，一定很快就可以破案了。」鑑識員拍完照片，滿懷信心說道。

「現在好希望快點約談那些小鬼。」林曜維朝著張欣瑜笑著說。

張欣瑜點頭，「希望他們能再囂張一點，最好把我們當笨蛋，那樣就會露出破綻。」

把楊佳怡推回冰櫃，我一個人忙著清洗解剖檯時，殯儀館人員很快把王雅芬的屍體推進來，個頭嬌小的林檢察官跟在後面。

檢方在昨晚十一點四十分到公園的時候，報告上寫四肢的僵硬程度還不算太嚴重，朝下的屍斑也還會轉移，推估死亡三至四小時，對照王雅芬父母說她傍晚六點多出門，死亡時間可能是七、八點，距現在超過十二小時，所以又是僵硬得難以移動。

死者穿著很普通的淺藍丹寧緊身長褲、淺紫色長袖T恤與天青色薄外套，我小心地分離她的衣物，逐一檢視屍體外觀。

「沒有外傷。」我稍微用力掀開屍體的嘴唇檢視嘴角，接著扳開牙齒看口腔，然後用手電筒照進鼻孔。鼻腔與口腔都殘留一些淺棕色的液體與殘渣，「好像嘔吐過。」

「嘔吐？」林檢察官訝異地挑眉，「可是乍看並沒有，衣服也很乾淨。」

「會不會被人擦掉了？」林曜維道。

「有疑似衛生紙的殘屑。」我從死者下唇偏內側處，謹慎地用鑷子夾出黏在那裡的一小片大約一至二釐米的淺棕色不規則紙屑，邊緣還看得出細小的紙纖維。

「有沒有可能吐在兇手身上？」張欣瑜說完又補了一句：「如果有兇手的話。」

我不置可否，接著剖開王雅芬的軀體，但是體腔與顱內都沒有發現異狀，一絲出血都沒有，也是一名健康的少女。

胃裡只有少許淺棕色液體與極少的食物殘渣，當時她應該還沒吃晚餐。

若是中毒，胃的內容物都要保留，於是我把裡面混著淺棕色液體的少許稀泥狀的物體倒入不鏽鋼淺盤中。還是怕看解剖而站得稍遠的林檢察官這時才走過來看。

「液體應該是那罐巧克力奶茶吧？」我用鑷子撥開外觀早已消化殆盡的乳糜狀殘渣，「沒有看到藥錠或膠囊。」

「全部送去化驗，看看有沒有和那罐奶茶一樣的成份。」林檢察官道。

「如果奶茶有毒，八成就是被毒殺吧？自殺會那麼拐彎抹角嗎？」張欣瑜說道，順便把稍早我們的閒聊推測，以及寶特瓶上只發現一組指紋的事告訴林檢察官。

「嘔吐過再躺成那種姿勢就不太合理了，而且身上還沒有嘔吐物，他殺的嫌疑確實很重。」林檢察官點頭道。

「可是，兇手如果是為了替楊佳怡復仇，為什麼殺她？要殺也是先殺霸凌的人吧？」林曜維發問。

「說不定她也參與了？」張欣瑜猜測。

「班級又不一樣，難道是全校性的霸凌？不太可能吧？」林曜維小聲反駁。

「或者……」林檢察官沉吟一會兒，「兇手認識她，比較容易約出來，所以先下手。她對楊佳怡見死不救，對兇手來說也有罪。」

「認識的人？同校的？」張欣瑜自言自語般地問了之後又自己回答：「不對，同校的話，兇手不也是見死不救？一樣有罪。」

「所以可能是校外人士。」林檢察官講出結論，對兩名偵查佐道：「還是得積極尋找目擊者。如果兇手身上有嘔吐物，味道或許會有人有印象。」

張欣瑜點頭，「等會兒再去問附近居民。」

「會想為楊佳怡報仇，又認識王雅芬。」林檢察官想過之後，對兩位偵查佐道：「還是先去拜訪楊家，問問他們夫妻昨晚的行蹤。」

我整理好檢體和切片後看了看四周，沒有看到任何鬼魂。我不是專業通靈人，看不到並不意外；而且就算看到了，她也不見得會直接告訴我兇手是誰，楊佳怡就一直在跟我打啞謎。

王雅芬幾乎可以認定不是自殺，而楊佳怡為了保護兇手，寧願不揪出霸凌她的嫌犯。那個人會是誰？我倒不太那麼認為是她的父母。她的父母覺得她是個文靜乖巧的孩子，可是她對待我的時候完全不溫良恭儉讓，那或許才是她真正的脾氣，是從未表現在父母面前的一面。

林檢察官和刑警們又討論了一會兒，帶著書記官匆匆走了。

張欣瑜本來說要載我回分局，不過他們要去拜訪楊家，我也想去看看王雅芬的死亡現場，於是他們就順路載我到S國中旁的公園。

「我看妳寫死因不明。」在車上，張欣瑜略回頭問我：「妳個人認為的死因會是什麼？」

「沒有受傷、沒有內出血……」我抿一下嘴唇，「可能是神經毒導致的呼吸痲痺或心律不整吧？如果有人目擊到她死前的模樣就更能確定了，像是很痛苦的抓住胸前的衣服之類的。」

「像柯南裡面被氰酸鉀毒殺那樣嗎？」林曜維好像很有興趣。

「柯南？福爾摩斯嗎？我只看過幾篇。」我道。

「他是說卡通啦。」張欣瑜解釋。

「白法醫不看卡通的嗎？」林曜維說得好像是一件很稀奇的事。

「我很少看電視，沒時間。」而且我不看卡通。回歸正題，「你要說的應該是氰化鉀吧？氰化物中毒也會嘔吐，量多會窒息而死，不過死者的血液會是亮紅色，而且有一種怪怪的……一般說是杏仁的味道，跟王雅芬的狀況不一樣。」

「對喔，杏仁味。」林曜維恍然大悟，「真好奇是什麼味道，像杏仁茶嗎？白法醫妳碰過嗎？」

「一次而已，電鍍工廠的意外。」我回想那個氣味，「要說是杏仁味嘛……我個人覺得是有點像杏仁味的怪味道。」

「才一次？我以為很常見。」林曜維的腦子不知道在想什麼。

「漫畫看太多了啦，你以為超市就有賣喔？」張欣瑜揶揄他。

閒聊間我們回到S國中旁的公園，張欣瑜打開車門要和我下車，林曜維見狀也把車子熄火。張欣瑜奇怪地問他：「你要把車子停這裡，走路去楊家？」

林曜維愣了愣，「沒有啊，先跟妳們去公園啊。」

「我去公園找目擊者，你去楊家。分頭進行比較有效率。」張欣瑜說得理所當然。

「不能一起行動嗎？」林曜維抱著一絲期望。

「你要是不敢一個人去，就找輝哥吧！」張欣瑜想到一個好人選，「對，找輝哥，輝哥最會聊天套話，你也學著點。掰，晚點見。」

張欣瑜拒絕得這麼徹底，林曜維也不好再堅持，只好發動車子開走。

◆

張欣瑜帶我往公園內走。這座公園不算大，種了許多樹遮蔽視野，所以無法一眼看盡。我們沿著不規則石板鋪的小徑走到王雅芬的陳屍地點，杜鵑花樹圍成一個半圓，裡面有兩張長椅，石板小徑在裡面繞一圈，圓圈中央也種了杜鵑花樹；半圓的開口朝向一個應該是生態池的小池塘，池塘另一邊種了很多樹和植物，現在夕陽西斜，那一帶看起來很陰暗，不過視線還是可以穿過樹叢隱約看到對面的公寓，但晚上可能就比較難看出去。

杜鵑花樹圍成的半圓開口還綁著禁止進入的黃色封鎖帶，張欣瑜掀起帶子讓我進去，自己也跟進來。

「王雅芬當時躺在那張椅子上。」她指向右側的長椅。

長椅前方的石板有一小灘污漬，我蹲下來看，那些似乎帶棕色的污漬像曾有飲料灑出來，很平面，沒有嘔吐物的殘渣，可能是之前別人的飲料灑出來，也可能是被人擦過的嘔吐痕跡，或是當時王雅芬中毒後寶特瓶從手中掉落所流出來的。

「這裡有採樣嗎？」我指著那塊痕跡問張欣瑜。

「不知道，要問一下。」

張欣瑜打手機回局裡，我站起來看了四周一圈。我是想來試試能不能看到王雅芬的鬼魂，看樣子我看不到她。

我忽然看到一雙眼睛從小徑左端的杜鵑花樹旁邊探出來，接著對方從樹後走出來，站在封鎖線外——是上次那個自稱五班的女孩子，現在的她穿著粉紫色七分袖T恤和有荷葉邊的黑色七分褲，看起來像小學生。

「妳到底看得見還是看不見啊？」她一開口就沒頭沒腦地冒出這句話。

「什麼？」

「王雅芬坐那裡哭，妳沒看到？」她指向那張陳屍的長椅，「我以為妳是來找她的。」

我連忙回頭看長椅，上面空無一物。

「我不是常常看得到。」我老實說完，再問道：「妳叫什麼名字。」

她遲疑一下，沒有直接回答而是道：「問了有什麼意義？妳不怕我隨便捏造？」

不講就不講。我改問道：「妳問問王雅芬，是誰殺她。」

「她聽不見，不然就應該跟著道士走了。就算我問，她也不會理我。」女孩搖頭，「她只是一直哭，說對不起、對不起……之類的。」

「那，妳又是來做什麼的？」

她的眼睛滴溜溜轉動，「就……看熱鬧啊。」

那副有些心虛的表情，我覺得她似乎有所隱瞞，於是追問道：「妳昨晚看到什麼了，對吧？」

「沒有！」她瞪大雙眼否認，然後又低頭閉上眼睛，好像很想說的樣子，最後裝著自言自語一般說道：「楊佳怡說要是我敢告訴別人就殺了我。別問我。」

既然如此，為什麼又故意接近我們？一定是想講，但是又不敢講。

「心裡有祕密很難受吧？」我彎腰靠近她，微笑道：「來，告訴姊姊，妳看到什麼？」

「沒有，我什麼都沒看到。」她用力搖頭，綁在後面的長髮跟著甩動。

張欣瑜講完手機走過來，「怎麼了？這個女生是誰？」

「這就是我上次說的那位同學，看得到的。」我向張欣瑜介紹。

「喔？」張欣瑜雙眼一亮，「同學，楊佳怡有告訴妳什麼事嗎？」

「妳們怎麼都問一樣的事啦！警察這麼迷信好嗎？」她的語氣帶著嘲諷。

「她說楊佳怡威脅她不准說，否則殺了她。」我回答張欣瑜。

「啊？楊同學不是很乖很文靜的嗎？」張欣瑜有點訝異。

「死後性情大變吧？」女孩聳肩。

她剛說完，我們就聽到一個稚氣的聲音大聲道：「喔——阿姨，警察叔叔說不能進去！」

我們不約而同轉頭，封鎖線的另一頭有一個抱著一顆藍黃相間的球，看起來大約四、五歲的小男孩，指著我們大叫。

「哈哈！阿姨掰掰！」女孩乘機跑了。

小男孩看我們兩個沒有走出封鎖線，繼續叫道：「妳們完蛋了！我要告訴警察叔叔，把妳們抓走！」

張欣瑜無奈地看我一眼，走過去彎腰親切地笑道：「我就是警察，當然可以進來。」

小男孩呆一下，不相信地說：「騙人，妳又沒有穿警察的衣服！」

「因為我要祕密調查，不可以被壞人知道啊。」張欣瑜降低音量，用責怪的語氣道：「你還叫那麼大聲，萬一被壞人聽到怎麼辦？」

小男孩相信了，也小聲道：「真的喔？妳是祕密警察嗎？」

張欣瑜點頭。

「那我可以告訴妳一個祕密嗎？媽媽叫我不可以告訴別人。」小男孩神祕兮兮地說。

雖然小孩的祕密沒什麼重要，但是不知是張欣瑜喜歡小孩，還是打算唬人唬到底，她還是很認真地道：「好啊，那就告訴我吧。」

「我昨天晚上啊……」小男孩湊到她耳邊，還特地用手掌遮住側臉，但聲音依然大到我在旁邊都聽得見，「看到一個大哥哥從這裡走出去的時候，背上趴著一個姊姊。」

「你是說，有個大哥哥揹著一個姊姊？」張欣瑜問清楚一點。

「不是，那個姊姊趴在他的背上，直直的，不是用揹的。」小男孩的口氣有點不耐煩。

「為什麼媽媽說不能告訴別人？」我忍不住插嘴。

小男孩一愣，大聲罵我：「妳偷聽！」

張欣瑜很有耐心地重覆我的問題：「好，那你媽媽為什麼說不能告訴別人？」

「不知道，媽媽只說哪有姊姊，叫我別亂說。」他說得有些委屈。

張欣瑜和我對望一眼，大概知道是怎麼回事，她又趕緊問了那個「姊姊」的外觀——過肩的長髮、黑色的長袖衣褲。深藍色在晚上會像黑色，聽起來可能是楊佳怡。

「那個哥哥手上有沒有拿東西？」張欣瑜追問。

「有拿一瓶飲料。我看到之後也想喝東西，就叫媽媽帶我去買。」

「什麼飲料？」

「不知道，沒看到。」小男孩搖頭。

「你好棒。」張欣瑜拍拍小男孩的肩膀，「你媽媽說的沒錯，不要告訴別人，告訴我就好了。這是我們的祕密喔！」

張欣瑜和小男孩打了個保密的勾勾，叫他快點離開別被人看見，小男孩就心滿意足跑走了。

「妳對小孩真有一套。」我佩服地笑道。

她不太好意思地嘿嘿笑幾聲，「沒有啦，不然他一直大叫著不走，很麻煩啊。」

「不過打聽到意外的線索呢。」

「對啊，大哥哥……」張欣瑜的右手食指抵著下巴，「那個男生會不會就是兇手？因為還有……楊佳怡在他背上。」

「是男朋友吧？而且從國小就認識了，所以知道王雅芬。」我也猜測道。

「楊佳怡小五開始話變少，說不定是因為有了連父母都不能說的祕密男友。」張欣瑜感嘆，

「現在的小孩真早熟。我都還沒交過男朋友。」

「我也沒有啊，還不是活得好好的。」我也不知道說這話是想安慰她還是不服氣。

她看了我，然後笑起來，「對啊，幹嘛要男朋友。好！現在得查查她的男朋友是何方神聖。」

精神振奮的張欣瑜傳訊息給林曜維之後也到楊家去，想再詳細了解楊佳怡的交友狀況和平時行為。我也很高興看她那麼有幹勁，命案調查好像也有黃金期，偵查隊也不可能只有這一件案子，快點找出線索盡快破案很重要。

只要能問出楊佳怡的男朋友——

「沒有，沒有男朋友。」晚上我打給張欣瑜，她的聲音聽起來很洩氣，「她放學就是回家，沒有補習，而且因為沒有朋友，只有放假偶爾會和一個之前同校的高中學姊出去逛街，平常也不會晚歸，生活很單純。」

「高中學姊？」

「她們好像是國中時候認識的，三不五時也會去楊家的小吃店吃飯。楊家父母也很喜歡她，說她們就像姊妹一樣好。」

「學姊會不會知道楊佳怡有男朋友？例如用和她出去當幌子，其實是和男朋友約會。」

張欣瑜沉默一下，「有可能。那要找個時間去問問那個學姊了。」

我們閒聊一會兒，正要掛電話時，電視新聞插播一則臨時發生的新聞——晚上捷運行駛的尖峰時間，疑似有乘客誤觸防狼噴霧劑，導致第六車廂的乘客倉皇逃向前後車廂，一到站就蜂湧衝出車廂，造成一些推擠意外，也有許多乘客感到眼睛與呼吸不適送醫。

吸引我注意力的是下面這一段。

「有兩名少女傷勢較重，有失明危險。初步判斷造成她們眼球灼傷的並不是噴霧劑的刺激液體，而是生石灰粉。S國中近日頻傳學生命案，警方正深入調查，是否有歹徒用防狼噴霧劑做掩護，故意傷害兩名女學生，以及女學生是否與人結怨。」

「S國中的女學生」這幾個字讓我震驚得不知該做何反應，接著才趕緊撥電話給張欣瑜，但人還在分局的她並不知道這則新聞。

「用防狼噴霧做掩護，實際上目標是那兩個女生嗎？」張欣瑜似乎也覺得事情不單純，「可是那裡不是我們的轄區，要問問小隊長能不能和那邊的聯合偵查。」

受害者只是受傷，還沒死，也沒有我能插手的餘地。

「如果也是三年三班的，應該可以視為與楊佳怡命案有關吧？」我問道。

「應該可以。怎麼一波未平一波又起啦……真煩。王雅芬的自殺案，因為嘔吐物和擦拭的衛生紙下落不明的關係翻轉成他殺案件了，可是我還找不到理由懷疑是男性犯案。總不能說是有小朋友看到楊佳怡的鬼魂。」

聽她苦笑的聲音，我明白她的難處，怪力亂神不能當證據。

「去看捷運車廂的監視器影像呢？說不定會拍到兇手。」我提議道。

「好主意！」她好像又振作起來，「我要想辦法去和小隊長商量了。」

聽到她又有精神了是很好，可是我看牆上的時鐘已經來到晚上十點四十分，只能在心中希望她別太操勞。

◆

從黑暗中吹來的強風撥亂我的頭髮，我一手按住胡亂飛舞的髮絲，凝視眼前的景物。

我站在公園的杜鵑花樹叢中，一個髮長接近肩膀的女孩閉著雙眼躺在長椅上，淺藍色連帽薄外套袖口中伸出的雙手交疊，安穩地放在她的腹部。

這個女孩我見過，她曾躺在我的解剖檯上，由我剪開她的衣物。

「她死得很平靜，不是嗎？」

缺乏起伏的清脆聲調從背後傳來，我不由得回頭。楊佳怡站在我後面。

「為什麼不能就當她是自殺？」她的表情充滿怨對。

「因為她不是。」我靜靜地說。

「我不是叫妳別再插手了嗎！」楊佳怡用力尖聲大叫，尖銳的聲音刺得我耳朵好痛，趕緊摀住。

「都是妳搞砸了！都是妳！」她繼續忿恨地尖叫。

「王雅芬不是妳的好朋友嗎？」我也用吼的回她。

「幹你媽的好朋友！是我瞎了眼！」

風停了。我放下雙手。楊佳怡在哭。

「虧我把她當好朋友……」她抹著不斷落下的淚水，「妳不要管了……妳不要管……」

「在死者身上找出真相是我的職責所在。」我委婉地表達我的立場。

她帶著淚水的眼神瞪著我，然後揚起一邊嘴角，陰陰地笑了笑。

「那個女的刑警……妳跟她很好嘛？如果她死了，妳會怎麼樣？」

這個假設……是她想說服我，把殺王雅芬和弄瞎另外兩名同學的兇手的作為合理化。

「查出她真正的死因。」我平靜地道。

「如果妳知道她是被人殺死的，而且也知道兇手不會受到制裁呢？」她忽然露出笑容。她的表情讓我心裡產生要不要回話的猶豫，總覺得有陷阱等著我。

「說啊。」她一步一步朝我走來，微笑道：「如果妳知道兇手是誰，而且還每天在妳面前晃來晃去，但是不能拿他怎麼辦……妳會怎麼樣？」

如果張欣瑜被人殺死……

我一點都不願想像這個情境。光是想像她死了我就覺得內心酸苦。若我知道兇手是誰……

「妳難道不會想殺了他嗎？」楊佳怡望著我。

我無法回答。我不知道。

「我不回答假設性的問題。」我用這個爛藉口逃避。

「一定會吧？對吧？她對妳是那麼重要！」楊佳怡彷彿勝利一般得意地笑著，右手直直指向右邊，「看！」

我順著她的手看過去，這才發覺場景變了，我們在一個建築物裡，張欣瑜迎面走來。她沒看到我。當然，這是我的夢，是楊佳怡做出來的場景。

張欣瑜轉身要下樓，楊佳怡快步走向她，從她的背後伸手一推。

雖然知道是夢，我還是緊張地大叫：「欣瑜！小心！」

張欣瑜跌下去，在一階階的階梯上翻滾，撞上轉角的牆壁，然後躺在牆邊，動也不動。

這只是夢。這種高度的樓梯，摔不死的。我在心中對自己這麼說，但身子仍然微微顫抖。

「妳能明白這種心情了嗎？」楊佳怡的語氣變得冷漠，「別再插手了。」

背後好像被人推了一把，我也從上面往下墜。

接著，我猛然坐起來，發覺自己在床上，冷汗又浸濕我的背。

楊佳怡飄浮在前方的黑暗中，瞪視著我的冷冷目光，令我毛骨悚然。

——別……再……插……手……

她一面瞪著我，一面往後融入牆壁中，只留下那句語音拖長的話。

我看著空無一物的牆壁，深吸一口氣穩定心情。

目睹張欣瑜摔死的場景實在太真實，我現在依然心有餘悸。但是，我認為……要是我因此不再追究真相，張欣瑜才會討厭我吧！

不過啊。我靜下心後嘆口氣，心中埋怨著，是兇手偽裝自殺的手法太粗糙了，不能怪我戳破啊，就算相驗的人不是我，也很可能會被發現。

早知道會讓楊佳怡更怨我，就等明天讓別人去相驗了，反正他們看不見也聽不見鬼魂的怒吼。

「真倒楣。」我無奈地喃喃自語。

◆

翌日上班時，組長楊朝安一進來看到我就皺起眉頭，道：「妳這個週末很閒嗎？還跑去驗屍。地檢署在催的報告寫好了沒？」

「遇上了沒辦法啊。」我指了指他桌上一疊文件夾，「都在你桌上了。」

「不過S國中真是多災多難。」林亦祥用八卦的口吻問道：「昨晚捷運的事件，會不會是有人要替那個加工自殺的女生報仇？」

「雖然這麼說不太好，但我希望是。」盯著電腦螢幕的張延昌頭也不抬地說道：「如果是隨機傷人不是更可怕？」

「有道理。」林亦祥點頭，「不過兇手看來膽子不大，沒有殺她們。」

「這麼小就失明的話，未來的人生比死還難過吧？」

「你這一說……兇手到底算是殘忍還是不殘忍呢……」

「捷運案子跟我們沒關係。」楊組長俐落地切斷話題，分配工作。

我也很在意捷運的案子，又怕打擾張欣瑜，於是傳訊息詢問狀況，接著想起晚上那場討厭的夢，順便要她走路小心一點，不要太匆忙。

她沒有回傳，我想她現在大概正忙著，要自己別太掛心，著手開始整理今天的工作。

一直到過了下班時間，我在辦公室和檢察官通電話時，手機才接到張欣瑜的來電，我只遲疑了不到兩秒，就連忙對檢察官說現在有急事、下次再談，然後接起手機。

「白天還好嗎？沒事吧？」我劈頭就問。

「沒事，就是去C分局看了捷運車廂的監視器畫面。」她嘆了一口氣，結果似乎不太好。

「沒拍到嫌犯？」我合理猜測。

「拍是拍到了……車廂內有拍到那兩個女學生站在車門邊，她們旁邊有個戴口罩的長髮女子，穿著深色上衣。騷動發生後，好像那個女子就朝兩個女生扔出一把粉末，應該就是生石灰粉吧。」

「粉末扔出去，嫌犯身上應該也會沾到才對，深色上衣沾石灰粉很明顯，沒辦法鎖定嗎？」

「接著那個女的混在人群中移動，然後就不見了。」她又強調一次，「就那樣不見了耶。」

「不見了？」我不太懂，「什麼意思？」

「就是不見了。那列車上沒再拍到她，乘客全跑出來的那一站，沒拍到有長頭髮、身上或袖口沾粉末的女人；當時月台另一邊有另一列捷運，也沒拍到有那樣的女人上車。她就那樣消失了。」

「消失……」我目瞪口呆。

張欣瑜壓低音量，「會不會是……楊佳怡？仔細想想，那個髮型、長度，和穿著，都和她有點像……」

「可是她是鬼。」我也小聲道：「就算她實際上能害人，也不用那麼費事吧？直接把她們從學校走廊上推下去不就好了？」

說這話時，我不禁又回想起楊佳怡把張欣瑜推下樓的畫面，於是用力閉上眼睛，把那討厭的畫面從腦中撇掉。

「說的也是，她是鬼嘛，幹嘛還要用防狼噴霧當掩護。」張欣瑜笑道。

哎，我好想看張欣瑜的笑臉。那個國三小鬼搞得我好鬱悶，連覺也睡不好。

「一定是人幹的。是人就會留下線索。」張欣瑜篤定說道。

「嗯，沒錯。一定可以找到。」我也加強她的信心。

星期一報紙的頭條幾乎都是S國中的兩件命案與昨晚捷運的石灰粉事件，報導寫有失明之虞的兩名女生是三年三班霸凌的主要人物，警方不排除是楊佳怡好友為她報復，會馬上約談全班學生。

晚上的社論節目不知從哪裡挖到的消息，說傷人的兇手從捷運列車上人間蒸發，帶出鬼魂復仇說，然後延伸到其他國家的不可思議鬼怪案件等等。

不過警方當然不會相信是鬼魂作祟，張欣瑜說兩邊分局的偵查隊目前共同推測楊佳怡有祕密男友，捷運上的嫌犯應是男性變裝，之後只要迅速收起假髮、換下外套就不會被懷疑，只是目前的問題出在楊佳怡看起來不像有男友。

第二天我收到王雅芬的血液、胃裡殘留物與飲料的化驗報告，皆含有大量強心苷。強心苷是一種糖苷，糖苷是生活中常會接觸到的毒物，例如蘋果籽和竹筍就含有會產生氰化物的氰糖苷，只是含量沒有多到致死，所以肯定是有人刻意在巧克力奶茶裡加入大量糖苷類的藥物，使王雅芬死於心律不整。

可是報告中又排除了毛地黃毒苷，這是普遍用於治療心臟疾病藥物的強心苷。

我向同事集思廣益，林亦祥想了一會兒，問道：「夾竹桃？以前我學校有種，巧克力奶茶也可以蓋掉植物的味道。」

「我有想過，可是夾竹桃會讓腸胃出血。」我翻閱攤在桌上的有毒植物百科。

「台灣是不少有毒植物，可是要含強心苷喔……」張延昌也陷入苦思，「會不會弄錯了？不限定在強心苷，就是某種糖苷，像是氰苷；或者是夾竹桃中毒，只是妳漏看了，沒發現腸胃道出血。」

「我才沒漏看。」我小聲咕噥。

至少加強證實王雅芬是中毒而死，毒物混在巧克力奶茶中。我還是認為應該是毛地黃，只要家中有心臟病的長輩就能輕易拿到藥，所以請××分局在約談學生時順便問問家裡有沒有服用心臟病藥物的長輩；謹慎起見，我也打電話到S國中詢問有沒有種夾竹桃，答案是沒有。毒物的真面目先放一旁，等逮到兇手就可以知道是什麼了。

然而到了深夜，新聞報導又插播發生了疑似為楊佳怡復仇的兇殺案——S國中三年三班的男學生在補習回家的公車上遭人從背後刺殺，因車上乘客非常多，沒有及時送醫，最後失血過多，搶救無效。

案件一發生，偵查隊就馬上查看公車上的車內影像，但當時乘客實在太多，擠到就算不拉吊環也不會跌倒，所以看不出兇手的位置。

「那個男生後面也站了一個長髮的女人……不過那是很薄弱的根據，長髮女子滿街都是。」張欣瑜在電話中嘆氣，「那個女的在很多人下車的站跟著人群一起下車了，而且不清楚兇手的穿著，看附近的路口監視器也沒什麼用。這幾天一直盯著螢幕找人，我都覺得眼睛要瞎了。」

「妳還在局裡？」我看一眼牆上的時鐘，將近午夜十二點了。

「嗯，打鐵趁熱啊。」她的聲音沒什麼精神。

「我可以帶點宵夜給妳探班嗎？」

「不用啦，都這麼晚了，妳早點睡吧。」

「那個……我可以看一看公車上的監視器畫面嗎？」

「原來這個才是妳的真正目的啊！帶宵夜只是幌子，害我感動了一下。」張欣瑜像是揭發什麼大祕密似地。

「不是，看監視器才是順便！」我急忙澄清，「我是看你們那麼辛苦，又怕妳是不是沒空吃晚餐……」

「開玩笑的啦，幹嘛那麼緊張。」她笑道：「不用麻煩了，謝謝妳。」

「那……看監視畫面的事……」我還不死心，「如果楊佳怡的鬼魂跟著兇手，說不定我可以看到。」

張欣瑜沉默一會兒，道：「但是……要讓妳看監視畫面，得想個理由才行，我再問問小隊長。」

聽她猶豫的語氣，我忽然意識到這種要求不妥當，於是改口道：「我看還是不用了，不要給妳添麻煩。我也不打擾妳了，早點忙完早點休息吧。」

掛了電話後，我回想她剛才的話，思忖自己是不是太為難她了，畢竟我只是個法醫，不是調查人員，沒有偵查的權限。

我只是想幫她而已。

我嘆一口氣，慵懶地讓自己陷入沙發中。

在公車上被刺殺的男學生，是三班的陳裕昇。負責相驗的人是林亦祥，他的驗屍報告上指出陳裕昇的致命傷是腰部右後方，長二十公分的細長刀刃刺穿右臀，然後可能因為其他乘客下車經過時碰撞刀柄，傷口擴大且不規則。

「他沒有大叫嗎？」我好奇問道。

「聽說還有兩個同學站在他前方，他們都上同一個補習班，也都一起回家。那兩人說陳同學只是突然張大嘴巴，太痛了一下子叫不出來吧？然後就站不穩，被人擠來擠去。」林亦祥皺眉道：「當時車上很多人……看那傷口爛的狀況，一定超痛。他到院前就休克了。」

「對了，精液！」我猛然想起楊佳怡是遭姦殺，「有採樣比對吧？」

「當然啊。」林亦祥佯裝不滿地看我，「那麼重要的事情我怎麼可能漏掉？我還請實驗室務必快一點。」

果然很快，傍晚就先收到電子版的報告，確認陳裕昇的DNA與楊佳怡體內殘留精液的精蟲吻合。

「兇手的資訊很靈通嘛，沒有殺錯人。」楊朝安有點不解，「可是他不是應該是校外人士嗎？」

「說不定兇手找王雅芬出來，就是問有哪些人參與？」張延昌的語尾也是疑問語調。

「而且還知道那兩個女生搭哪一班捷運。」我忽然想到這點，「會不會……兇手在三班有眼線？」

「我們在這裡亂猜也不會有結果。」楊朝安一抬頭，用下巴指我，「宜臻，妳傳報告的時候順便和警方討論吧。」

我們想得到的事，警方當然也想到了，精液的比對報告更加深兇手在三班有眼線的猜測。

「一下子發生這麼多事情，我猜想兇手想盡快解決害死楊佳怡的學生，所以沒辦法等到學生主動來應訊，今天就跑去找和楊佳怡很好的那個學姊——李希如。」張欣瑜的聲音聽起來有些煩惱，「老師不讓我們在學校見她，所以我就等她下課。看到她的時候我嚇一跳。她的頭髮很短，如果沒穿制服，說不定我會誤認她是男生……所以我猜，那天小朋友看到的大哥哥該不會就是她？」

從張欣瑜煩惱的語調，我接著問道：「結果不是？」

「她當然說不是，她說她很傷心所以把自己關在房間裡，但當時家人都外出，沒人能證明。她家人沒有在服用心臟病或降血壓藥物，我請她按指紋也被拒絕了。嘖。」

「那夾竹桃呢？那所高中有沒有種夾竹桃？」我現在寧願是我漏看了出血狀況，也想找出毒物來源。

「啊？那是什麼？我不知道，我不認得夾竹桃。」張欣瑜感到莫名其妙。

「沒關係，我明天再問學校。」我又問道：「那，捷運和公車的案子也可能是她做的，只要戴長假髮就行了！」

「問題出在我們不知道她的消息來源，所以她有無法犯案的理由——她怎麼知道那些學生幾點在什麼車上？而且就算王雅芬掌握陳裕昇補習的日子並告訴她，但星期日那兩個女生出去逛街是臨時起意，李希如怎麼會知道？」

這個和毒物來源都是疑點，得解決才行。

「真希望能有個同學來說明一下，那個班上到底怎麼了。」張欣瑜說得有氣無力。

「……還有，霸凌的時間。」我想起楊佳怡死了之後，有一家電視台獨家訪問一個學生，說楊佳怡國二開始受到霸凌，王雅芬也是大約那時起沒和她來往，「楊佳怡好像是國二開始被霸凌，為什麼？為什麼不是從一年級開始？妳覺得這有深究的必要嗎？」

「可能一年級的時候，大家還不太熟，小圈圈勢力不夠大？」張欣瑜說的也很合理。

「應該會有一個引爆點，讓她被那些人盯上的原因。」我自然而然說出以往的經歷，「像我就是從一年級開始就被排擠，我覺得那樣就是沒來由的；可是都過了一年……」

「妳以前被排擠嗎？」抓錯重點的張欣瑜非常驚訝。

「嗯，對啊……」不經意揭了自己的瘡疤，讓我有點尷尬，「別管那個了。我只是覺得國二才被霸凌，是不是有原因？」

「這也要有人肯說，不然就算殺去他們班上拍桌也沒用。只希望別再發生事情了……唉，我要再去看監視器畫面了，掰。」

張欣瑜的聲音聽起來沒什麼精神，這也難怪，找不到兇手又一直有學生死掉，壓力一定很大。話說回來那些學生也是自作自受，如果他們不欺負楊佳怡還把她弄死，就天下太平了。

想到這裡，我忽然察覺到內心深處有個聲音正在叫好——欺負人的人都去死吧、霸凌人的人都去死吧！

我想否定那個聲音時，楊佳怡的話浮現腦海。

「如果妳知道兇手是誰，而且還每天在妳面前晃來晃去，但是不能拿他怎麼辦……妳會怎麼樣？」

我會怎麼做……我低頭看著手機，上面顯示我剛才和張欣瑜通話的時間。

我還是不知道我會怎麼做，假設性的問題真的很難回答，只知道我不會像這次的兇手一樣犯外行人的錯誤。

◆

星期三早上我像以往一樣在鬧鐘鈴聲中醒來，半夜沒有再做被楊佳怡騷擾的惡夢，睡得還不錯，大概因為相驗陳裕昇的不是我。

可是從早上起床，我就老覺得會出事。明天就是楊佳怡的頭七了，兇手會不會是想在她頭七之前，把星期五晚上所有欺負楊佳怡至死的人都殺掉？

目前的受害者，如果撇開王雅芬不算，有兩個女生和一個確定強暴楊佳怡的男生，一人摀嘴、一人抓手、一人……是挺合理的。我不希望再有學生出事，不是希望兇手能放過他們，而是希望實際上欺負楊佳怡的人其實沒有那麼多，不然實在太令人難過了，很難想像這兩年她是怎麼渡過的。

不過，就算只有三人實際上動手對付她，其實整個班的同學都是共犯，因為他們的沉默與否認，才讓那三人肆無忌憚。

雪崩時，沒有一片雪花覺得自己有責任。他們只是沉默，只是明哲保身，只是選擇和其他雪花一起往下滑，不認為自己造成了一場雪崩，當然也不會認為該為死在雪崩中的楊佳怡負責。

但是也不可能處理掉整個班級吧！我還是希望這場復仇記就到陳裕昇為止，畢竟每死一個學生，都會令一個家庭心碎。

然而，那個兇手比我想的還要大膽；或者說，比我想的還要忿怒。

中午我還在處理文件時，出去買午餐的李育德用跑的回來，氣喘吁吁地告訴我們驚人的消息。

「那個三年三班，全班中毒了！」

我們都呆呆地看他，張延昌率先開口：「啊？」

「剛剛我在店裡看到新聞，營養午餐好像被下毒！」李育德一臉愕然驚恐，「而且蠻嚴重的，有好多學生送醫時沒有心跳了！」

「哇……哇……這……」林亦祥只發得出驚嘆。

「送去哪家醫院？」我急忙拿起話筒，「可能又是強心苷中毒，要告訴他們用抑制劑控制心跳頻率！」

「我、我沒注意……」李育德因事態嚴重性結巴了。

我馬上找網路新聞，楊朝安快一步找到了，大聲道：「衛福部的S醫院！快打去！」

打去部立S醫院時，我拿著話筒的手微微發抖。迅速告訴急診室行政人員王雅芬的案例與化驗結果，終於轉接到醫生來聽這通電話，我和他很快地確認症狀，建議洗胃之外可以試著用苯妥英等等緩解心律不整，他說聲明白了就掛斷電話。

講完電話，我手中還拿著話筒，心臟還在狂跳。如果兇手是李希如，她也太亂來了！那一班有二、三十個學生，她全部都想殺嗎？

「希望沒事。」楊朝安深深呼出一口氣，緩和氣氛似地說道：「不過也有好處，至少可以知道兇手的內應是誰——沒中毒的人就有嫌疑了。」

這是這場意外唯一的好處。

除了忙到還沒來得及吃午餐而逃過一劫的導師之外，有個唯一沒送醫，而且在混亂時失蹤的學生——徐少謙，老師發現他不見之後通知警方，到處遍尋不著，徐家父母最後回到家中等消息，才發現兒子早已在家中上吊。

徐少謙留下三張遺書，一張寫對不起楊佳怡，害她變成被欺負的對象；一張寫對不起父母，但是他受不了了只想解脫；第三張寫他從一進國中就被陳宜玲、黃雅萍、陳裕昇三人聯合全班霸凌，已經想死很久了，現在他心裡很滿足。

看起來似乎是他被霸凌很久，終於在畢業前下定決心報復後自殺，小男孩在公園看到的「大哥哥」也可能是他；但是仍然有疑點，就是毒物來源不明。

中午的食物下毒案，死了六名學生，有十多人還在加護病房觀察，毒素成份和我們猜的一樣是強心苷。徐少謙從哪裡弄來強心苷藥物？

晚上九點多，我從迴轉壽司店外帶兩大盒宴會壽司到××分局，請大家吃宵夜，坐在電腦前的林曜維和張欣瑜用力伸展上半身，蹣跚地從後面走過來。兩人的眼白都佈滿血絲，眼眶下方的黑眼圈也很重。

「我快不行了……」林曜維閉著眼睛，隨便拿起一個壽司塞進嘴裡，「啊……白法醫妳人真好。我肚子好餓。」

「我沒胃口……寧願睡覺……」張欣瑜也是要死不活地趴在桌上。

「他們在找那個徐少謙的行蹤，看看捷運和公車的案子發生前，他人在哪裡。」一個吃著鮭魚壽司的員警對我說明。

「我們在徐同學的手機裡發現他和李希如在案件發生前都通過話。」張欣瑜還是閉著眼睛，彷彿在說夢話，「李希如說她認識徐少謙，打電話很正常。徐少謙長得矮小又沒自信，從國一就被班上霸凌，國二有一次楊佳怡看不過去幫了他一次，就那一次，就讓全班的矛頭轉向她，所以李希如才認識徐少謙。」

「你們認為，他可能只是三班的內應？」我試探性問道。

「今天中午，徐少謙又被叫去抬午餐，所以他有機會下毒，之後可能沒想到事情那麼嚴重，所以逃走了。問題是他哪來的毒？」張欣瑜的看法和我相同。

「他家裡只有一般的止痛藥和感冒藥，所以我們認為真兇另有其人。」林曜維補充道。

「可是如果是李希如，一樣不知道她從哪裡弄到毒物。」我挾起一個鮪魚壽司湊近張欣瑜的嘴邊，「來，吃一點啦。啊——」

「啊——」閉著眼睛的張欣瑜聽話張嘴，吃進我放進她口中的壽司。

那樣子真是太可愛了，餵她吃東西好有趣。

「還要什麼口味？」我問。

她勉強將左眼睜開一道細縫掃視外帶盒裡的壽司，隨即閉上，「我要海膽和蝦子。」

我先挾僅剩一個的海膽軍艦捲給她，她滿足地微笑著咀嚼。

「剛剛有點發現了，徐少謙星期日一直守在黃雅萍家外面——就是被生石灰弄瞎的女生之一，班上的大姊頭。她和另一個女生的眼睛已經完了，因為她們當時眼睛睜不開，不像其他人會主動跑去找救援，所以延誤送醫。」她按住雙眼一會兒，終於睜眼看我，「我還去向C分局調監視畫面追蹤，徐少謙一路跟著她們。我想這是真兇能掌握那兩個女生動向的原因。」

「徐少謙在事情發生前打給李希如，所以李希如的嫌疑很大。」林曜維嘴裡塞了兩個煎蛋壽司，講話都聽不清楚。

「但是沒有決定性的證據，還是只能請她以關係人的身份來聊一聊。」張欣瑜又張嘴吃了我挾給她的蝦子壽司，咀嚼著道：「我想她不會來。」

林曜維看著我，笑道：「白法醫，妳餵得很順手喔。」

「不然她不吃啊。」我照實情說。

「難道你也要白法醫餵嗎？」張欣瑜語帶戲謔問道。

林曜維連忙搖頭，然後停頓一下，害羞地低頭笑道：「我比較想要妳餵。」

張欣瑜的表情僵了一下，收起笑容，用死魚眼看他，「免肖想。」

我用同情的眼神望向默默吃薑片的林曜維，拉回主題，「全班都受到『懲罰』，嫌犯該罷手了吧？明天不想再看到S國中又出事了。」

「我也希望。」張欣瑜左手撐著臉頰喃喃道：「明天頭七了……兇手是想給楊佳怡一個交代嗎？安慰她的在天之靈。」

罪。

「可是這不是楊佳怡想要的結果。」我不經意說道。楊佳怡從一開始就不希望兇手犯罪。

「是嗎？被霸凌的人應該都會想報復吧？」一邊喝茶吃壽司的員警大哥道。

「或許吧……」

楊佳怡或許不是不想報復，只是她更愛那個會為她復仇的人，不希望那個人為她犯罪。所以最初我們才會猜是她的男朋友。

男朋友……

我靠近張欣瑜，小聲道：「楊佳怡會不會和李希如交往？」

張欣瑜張大眼睛，也湊過來小聲道：「妳是說，她們可能是……」

我點頭，「查查看，她們應該有用社群網站吧？ＦＢ還是ＩＧ之類的，或是借楊佳怡的手機來看看。」

「是可以查一查呢……」張欣瑜思索著。

「妳們在講什麼悄悄話？」林曜維好像不甘心被排除在外。

「Women's Talk。」張欣瑜一臉神祕的微笑。

星期四的Ｓ國中平靜得很普通，應該說也沒事能發生了，除了已經在殯儀館的之外，中毒較輕微的學生出院留在家裡，嚴重的還在醫院，不太可能出事。

急著找出真兇的媒體輿論認定就是徐少謙，但他的遺書寫明自己遭到長期霸凌，反撲是情有可原，反而還受到同情，倒是實質上的三名受害者被撻伐，出現許多反霸凌的言論。

到了星期五下午，我接到張欣瑜的電話。

「宜臻，晚上陪我吃飯，可以嗎？」

她的語氣很沮喪，比之前更有氣無力。我連忙問道：「怎麼了？又發生什麼事了嗎？」

「我……搞砸了……」她重重嘆氣，「李希如死了……」

我大吃一驚，「怎麼回事？」

「晚上再說……」她又嘆氣，道：「我好難過喔……真討厭……」

「要不要到我家來？我買兩個便當等妳。」我想她要說的事可能很隱私，於是提議道。

「好……」

說是晚餐，張欣瑜快九點才到我家來，我把冷了的便當微波之後拿給她，順便給她一杯咖啡。

她失魂落魄地盯著桌上的便當，遲遲沒有動手，也沒有開口。

我沒有催她，等她整理心情。

又嘆出長長一口氣後，目光仍落在便當上的張欣瑜道：「李希如今天早上來了。」

「喔？」這出乎我的意料。看她這麼沒精神，我以為案情沒進展，「她是去說明的嗎？」

「算是自首吧。」

早上身穿制服揹著書包的李希如走進××分局，要找之前去學校找她的刑警，於是張欣瑜就和她到偵訊室談話。

「她說，她和楊佳怡第一次接觸，是在國小畢業的時候。」

五年級的楊佳怡鼓起勇氣送她一隻親手做的小熊布偶，當時李希如只覺得這個陌生的學妹很可愛，等楊佳怡上了國中，兩人不知不覺愈走愈近，某天李希如問楊佳怡要不要當她的女朋友，兩人就開始祕密交往。

這些事，楊佳怡都會告訴當時還是好友的王雅芬，王雅芬也很有義氣幫她保守祕密。

到了國二，班上欺負徐少謙的行為愈來愈明顯。楊佳怡只是有一次把徐少謙被扔在水溝裡的鞋子撈出來，沖一沖還給他，就惹得那夥人不高興，開始嘲笑她愛徐少謙，並捉弄她。

「那時都還是一些小事，像是孤立她、故意告訴她錯誤訊息，害她跑錯上課地點、做錯事情，或是一大早翻倒她的課桌椅……之類的。」

張欣瑜繼續說：「只是她愛徐少謙的傳聞愈滾愈大，到了三年級，連別班都聽說他們上過床、楊佳怡是破麻之類的言論，用各種淫穢的話嘲笑他們。王雅芬氣不過，就……」

就私下對自己班上的好友說，楊佳怡是喜歡女生，根本不可能跟男生談戀愛，更不可能上床。

這話，很快就傳回三班。最後發生那場悲劇。

「李希如哭了，說，徐少謙被強迫去上楊佳怡，但是他害怕又緊張，硬不起來，被踢打一頓之後叫他摀住楊佳怡的嘴巴，讓陳裕昇來。」

張欣瑜的眼眶也紅了，一滴又一滴的淚水不顧她的意願流下，手怎麼抹都抹不完，我連忙拿面紙給她。

「李希如真是……」她哭著苦笑，「她逼徐少謙告訴她那晚的事。那三個人……兩個女生狠狠捏楊佳怡的胸部，叫她要好好享受，這是她唯一能生孩子的機會了……還說她的父母一定會感謝他們……」

張欣瑜用面紙按住雙眼，抽吸幾下鼻子，深深吸一口氣，穩定了情緒之後才又說道：「再來就是李希如的報復。她坦承王雅芬是她殺的，但她本來沒有想殺人，只是想讓王雅芬不舒服而已，所以王雅芬死了的時候她也嚇到了。」

「其他三人……她用楊佳怡的人情壓力指使徐少謙跟蹤他們，最後再由她親自動手。她都承認了。」

李希如居然去自首，聽起來很順利，太順利了，不免讓我起疑問，「她為什麼要去自首？現在還沒有直接證據指向她。」

「昨天是楊佳怡的頭七，她說她夢到楊佳怡不停哭著搖頭，不接近她。她認為楊佳怡那麼善良的女生，一定是討厭她了……所以……」

張欣瑜又嘆氣。我接著問道：「那……妳說她死了，是怎麼回事？」

「她說，說那麼多話好渴，就拿出一小瓶水來喝，就死了。」張欣瑜消沉地靠著椅背，抬頭看天花板，「她本來就打算自殺吧……我怎麼沒有發現？我應該阻止她的，我不該讓她喝那個水……我怎麼沒注意到她都沒喝林曜維泡的茶？我應該要注意到的……」

我走到她後面彎腰抱住她，摸摸她的頭，「不，不是妳的錯，沒人想得到會變成那樣。」

「那個毒，是鈴蘭。我都不知道鈴蘭有毒。」張欣瑜像說夢話似地喃喃道：「她的水瓶裡有那小小的白花……FB上也有放種花的照片，現在正是台灣適合的季節，她買了球根，要等開花了和楊佳怡一起欣賞可愛的小白花……結果她磨碎了根莖葉，當做凶器。」

她也抱著我環住她的手臂，發呆一會兒，道：「妳知道鈴蘭的花語嗎？純潔的愛和幸福。為什麼那種毒花都有那麼浪漫的花語啊？還山谷百合咧，應該叫地獄百合才對。」

「大概……」我想了想，認真回答她的問題，「一般人都覺得，至死不渝的愛很美吧？」

「活著也可以至死不渝啊。」張欣瑜反駁，「我嚮往的是一起牽手到白髮蒼蒼，那樣才是溫馨又浪漫，不是嗎？」

「嗯，是啊。」我的下巴靠在她的肩頭，這個距離剛好聞到她後頸的髮絲間散發出來的體味。一點汗水的味道，和一種淡淡的香味。

「不過還沒有對象，我大概要跟自己牽手到老了。」她自嘲。

「我不是說過嗎？再怎麼樣都還有我墊背。」我半開玩笑道：「妳可以和我牽手到老。」

她哈哈笑起來，「不行，我們都要結婚，然後一起抱怨老公小孩到老！」

「會抱怨到老，那不如不結婚。」

「抱怨也是一種樂趣嘛。聽說喜歡抱怨的人活得久喔！」

「是啊，講出不愉快的事，心情就會變好了。對不對？」我意有所指。

她愣了一下，轉頭對我露出燦爛的笑容，「對啊，謝謝妳聽我講那麼多，還哭了，真是難為情。」

「妳還是笑比較好看。」我輕戳一下她的臉頰，「好了，吃點飯吧。還是要我餵妳？」

「我還不到要請看護的年紀。」

她笑著跟我頭靠頭一會兒，然後拿起筷子，準備對便當下手。

「宜臻，妳還不下班？」

楊組長問了這句話後，我打字的動作停頓一下，目光望向螢幕右下方的時鐘。晚上七點了。再不走的話說不定會遲到，我不喜歡遲到。但是……

「你們誰陪我去嘛，我請客。」我的視線掃過每個低頭的同事。

沒人回應。

「不想去的話就說身體突然不舒服吧。」陳安琪淡淡地建議。

「也不是不想去……」我一邊收包包一邊囁嚅，「就……怕場面太乾。多個人講話總是比較好嘛……」

「張刑警呢？妳們不是交情不錯嗎？」張延昌問。

「對啊，要找也找女生去嘛，我們去總是怪怪的。」李育德附和。

「別說了。」我嘆氣。張欣瑜還傳給我一個「加油」的貼圖咧，有什麼好加油的。

我撇下這幾個沒心沒肝的同事繼續加班，獨自走出大樓。

今晚我會這麼緊張，是因為……我要兌現我的承諾，和陳國政檢察官吃飯。

這不是我第一次單獨和檢察官吃飯，可是以往都是談案子，今晚總不能也談案子吧？不過要是沒話題，說不定就會開啟案子的話題了。

那樣的話，陳檢察官大概會失望吧？

這次吃飯是我主動約的，要是被我自己搞砸，感覺會很糟，好像是我故意擺架子。

我只是……不知道該怎麼單獨面對一個明顯對我有好感的男人。

「陳檢長得不錯，又高，也算是我們署裡的黃金單身漢。」

林惠玟檢察官說這話的時候，老實說我才意識到我對陳檢察官沒有特別的印象，他長相如何、身高多高……我真的沒注意過。

我先到了約好的餐廳，向帶位服務生表明有訂位。那是一家義式餐廳，我來實地看過，確認座位空間很寬敞，以免行動不便的陳檢察官擠在小空間裡不舒服。

陳檢察官還沒來。他剛銷假回地檢署幾天，在家休養了三個月，現在要重新習慣一整天都被案子塞滿的緊湊步調，大概需要多花一些時間吧。

我喝著冰檸檬水，思考待會兒該說什麼才好，不知不覺在門口看到一個高大的人影。

站在比我還矮一些的女服務生旁邊的陳檢察官，即使拄著拐杖屈起右腿，看起來還是很高，穿著合身的深色西裝更顯出他的身材修長。這好像是我第一次覺得原來陳檢察官真的很高，都忘了我平常和他說話都得抬頭。

我不會評論人的長相，男女都一樣，對我來說只有好看和普通，陳檢察官算是好看的那一邊……吧？

我對他的外表還是沒什麼特別的感想，因為我滿腦子都在為不知道該說什麼開場白而緊張。

他一臉抱歉的笑容，一拐一拐地走過來，我連忙起來扶他坐下，放好拐杖。

「抱歉來晚了。」他道。

「沒關係，你忙。」我連忙翻開菜單，「反正我也得先看看菜單。你要吃什麼？」

「都行。妳請客，就交給妳了。」

這難倒我了，我又不知道他喜歡吃什麼。

「你自己點吧，什麼都可以。」我伸手翻開他面前的菜單。

「真的？妳可不能跟別人說我吃垮妳喔。」他笑道。

「你吃不垮我的啦！」我擺出放馬過來的挑釁表情。

陳檢察官微笑著低頭翻菜單時，我忽然愣了一下。

他的頭後面……有半張半透明的臉悄悄探出來，看了我之後還瞇起眼睛笑了。

這感覺……有點熟悉……

對方接著從陳檢察官背後往上移，露出上半身，還向我揮手。那個短髮的女孩，我記得是簡尚曄檢察官的前女友……好像叫江梓嫣來著。

她為什麼跟著陳檢察官？

陳檢察官好像注意到我盯著他，抬頭問我：「怎麼了？」

「沒、沒有……」我連忙低頭看菜單，「我要一個、那個……野菇燉飯，然後再點個前菜和披薩一起分，你覺得如何？」

「好啊。」他仍笑著闔上菜單，「那我也點野菇燉飯好了。」

我招服務生來點了餐，然後一邊喝檸檬水一邊偷看陳檢察官旁邊的江梓嫣。

她要跟也該跟簡檢察官吧？跟著陳檢察官幹嘛？

「陳檢，恭喜你回去上班了。」我想了想，這話好像很奇怪，「不對，說恭喜好像……上班還好嗎？」

「還好，跟以前一樣忙。閒了三個月，有點不太習慣。」

「有……遇到什麼困擾嗎？」我試探性地問道：「和簡檢還好嗎？」

我猜江梓嫣跟著陳檢察官八成是因為他和簡檢察官的關係不好，她該不會想對陳檢察官做什麼事吧？她和簡檢察官的悲劇又不是陳檢察官造成的。

「噢，那方面啊……是不太好。」陳檢察官無奈地苦笑一下，「我能明白，所以就盡量不和他碰面，有時候不小心遇到了還是蠻尷尬的。」

江梓嫣忽然指了指陳檢察官，然後對我雙手合十，好像要拜託我什麼事，可是我聽不到她說話。

該不會是想要我勸陳檢察官……和簡檢察官合好吧？不要再出難題給我了！

陳檢察官喝一口檸檬水，問道：「我可以叫妳宜臻嗎？私下出來吃飯，妳也別叫我陳檢察官了，叫我國政就好。」

「呃……呃……」我一時之間改不了口，國政兩個字我實在說不出來，只好搪塞著說好，然後趕緊換個話題，「陳——呃，你有私下約過別人吃飯嗎？」

真他媽爛的話題，聽起來好像我在刺探他有沒有其他意中人。

「有。」這個答案讓我吃一驚，不過他隨即接著道：「但不是我約的，都是方法官約的。」

「方法官？」我確認是否我認知中的那位，「方彩惠法官嗎？」

「是啊。她還蠻常找我和其他檢察官和法官吃飯，連絡感情。」他笑著點頭。

方法官是出了名的愛牽紅線，我之前也受邀過幾次「連絡感情」。陳檢察官是真不知道那是聯誼嗎？

「那，沒有碰到想進一步的對象嗎？」我問完又覺得好像說廢話。對著一個說過喜歡我這樣的女性的人問這種問題，簡直白癡。

「拜託，當然沒有。」他搖搖手，笑得爽朗，「每天都和他們相處已經夠了，如果還要交往……不可能、不可能。」他雙手交疊抵著下巴，注視我，「我比較喜歡像妳這樣，我們可以分享不同的事情，或不同的觀點，我覺得那樣很棒。」

他的話讓我很難為情，視線都不知道要放哪裡好。快點中止這個話題啊妳這個笨蛋！

我亂飄的眼神瞥到一臉懇求表情的江梓嫣，連忙轉移話題，「那、你現在，和簡檢……打算怎麼辦？」

這個問題令他一呆，莫名其妙地問道：「什麼怎麼辦？」

「我想，簡檢也知道事情和你無關，就算是表弟，可是連他父母都不知道了，你又怎麼能未卜先知？陳檢你……要不要試著主動對他示好？」我一邊說一邊偷瞄江梓嫣，想看她的反應確認我有沒有說錯話。

她很高興地大大點頭。看來我猜對了，她希望陳檢察官和簡檢察官能破冰。

應該不容易吧小姐……陳檢察官的表弟把妳分屍了耶……

「主動示好？」陳檢察官不出所料皺起整齊的濃眉。

「就……用你以前大學的時候照顧學弟的方法對他就好了，他一定可以感受到你的善意。」我匆忙間想出這個辦法。

「我沒照顧過學弟，我的直屬是學妹。」陳檢察官有點文不對題。

重點不是學弟還是學妹，只要照以前的做法就對了！

「都一樣啦，用照顧學妹的方法也行啊。」我衝口而出。

他的眉頭皺得更深了，「是嗎？」

我點頭，「每天都要在同一層樓上班，至少關係別太僵，對其他人也好。」

「也是。」他鬆開眉心微笑，「妳真會為人設想。」

「沒有啦，同事一場嘛……心結不解開的話也挺難過的。」我說了個合情合理的藉口。

「而且還是因為梁捷輝，很划不來。」陳檢察官搖頭，「他本來就討厭我，我們關係並不好。」

「為什麼？他不是你的表弟嗎？」我有點好奇。

「他爸是法官，叔叔是檢察長，所以對他期望很高，偏偏他考好幾年都落榜。」陳檢察官聳肩，「我第一年就考上了，所以難免拿來跟我比較。」

「你第一年就考上了？」我大為吃驚，「聽說司法官很難。」

「因為我意志夠堅強吧？」

他又笑了，這次我終於觀察他的笑臉，是挺好看的。

「我爺爺是警察，我從小就很崇拜他，本來想考警大，他說要當就當檢察官！所以我就朝這方面努力了。」他把話題抛給我，「宜臻妳呢？很少女孩子當法醫，妳怎麼會想去？」

我可沒有那麼了不起的志向，純粹是為了讓家人難堪而已，這種理由說出來很丟臉，我只好小聲道：「沒有啦……也沒什麼原因……就、嗯……我不擅長和人溝通，法醫面對屍體，感覺比較適合我。」

「妳不擅長溝通嗎？不會啊。」他露出訝異的表情，「我看妳出庭的時候口條很好。」

「那只是敘述事實，不用花太多腦力。」我打趣道。

「妳有交過男朋友嗎？」

我懷疑我剛才是不是漏掉了哪句話，怎麼突然出現這個話題？哪裡來的啊？我們不是在談職業嗎？

大腦發愣的時候，嘴巴很老實地回答：「沒有。」

「真巧，我也沒交過女朋友。」不知是否我的錯覺，我覺得陳檢察官笑得很燦爛，「考上之前都在唸書，考上之後都在工作，根本沒時間。」

嗯，很好。我現在該接什麼話啊？

我還愣愣的時候，前菜焗馬鈴薯和披薩先上桌了，我趕緊在小盤子裡分一份給他。

接下來就算沉默也不尷尬了，嘴巴正忙著吃東西嘛，哪有辦法說話。

但是快食習慣讓我不到十分鐘就把桌上的餐點吃完了，幸好陳檢察官也一樣吃得很快——該說幸好嗎？應該是可悲的工作習慣吧。唉。

「哈哈……不知不覺就吃完了。」我乾笑幾聲。

「對啊，難得和妳吃飯，本來想慢慢吃、慢慢聊。」陳檢察官看來有些懊惱。

看他那模樣，我不由得安慰他：「沒關係，要聊天以後還有機會。呃……總是會見面嘛，上班的時候。」

「平常也可以喔。」他微微笑著，右手覆蓋在我放在桌上的左手手背上，「只要妳有空，我隨時都行。」

他的大手包住我整個左手，溫熱的觸感讓我緊張得心跳加速。是我的錯覺嗎？我今晚好像一直挖坑給自己跳。

我不知所措的目光掃到江梓嫣，於是切換話題，「那個……你還是多放點心思在簡尚曄檢座那裡好了，多關心他一點……」

「妳好像很在意他。」陳檢察官皺起眉毛。

「因為……」我不禁又多看江梓嫣兩眼，「他認為是他害死江梓嫣，一定很低潮、很難過，如果身邊沒有人雞婆一點主動關心他，我怕他會……」

陳檢察官嘆口氣，「好，我答應妳，我會好好關心他，就算他不領情我也會關心他。可以嗎？」

不是為了我啊，幹嘛說得好像是我硬要你做。

「江梓嫣會感謝你的。」我道。

陳檢察官望著我，恍然大悟，「啊，對，是江梓嫣。我這幾天老是夢到那個女孩子，一時之間想不起她的名字。」

「她都托夢找你了，你更得好好對簡檢啊。」我趁機道。

「妳們在為難我嘛。」陳檢察官苦笑。

桌上的餐具被勤快的服務生清空，我覺得再坐著似乎不太好，伸手招服務生買單。

陳檢察官按住我掏出錢包的手，「我來結。」

「是我說要請你的。」

「妳請客，我付錢。」

「那是什麼歪理。不行啦。」我堅持要付。

「那這次妳付，下次換我請妳，免得說我佔妳便宜。」

看著陳檢察官的笑臉，我覺得我好像踏入某種陷阱，於是忙道：「沒有啦，哪有佔——」

「就這麼說定囉！」

陳檢察官用這句話強制畫下句點。我看著服務生收走帳單與我的信用卡，有點後悔沒讓陳檢察官出錢。不對，就算他出錢，八成還是會說「下次妳再請我」之類的吧？

跟法律人交際，好像有點傷腦力。

走出餐廳，我幫陳檢察官攔了一部計程車，送他上車後，他抬頭望著我，「謝謝妳，宜臻，今晚很愉快。」

「嗯，我也是。下次見。」

他身後的江梓嫣也笑著向我揮手。我關上車門，目送計程車駛離。

好吧，狀況其實也沒有我想像得那麼糟。他既然那麼想請客，就讓他請一次吧！

結束了今天最後一場解剖，我和李育德走出相驗中心，外面天色已經全暗，秋季的晚風帶著涼意拂來，留在殯儀館的人也沒有白天多，冷冷清清的空間多了一絲詭譎感。

晚上的告別式不多，走過安靜的告別式廳前的長廊，李育德忽然沒頭沒尾的提問道：「白法醫，『看得到』是什麼感覺？」

我疑惑地看他一眼，反問：「什麼意思？」

「妳看得到『阿飄』嘛。」他稍微左右瞄一下，壓低聲音，「來這種地方，不就會看到很多……妳看到那麼多……『那個』，會怕嗎？」

被他說得我也看一下左右，但說實話，除了一兩個霧狀的影子，我沒看見什麼，我的陰陽眼本來就不太靈光。

在我回話前，李育德又自言自語似地補一句：「啊，不過白法醫妳從小看到大，一定習慣了吧？」

「不，沒有習慣了這回事，」我搖頭，「還是會被嚇到。」

「那還選擇做這種工作，妳的心臟很強壯耶！」他笑道：「每次弄到這麼晚，我都覺得毛毛的。」

我敷衍地笑了笑。我的心臟沒有特別強壯，能持續做法醫這工作的原因，是我其實也不常看到。我想起在S國中的案子遇到的通靈少女，如果我和她一樣是天生的陰陽眼，或許會看到更多，說不定也會比較不怕。

拿著卷宗回到座位，我暗暗嘆口氣。今天的相驗案子裡，有一個受虐致死的女童。工作是沒得挑的，上面安排什麼就得做什麼，雖然我不喜歡驗家暴孩童，但若提出希望不要接手的要求，肯定會被好奇地追問原因，所以這次我也默默地接下排定的卷宗。

翻開卷宗，死者毫無遮蔽的屍身照片出現眼前。

幾乎可說是皮包骨的瘦小短髮女孩，四肢、軀幹與臉上有大小形狀不一的皮下血腫，與血色褪盡的皮膚對比更顯鮮明。

又是一個撐不過童年的孩子。不過，沒撐過也罷，生命從來就不美好。

這不是我第一次接受虐兒的案子，但這是我接手的第一個受虐女孩；或許有某個點激起了漣漪，我覺得內心有點難受。

不過，見到她本人時，心情反倒平靜無波。

王珮誼，六歲，差一些及肩的短髮整齊地擺放在不鏽鋼檯面上。胸口皮膚的焦灼痕跡，顯示出她送到急診時醫護人員多麼賣力搶救這小小的脆弱生命，然而被反覆電擊燒破的皮膚沒有留下活體反應，說明那時她已經死了。

在查驗她真正的死因之前，還有許多工作要做。首先便是檢查她的外觀，記錄下每一個傷痕與特徵。

我拿起不鏽鋼量尺，仔細測量女孩身上每一個新舊傷痕與皮下血腫，再由陳安琪在解剖報告裡的人形圖表上畫記。右眼周圍環形血腫，藍紫色，33×21公釐；左頰橫向橢圓形塊狀血腫，藍色，57×42公釐；左上臂外側靠近肩膀，右上左下條形血腫，黃色，63×10公釐……

檢查緩慢進行到下半身部位，連大腿也有瘀血。我輕輕翻開她的私密部位仔細察看，陰道口沒有可能出現的撕裂傷。這個發現似乎讓我的心情輕鬆了一些。

虐打女孩的兇手是生母與同居人，好像已經遭到逮捕。我的父母運氣就比較好了，因為我活下來了，所以他們沒有受到任何制裁——在我還小的時候，記憶中動不動就會挨一頓打，直到「那一次」之後，他們可能怕哪天真打死我吧，後來就沒再發狠打我了。

印象中是發生在國小三年級時的事，確切的原因不記得了，不能苛求在鬼門關晃過一圈的小孩記得那種事情，我只知道前一秒還在家裡，怎麼醒來就在醫院，還因為似睡似醒的頭暈以及使不上力的虛弱而無法動彈。

後來有個男人和顏悅色地問我事發原因與經過，那個人可能是檢察官，我覺得他引導我往父母虐待我的方向去想，從他口中我才知道，父母帶我到醫院時我幾乎沒有心跳，他們說是我愛玩，幻想自己是超人，爬上衣櫃跳下來摔的；身上的其他瘀傷，是之前和白定威打架打出來的。

雖然我失去受傷前的一小段記憶，但我肯定他們說謊，我那時甚至不知道「超人」是什麼，也沒有「玩遊戲」的概念。

當年的我，是因為頭部受到擊打，可能產生蛛網膜下腔出血，才出現危及性命的狀況，因此我在檢查王珮誼的外傷時也撥開頭髮查看，發現頭部右後方與正上方也有遭受鈍物打擊的皮下血腫，或許是她的致命傷，稍後再詳細檢查。

王珮誼的胸骨塌陷，不確定是否急救過程中因心臟按摩力道過大而骨折。我握著手術刀，切開軀體的正面，她的皮膚輕易被劃開，刀刃一路無阻地直到恥骨。接著我沿著相同路徑劃下第二刀，切開薄得幾乎不存在的脂肪與肌肉，輕鬆地將她的皮膚往左右兩側翻開。她太瘦了，缺乏脂肪保護，大人的攻擊穿透皮膚直接反應在臟器上，使她的胃與肝破裂出血；不過出血情況最嚴重的，是被斷裂的肋骨倒插的肺。

胸腔成了小小的血池，浸在血中的肺葉成了吸滿血液的海綿，輕輕一按便溢出紅黑色的液體。是肋骨穿刺造成的氣血胸，穿刺傷及肺靜脈，血液慢慢滲入肺泡，使肺泡無法交換氧氣，導致呼吸窘迫，最終死亡。

那是很緩慢且極度疼痛的過程。

她肯定痛得哭了，每啜泣一下都使胸口劇痛。她無法向大人求助，他們會罵她不要拿一點小事煩他們。

我彷彿可以看見，瘦小的女孩因痛苦而孤獨地蜷縮著，呼吸愈來愈困難，直到一口氣抽噎不及，於是再也沒有醒來。

拉出氣管切開，內部不意外地充滿血跡。氣血胸應該就是她的死因了，不過還是得切開顱骨檢查才能下定論。

我戴上防骨粉飛濺的護目鏡，拿起小型電動圓鋸，剛按下開關，就瞄到對面的檯子邊緣有東西在動，定睛一看，是一雙攀在檯子邊緣的半透明小手，接著一雙大眼睛也探出來，盯著我手中發出噪音的工具。

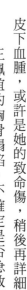

我不動聲色地把注意力放回屍體頭部，慢慢將旋轉的鋸刃靠近剝開皮膚的顱骨。小孩的骨頭相對較薄，我必須全神貫注，以免不小心傷到柔嫩的腦。

圓鋸一點一點地在顱骨上切出縫隙，噴起的骨粉在尖銳刺耳的鋸骨聲中飛舞。

幽靈女孩似乎被尖銳的聲音嚇一跳，雙手急忙捂住耳朵。沒想到鬼也怕尖銳的聲音。

關了圓鋸，我小心翼翼掀開顱骨，檢察官湊上來看，幽靈女孩也爬上檯子靠過來。

這個女孩的鬼魂，不用說，就是這副身軀的主人王珮誼了。我不想讓她知道我看得見她，若無其事地以鑷子夾開蛛網膜。

「沒有出血跡象呢。」中年的檢察官以一貫慢條斯理的語調說道。

「雖然表皮有兩處血腫，但影響不深。」我點頭同意，續道：「死因很可能就是氣血胸了。」

「真可憐哪。」檢察官長吁一口氣。

表皮的傷沒有深及顱骨內部，那樣的頭部挫傷不會令女孩昏迷，她是活生生承受胸口劇痛與逐漸無法呼吸的痛苦死去的。

女孩臨死前受了極大的痛苦，現在已經離苦得樂了。在那樣的人生中，活著不見得會比較好。我深有體悟。

負壓冷風吹得我一陣哆嗦，我下意識抬頭望向出風口，在此同時聽到左耳畔傳來童稚的聲音。

姊姊，一起玩嗎？

這股寒意，是她爬上我的背嗎？我盡量裝作沒聽見，和陳安琪著手進行後續處理工作——取出臟器秤重、記錄、切片，再放回它的位置。

向來不多話的陳安琪忽然停下記錄的筆，幽幽嘆一口長氣，彷彿要把肺裡所有空氣都掏光。

「至少，她沒有被性侵。」

她的聲音不大，像是自言自語。我默默輕點一下頭，那的確算得上是王珮誼身上的唯一一件「好事」。

不過，死亡對這個小生命而言也未嘗不是一件好事，畢竟這個世界一點也不美好。

需要專注的工作告一段落，我抬起略為僵硬的脖子，不經意瞧見女孩站在我的右手邊大約一公尺處看著我。

我這才瞥到她的全身，她穿的是尺寸過大的黃色短袖T恤，寬鬆的T恤不知是誰的衣服，短袖都成了七分袖，大大的圓領向左傾斜，露出半個肩頭；長衣襬看起來像連身裙，下方隱約露出一小截深色的短褲褲管。

那副不合身的打扮，使我想起自己也曾經除了制服以外，只能穿白定威淘汰的衣服，甚至連內褲都得撿他穿不下的。

我的目光沒有停留在她身上太久，我不希望她以為我看得到她，就能幫她做什麼。我什麼都做不了，只希望她快點去應該去的地方，別再逗留。

不過，王珮誼沒有要離開的意思。我收拾完畢，走回更衣室脫下手術服時，她也跟過來，並問道：「姊姊，性侵是什麼意思？」

我持續無視她，快步走出去，她也還是跟在旁邊，又問道：「姊姊，工作做完了嗎？」

我不明白這個小孩跟著我做什麼，她的死因明確，加害者已經逮捕了，應該沒有冤情或遺憾了才對。

雖然有點想知道她逗留的原因，可是已經沒有我幫得上忙的地方，我也不想再自找煩惱，所以依然無視她的存在，希望她把我當成看不見她的人之一。

回到辦公室之後，我隨即埋首工作中，完完全全遺忘了這個幽靈女孩的事，就這麼一直到晚上，連晚餐也習慣性推遲了。到了九點，平時的加班戰友張延昌也要走了，我才稍微轉動僵硬的脖子和肩膀。

「妳明天也會來嗎？」張延昌臨走前問我。

明天是週六，我不來開門的話他沒鑰匙進來。我點了點頭，「我早上就會來。」

「我大概下午一點過來，先走了。」

張延昌的兩個女兒好像都上大學了，所以他才有時間加入加班的行列，像林逸祥的孩子還小，他就比較注重家庭。

我更是加班常客，因為除了工作，我沒別的事做，沒有休閒娛樂，更沒有朋友，我從小到大皆是如此，以前為了生存下去，除了做家務就是讀書，其他事情都是多餘的。

在寂靜的辦公室做完最後一份報告，我靠著椅背往上方伸展雙臂，打了一個大哈欠，這才感覺肚子餓了。我望向牆上的時鐘，盤算著現在這個時間還能買什麼回家吃，接著彎腰去拿放在桌下的包包，此時冷不防被近在咫尺的人影嚇得差點從椅子上跳起來。

在我驚嚇得張大雙眼的視線中，幽靈女孩的臉上慢慢浮現驚喜的笑容。原本蹲坐著的王珮誼站起來，一個開心的童稚聲音出現我的腦中：

一起玩吧！

她的未完心願，是想找人玩嗎？可是我不知道要和鬼玩什麼——不，就算她是活人，我依然不知道和她玩什麼，畢竟那是我從未接觸過的領域。

我打算繼續無視她。如果只是玩遊戲這種簡單的願望，去找別人也可以吧。

即使王珮誼知道我看得到她，她也沒有像一些小孩一樣纏人，見我沒有理她，她就沒繼續和我說話，我在辦公室門口關燈時瞧了她一眼，她仍待在我的座位旁邊，看樣子沒有要跟來了。

受虐的孩子很會察言觀色，她或許明白我也是個冷漠的大人，所以死心了吧。然而她的願望是那麼的小……

回到家吃著超商的微波蓋飯時，我的心中為自己的冷淡無情升起些許罪惡感，但我真的不會應付小孩和鬼魂，更何況是小孩的鬼魂。

吃飽後又有精神了，我走進書房著手準備月底演講的講稿和投影片。撰寫講稿時，我隱約聽到有跑跑跳跳的腳步聲，穿插了孩童的嘻鬧，聲音不是很大，我想是樓上或隔壁的小孩在玩，都快十二點了，現在的孩子也太晚睡。

我在心中發牢騷時，平時沒人會按的門鈴突然響了，我怔怔地想著這時間會是誰，急躁的門鈴又連響了兩聲，催促我快去應門。

我謹慎地先透過門上的貓眼看來者何人，此時門外不耐煩的訪客又按了好幾聲。外面是一名身穿短袖T恤和短褲的男子，我對他沒什麼印象，於是小心地將內門打開一道能探出臉的縫，問道：「請問有什麼事嗎？」

「白小姐，不好意思，我是妳家樓下的。」對方的措詞客氣，但語調明顯不悅，「請小孩子安靜一點好嗎？現在已經很晚了！」

小孩子？我愣愣地看他，道：「你搞錯了吧？我一個人住，沒有小孩。」

對方似乎想往屋裡瞧，狐疑道：「怎麼可能？我就一直聽到妳家碰碰碰碰的有人跑來跑去，還有小孩子在鬧啊！我想說妳是不是有朋友帶小孩來玩。」

我想了一下，該不會是——

我把內門打開，隔著外面不鏽鋼門的柵欄間隙讓對方看屋內的狀況，「真的只有我而已。」

男子錯愕地微張開嘴欲言又止，表情轉變為歉意，頻頻點頭道：「不好意思，可能是我搞錯了。大半夜的那麼安靜，可能是其他地方傳來的吧……抱歉，打擾妳了。」

「不會。」

我關上門，轉身環視客廳。現在安安靜靜地，什麼聲音都沒有，剛才隱約聽到的腳步聲和笑聲都沒了。

是王珮誼跟我回來了嗎？還是說，那真的是別家小孩的聲音？

我一邊疑惑地想著，一邊走去廚房喝水，才喝一口就險些嗆到——有半張臉從餐桌邊冒出來，一雙眼睛怯怯地望著我。

真的是她。我雙手撐在餐桌邊，皺起眉頭盯著對面那雙帶了歉意的小眼睛。

「不要再玩了！吵到鄰居了！」我小聲責備。

王珮誼轉向左邊看一看，又轉回來，露出來的半張臉往下縮了一些，有點不知所措的樣子。

「妳快點跟神啊佛啊去妳該去的地方吧。」

一起來玩嘛，姊姊。

小小的聲音說道。

「我不會。去找別人。」放下水杯回到書房，我有種心累的感覺，決定去洗澡睡覺，別想太多。

「褲子脫下，趴好！」

「媽媽……對不起、我下次不敢了……媽媽……」

雙手緊抓著褲頭不想脫下，我膽怯地啜泣著央求眼前忿怒的母親。

「下次不敢有什麼用！」

母親將手中半透明的熱熔膠條朝茶几一揮，几面「啪」地發出銳利的拍打聲，我驚得顫了一下，屁股彷彿已經感受到火熱的痛。

「在桌上趴好！」

再怎麼求也沒用。我的上半身趴在茶几上，抬高屁股。緊閉眼睛，雙手捂住耳朵，似乎看不見、聽不見就能假裝沒有挨打。

母親粗魯地一把扯下我的長褲和內褲，皮膚接觸了涼颼颼的空氣，下一秒就熱燙地痛起來。

「妳再偷懶、再偷懶嘛！」

責罵與疼痛同步落下，我咬住嘴唇憋住痛。不能哭，母親不喜歡我哭。她說犯錯的小孩不准哭。

屁股的痛使我沒有力氣抬起腰，膝蓋一沒力就彎曲下來，本應打在肉多的屁股上的膠條重擊尾椎，痛楚瞬間麻痺了髖部與大腿一帶，比打在屁股上痛得多，我抽噎著，連忙再翹高臀部。

◆

倏地睜開雙眼，眼前一片黑，霎時不知身處何方。心臟激動地跳動著拍打鼓膜，眼角的淚水隨著重力流至耳朵。我正躺著，在床上。是夢。

我緩緩坐起來，隨手抽了床邊櫃上的面紙擦拭淚水。已經好多年沒做這種噩夢了，都這個年紀了還夢到挨打，真可悲。

心臟還在因為剛才過於真實的夢境而激動著，每一下心搏都像是有東西要從喉間躍出一樣，胸口相當難受，也只能張嘴喘氣，因而口乾舌燥。我按下床頭牆上的開關打開燈，蹣跚走向廚房。

倒一杯水猛灌之後，我坐在餐桌邊無精打采地朝流理台發呆，游移的目光無意識地停在刀具架上。那是我為了自炊而買的，之前白定威的名牌刀具，就算有幾把不是凶器，我也不想要。這組刀具雖是平價商品，也挺鋒利，切肉時幾乎感受不到阻力，如果拿來抹脖子，應該一刀就能切到頸動脈吧。

動脈的失血量很大，順利的話，說不定五分鐘內就會昏迷，然後死去。

再也不需要在這個混沌的人生裡掙扎。

感覺，似乎挺不錯。

我發呆地看著那組刀具，沒注意到腦袋裡想些什麼，只覺得那把菜刀不錯，不知有多利……便站起來，走過去抽出菜刀，用左手姆指撫摸刀刃。

就那麼來回摸一下，皮開肉綻的刺痛宛如閃電一般戳入大腦，我這才清醒過來，愣愣地看著左手姆指那約莫一公分的傷口溢出鮮血，接著意識到剛才那些莫名的想法，忽然背上一陣惡寒，雞皮疙瘩從手臂竄到頭頂。

我慌忙放開右手，刀子墜地發出清脆的鏘啷聲響。

姆指還在流血，我趕緊撕一張廚房紙巾按住。心臟再度開始狂跳。

我不知道為何突然想自殺。之前的人生是很爛沒錯，現在雖說也沒有好到哪裡去，但是好不容易家裡其他三人都去另一個世界了，總覺得我的人生應該要開始朝好的方向前進了才對。

可是腦子裡有一個聲音反駁我：就算死了，也只有同事會為我惋惜一分鐘，剩下的就是怨嘆工作量增加而已，沒有人會在乎我。

為何執著於活著呢？

我被自己駁倒了。這個世界少了我，不會有什麼改變，我不會留在哪個人的心裡。

那麼，為何要活得這麼累？

我不想大半夜的跟自己來一場哲學對談，但是寧靜只會讓那個聲音愈來愈煩人，我索性到沙發上躺著，拿起遙控打開電視，讓不斷輪播的節目聲音填滿這個太過安靜的空間。

半睡半醒間聽到哄堂大笑的聲音，勉強睜開有點痠澀的眼皮，看到電視螢幕上正播放綜藝節目的廣告，那就是方才笑聲的來源了。我仍躺在幾乎是單人床寬度的柔軟沙發上，伸長右手在樹瘤茶几上摸索電視遙控器，接著關了電視。

我按住雙眼長吁一口氣。不知是否開著電視的緣故，感覺睡得不是很好。我慢吞吞地拖著身子起來，瞄一眼牆上的鐘。九點半了，喝一杯咖啡差不多就可以出門。

等咖啡煮好的時間，我把左手姆指上乾涸的血漬洗乾淨。傷口不深，已經不出血了，不過我還是去找一片絆創膏貼上。

昨晚怎麼會突然想自殺，我到現在仍是一頭霧水。想想我確實沒有非活著不可的理由，我不留戀這個世界，這個世界也不留戀我；但我也沒有非死不可的理由。工作還不錯，生活也還可以，就這樣一直下去也沒什麼不好。

難道是昨天王珮誼的案子勾起不好的回憶，又做了噩夢，才有自暴自棄的衝動？

我倒出冒著熱氣的黑咖啡，吹幾口氣輕啜一口。望向客廳，沒看到王珮誼的影子，可能她昨晚玩得開心，無牽無掛的走了。

喝完咖啡我就動身前去加班。到了辦公室拿出手機，看到有一則訊息傳來，是張欣瑜。一看到那個名字，我便迫不及待點開來看。

「白法醫，請問妳今天中午有空嗎？不知是否方便一起用餐？」

當然有空！我只是出於習慣性來加班，並不是強制的義務。

「可以啊，那麼約在之前那間咖啡店好嗎？」

刑警很忙，我沒期待她馬上回覆，不過似乎她現在也正有空，沒幾秒就收到回音，我們就在一來一往中約好了午餐的細節。

放下手機，心裡喜孜孜地，開始期待中午到來。我喜歡跟張欣瑜相處，即使是不擅談話的我，也總是能自在地與她聊天，完全沒有負擔。

儘管覺得和她相處很舒服，我也不敢主動約她，我不會拿捏人際關係，對其他人也就罷了，可是我不想被張欣瑜討厭。所以她主動約我，真是再好不過了。

有所期待之後心情很好，時間也過得飛快，我興沖沖地提早到了約定的咖啡店，等了好一會兒仍不見張欣瑜出現，遲疑之後發訊息給她。

「抱歉，臨時有事，可能再晚二十分鐘。」

她的工作難免出狀況。我回她：「沒關係，我不急，妳不要太趕，慢慢來。」她回了一個「抱歉」的貼圖。我收起手機，打算先點個冰咖啡慢慢等。

我低著頭，無聊地坐在鞦韆上，緩慢有規律地一搖一晃，枯燥且乏味。平時看小孩都喜歡排隊玩鞦韆，這東西到底哪裡有趣？還是說，因為我沒有朋友，所以玩什麼都不有趣。

一個遠遠的嬉鬧聲引起我的注意。

「紅！」

「救！」

「紅！」

「妳不要一直紅啦！我救了妳就要跑——呀！」

「抓到了！換妳當鬼！」

三個小女孩在不遠處跑著、笑著，看上去大約是五、六歲的年紀。真好啊，能那樣和朋友玩。

其中一個看似年紀較大的短髮女孩轉頭看我，接著高舉手臂向我揮了揮。

「姊姊！一起來玩嘛！」

我沒有回應她，因為我想她不是對我說話。不會有人找我玩，同學都說我一副很難相處的樣子。

話說回來，我為什麼會在這裡呢？太陽高掛，時間應該接近中午，我得快點回去煮午餐才行，沒有準時開飯的話又要遭殃了。

想到這裡，我趕緊站起來。這可不是能悠閒發呆的時候！

三個小女孩跑過來，短髮女孩雙手拉著我的左手，道：「妳已經沒有別的事了，來玩嘛！」

我看著她的臉，總覺得有些眼熟，但想不起她叫什麼名字。

「來玩嘛！」

「人多比較好玩！」

另外兩個女孩也雀躍地附和。

被短髮女孩一說，我也覺得我已經沒事要做了，便半推半就地和她們走。

「來玩跳房子！」長髮的小女孩舉手高喊。

「那個……我不知道怎麼玩。」我不好意思地小聲道。

「沒關係，我教妳啊！很好玩喔！」

長髮小女孩開朗地回話。我看著她的臉，那副五官始終無法在我腦中拼湊出完整的面孔；另一個頭髮半長及肩的小女孩也一樣。我認不清她們的長相，唯一清晰的只有年紀較大的短髮女孩，我卻想不起她是誰。

雖然不記得，但我對她們三人都有一種熟悉感，於是就跟著她們一起玩。

玩了跳房子，又玩了紅綠燈、捉迷藏……在這些不曾玩過的遊戲中恣意跑跳，搞的我罕見地滿身大汗，雖然累得氣喘吁吁卻很快樂，真的很快樂。我從未如此開心過。

日照逐漸西斜，我抹去人中與鼻頭的汗水，驚覺時間已晚，便煞風景地停下腳步，道：「我得回家了。」

「不要回去了，姊姊。」短髮女孩拉起我的手，「妳不想回去吧？跟我一起走，我們去一個更好玩的地方！」

聽到有更好玩的地方，一瞬間我心動了，但又有些猶豫。我的確不是很想回去，回家並沒有好處。

「和我玩比較開心，對不對？」女孩左右搖晃我的手，「我們可以吃好吃的東西、穿漂亮的衣服喔！還可以一直一直開心地玩，再也沒有人會打我們！」

聽起來好誘人，她要帶我去的地方彷彿天堂……就去吧！不管是哪裡，肯定都會比現在更好！

正當我要邁開下定決心的步伐時，另外兩個小女孩卻來拉住我另一隻手，似乎要我往回走。

「不行！姊姊還是……不能跟妳走！」長髮女孩道。

「為什麼？」短髮女孩不明白，「跟我走比較好啊，妳們不是也這麼覺得嗎？不是要一起來嗎？」

「姊姊有朋友，她會傷心的。」長髮小女孩抬頭看我，「姊姊，那個警察姊姊在叫妳喔！」

警察姊姊？是誰啊？

「快點，我們回去吧！」頭髮及肩的小女孩也往後拉扯我的衣服。

短髮女孩訝異地問她們：「妳們也不來嗎？」

「姊姊要回去才行！」她們堅決地說。

在她們雙方的拉扯中，我忽然認出短髮女孩是王珮誼。她的表情看起來有些落寞。

她想帶我一起離開這個對我們不友善的世界，去更美好的地方。

可是我不能去。這個世界對我而言，並非毫無可取。

我輕輕抽回王珮誼拉住的手，她看著我們倒退走了幾步後轉身跑，然後又回頭看著我們。

「和妳一起玩，很開心喔！」我對她大聲道。

她露出靦腆的笑容，朝我大大揮手，然後轉身跑向夕陽的柔和光線四射的方向，身影逐漸消失在光芒中。

兩個小女孩仍拉著我，我們一起走出公園。我和張欣瑜約好了，得快去找她才行——

周圍充斥叫嚷聲。好吵。

我努力睜開疲倦的眼皮，朦朧的視線裡只看得到好幾個模糊的影子晃動。嘈雜聲刺入耳膜，搞得我頭好痛。心臟的跳動也讓我的胸口好痛，每呼吸一下都很沉重，真想放棄呼吸，不要再勉強自己。

閉上眼睛，想放鬆使自己進入休息，忽地聽到一個熟悉的聲音急切地呼喊我的名字，我再度吃力地撐起眼皮，儘管眼前的景象依然模糊，我還是認得出來，眼前靠近我的那個人影是張欣瑜。

她在叫我，好著急的樣子。我得回應她，讓她放心。

雖然這麼想，然而喉嚨乾得發不出聲音，努力張開的嘴唇也無法靈活表達，只有無聲地動了幾下。

我累得又閉上眼睛，可是這次我堅持呼吸著，我還想再看見張欣瑜，告訴她，我沒事，不要擔心……

後來我比較清醒了，才知道那一天張欣瑜趕到咖啡廳時，我已經趴在桌上，臉色慘白得嚇人，而且怎麼叫都沒反應。她立刻叫救護車來，救護人員緊急把我送上車時，我幾乎沒有心跳。

那個時候，我大概正猶豫著要不要和王珮誼走吧？

王珮誼不是索命的惡鬼，相反地，她是想帶我去一個快樂的地方——是西方極樂世界嗎？她可能是被有類似經歷的我吸引，想帶我一起離開這個苦難的世間。

若是過去的我，或許會跟她去吧。

但是，現在——

「醫師說妳可能是過勞了。」張欣瑜輕握我插著點滴的左手手指，眉心微皺的臉上滿是不捨，「妳不要再加班了，一直加班沒休息可不行。」

我嘆一口氣，微弱地反駁：「和加班……沒關係……」

「拜託妳，宜臻。」她低頭看著我的手，「不要太勉強自己。」

我不忍心見她這難過又無奈的模樣，只好答應她以後會注意，她才露出苦笑。

回想起和王珮誼的快樂時光，以及她跑去的那道柔和光芒……我不後悔留下，這個人生，我還不能放棄。

我使勁用冰涼且無力的手指，回勾那隻溫暖的手。

因為我終於對這個世界有了牽掛。

國家圖書館出版品預行編目(CIP)資料

見鬼的法醫事件簿：死者的要求／蜂蜜醬作.
-- 初版. -- 臺北市：臺灣東販股份有限公司,
2023.07
302面；14.7×21公分

ISBN 978-626-329-864-4（平裝）

863.57　　112007197

見鬼的法醫事件簿：死者的要求

2023年07月01日初版第一刷發行

著　　者　蜂蜜醬
編　　輯　鄧琪潔
封面插畫　Mr.marker 麥克筆先生
發 行 人　若森稔雄
發 行 所　台灣東販股份有限公司
　　　　　＜地址＞台北市南京東路4段130號2F-1
　　　　　＜電話＞(02)2577-8878
　　　　　＜傳真＞(02)2577-8896
　　　　　＜網址＞http://www.tohan.com.tw
郵撥帳號　1405049-4
法律顧問　蕭雄淋律師
總 經 銷　聯合發行股份有限公司
　　　　　＜電話＞(02)2917-8022

TOHAN